Und die Musi spielt dazu

Wolfgang Gösweiner wurde 1978 in Schwaz in Tirol geboren und lebt heute als freier Autor, Texter und Übersetzer in Innsbruck. Seiner Faszination für Kriminalgeschichten frönte er bereits als Kind, als er einschlägige Klassiker wie »Mord im Orient-Express« verschlang. Im Rahmen seines Studiums der Vergleichenden Literaturwissenschaften widmete er sich in seiner Diplomarbeit dem Thema des modernen Spannungsromans.

Dieses Buch ist ein Roman. Handlungen und Personen sind frei erfunden. Ähnlichkeiten mit lebenden oder toten Personen sind nicht gewollt und rein zufällig.

WOLFGANG GÖSWEINER

Und die Musi spielt dazu

KRIMINALROMAN

emons:

Bibliografische Information der Deutschen Nationalbibliothek
Die Deutsche Nationalbibliothek verzeichnet diese Publikation in der Deutschen Nationalbibliografie; detaillierte bibliografische Daten sind im Internet über http://dnb.d-nb.de abrufbar.

MIX
Papier aus verantwortungsvollen Quellen
FSC® C083411

Umschlagmotiv: photocase.com/Sineu
Umschlaggestaltung: Tobias Doetsch
Gestaltung Innenteil: César Satz & Grafik GmbH, Köln
Druck und Bindung: CPI – Clausen & Bosse, Leck
Printed in Germany 2016
ISBN 978-3-95451-945-3
Originalausgabe

Dieser Roman wurde vermittelt durch die
Literaturagentur und Autorenberatung Schoneburg, Berlin.

Für meine liebe Heidi

1

»Neidgesellschaft! Verdammte, elende Neidgesellschaft!« Peter Friedrich stieß beinahe die kleine Orchidee vom Beistelltisch, als er mich von meiner Couch aus wild gestikulierend an seiner Wut teilhaben ließ. »Da hat endlich einmal einer eine gute Idee, und was passiert? Abmurksen wollen sie ihn!«

»Jetzt mal langsam und der Reihe nach«, bat ich den Jodelkaiser, der vor einer Viertelstunde in mein Büro geplatzt war und seitdem einen Sermon über die Hinterhältigkeit linker Geschmacksterroristen vom Stapel ließ, deren latente Bedrohung für das heimische Liedgut bisher weder von Interpol noch vom CIA richtig erkannt worden war. Getrieben von der Hoffnung auf einen lukrativen Auftrag hatte ich sein Gezeter eine Zeitlang über mich ergehen lassen, doch nun begann sich mein Geduldsfaden allmählich aufzulösen.

Friedrich schürzte die Lippen, nestelte einen doppelt gefalteten Brief aus seiner Anzugtasche und streckte ihn mir mit zitternder Hand entgegen. »Da, schau dir diese Schweinerei nur mal an!« Sein schulterlanges graues Haar fiel ihm in die Stirn, als er sich vorbeugte. Aufgewirbelte Staubteilchen tanzten im einfallenden Sonnenlicht über dem Sofa.

Ich kramte eine Hornbrille, Baujahr 1980, aus meiner Schreibtischschublade – das Modell musste zur Blütezeit meines Klienten der Schlager auf dem Schwarzmarkt gewesen sein –, platzierte sie mit einer betont aristokratischen Geste auf meinem Nasenhöcker, nahm den Wisch entgegen, entfaltete das vergilbte Briefpapier und las. Auf dem Briefkopf schwebte das Wort »Abgesang« in krakeligen Buchstaben über einem aus ausgeschnittenen Zeitungsbuchstaben zusammengestoppelten Vierzeiler:

Im Bach schwimmt die Forelle,
Der Mondschein glitzert helle,

Bald still ich meine Wut
Und trink voll Freud dein Blut.

Hallo, Freundchen! Wenn du in Salding auftrittst, machst du die Grätsche. Dein größter Fan.

»Moderne Poesie«, bemerkte ich. »Da steckt wirklich Talent drin.«

»Talent?« Friedrich sprang vom Sofa auf. »Das ist eine Morddrohung, mein Freund!«

»Eine von der kreativen Sorte«, pflichtete ich ihm bei und faltete den Wisch wieder zusammen.

Die Zeichen im Gesicht des Volksmusik-Tycoons standen auf Sturm.

»Wem gilt sie?«, beeilte ich mich, ihm den Wind aus den Segeln zu nehmen.

»Na, dem Rupert.«

Ich nickte. Mit Rupert konnte nur Rupert Sonnholz gemeint sein, Friedrichs Cashcow. Der Schmalzlockenträger genoss seinen Ruf als Strahlemann, als Herzensbrecher postklimakterischer Häkeltrends-Leserinnen und leuchtender Stern am Himmel der Friede-Freude-Eierkuchen-Welt, den die Boulevardpresse schon in die Fußstapfen von Hansi Hinterseer schrieb. Klar, dass sein Manager am Rad drehte, wenn er so unschöne Briefe bekam. »Wo haben Sie den Schrieb gefunden?«

Friedrichs Brauen wanderten nach oben. »Vor seinem Hotelzimmer. Droben in Salding.« Er pausierte kurz, leckte sich mit der Zunge über die Lippen und legte die Fingerspitzen aneinander, eine Geste, der angesichts seiner Wurstfinger eine gewisse Komik innewohnte. »Am Wochenende ist Saisoneröffnungskonzert: ›Stern der Volksmusik‹. Ein Heimspiel für den Rupert. Er wohnt ja nit weit von Salding. Trotzdem hat der Veranstalter ein Hotelzimmer für uns bucht, das haben wir natürlich nit ablehnen können.« Er machte eine ausladende Geste. »Wenn i g'wusst hätt, was die kochen! Tofu-Pfirsich-

Ragout mit Curryreis!« Er schlug die Hände über dem Kopf zusammen. »Nächstes Mal stellen sie uns ein paar Grasbüschel hin.« Entrüstet schüttelte er den Kopf. »Na, jedenfalls sind wir nach dem Essen gleich wieder auf unsere Zimmer. Keine drei Minuten sin vergangen, i schwör, und das Telefon hat g'scheppert. I hab schon 'glaubt, die Rezeption mit irgend so a depperten Entschuldigung. Aber nix, der Rupert war dran! Kommen soll i, hat er g'sagt. G'schwind. Also bin i zu ihm rüber und reiß die Zimmertür auf. Weißt, wie der ausg'schaut hat?« Friedrich holte zu einer theatralischen Geste aus, als er sagte: »Wie eine Leich. Kasweiß is er g'wesen!« Stille wie nach einem Theaterdonner erfüllte den Raum. Der Jodelkaiser starrte mich voller Entsetzen an, bevor er hinzufügte: »Und das in Salding, einem Ort, wo Künstler noch willkommen sind.«

»Unfassbar«, konzedierte ich und versuchte, einen seriösen Eindruck zu erwecken. »Und was sagt das Hotelpersonal zu der ganzen Sache?«

Friedrich zog die Brauen zusammen. »Das is es ja eben. Nix sagen die! Gar nix! Als ob sie alle blind wären.« Er legte eine weitere Pause ein, dann beugte er sich zu mir vor und blinzelte mir verschwörerisch zu: »Vielleicht haben die aber auch gar nix sehen wollen. Weißt ja, wie die in den Schuppen da sind. Hinterhältig und verlogen bis ins Mark. Für Geld täten die Gauner noch die eigene Großmutter verkaufen.«

»Im Gegensatz zu Ihnen«, entfuhr es mir.

Ein Anflug von Zweifel huschte über Friedrichs Gesicht. »Wie meinen?«

»Was ich fragen wollte: Gibt es denn einen konkreten Anhaltspunkt für diesen Verdacht?«

Friedrich rieb sich über die Bartstoppeln am Kinn. Sein wuchtiger Oberkörper schnellte vor, als er sagte: »Was weiß i! I trau denen einfach nit über den Weg, okay? Also kann's nit schaden, wenn du sie ein wenig in die Mangel nimmst. Am Samstag ist unser großer Auftritt, da hängt ein Haufen Kohle dran.« Er atmete geräuschvoll aus, schlug seine Beine übereinander und bedachte mich mit einem erwartungsvollen Blick.

»Und Sie haben keine Idee, wer dem Rupert vielleicht an die Gurgel will?«

Ich fürchtete schon, dass er mir wieder mit seinen Geschmacksterroristen käme, doch Friedrich kräuselte die Stirn und sagte: »Die Lorünsers vielleicht …«

Grübelnd stützte ich mich mit den Ellenbogen auf dem Schreibtisch ab. »Sie meinen die ›Alpenklingonen‹?« Die Band füllte momentan die Klatschspalten sämtlicher Boulevardblätter, denn Sänger Manfred Lorünser ließ kein Fettnäpfchen aus. Ein Verkehrsdelikt hier, ein Sexskandal dort, zwischendurch die ein oder andere Ehrenbeleidigung. Ein klarer Fall von Promillefieber. Oder eine intergalaktische Verschwörung, wie seine Fangemeinde vermutete.

»Der Depp behauptet, wir hätten ein Lied von ihm geklaut.«

»Und? Habt ihr?«

Siedende Hitze stieg in Friedrichs Gesicht, und seine muskulösen Arme zitterten, als er schrie: »Spinnst du, oder was? Was täten die Leut denn da sagen?«

»Der Andy Borg meint, die sollen nicht zu viele Fragen stellen.«

»Der Andy Borg, der Andy Borg …« Demonstrativ entzog Friedrich mir seinen Blick.

Vom Gefühl her drohte mir der Auftrag gerade zu entgleiten. Wie hatte mein Karatetrainer immer gesagt? *Da muss mehr Entschlossenheit her.* »Passen S' auf, ich find den Kerl, der den Brief geschrieben hat, für Sie, okay?«

Friedrich musterte mich unverwandt. »Und was kostet mich der Spaß?«

»Hundert Euro die Stunde und tausend vorab. Wenn –«

»Ausgeschlossen!« Seine Arme vollführten eine unmissverständliche Geste. »Glaubst, ich hab einen Geldscheißer, oder was?«

»Tja, für weniger kann ich den Auftrag leider nicht –«

»Fünfhundert Euro, wennst den Briefschreiber findest, und dreißig die Stund bis zum Konzert. Mein letztes Wort.«

Der Mann beherrschte sein Metier, das musste man ihm lassen. »Achthundert und dreißig die Stund.«

»Okay.«

»Und die Hälfte von den achthundert vorab.«

Damit hatte ich ihn mir endgültig zum Feind gemacht.

2

In manchen Tiroler Tälern ließ es sich auch heute noch gut leben, wenn man auf den einen oder anderen Komfort verzichtete. Einsame Hochplateaus und verborgene Schluchten, subalpine Rückzugsgebiete mit üppiger Flora und Fauna – wer das beschauliche Leben liebte, konnte sich fernab vom Großstadttrubel in einem schmucken Häuschen mit Garten einrichten, vorausgesetzt, er verfügte über ein entsprechendes finanzielles Polster. Es gab aber auch Täler, um die man als Naturliebhaber besser einen weiten Bogen machte, weil sie im Grunde nur noch aus Hotels und Liftanlagen bestanden. Und schließlich waren da noch diese ganz besonderen Orte, diese Perlen Tiroler Lebensart, die man am besten nur ansteuerte, wenn man davor ins Bierfass gefallen war. Orte wie Salding. Bürgermeister und Tourismusverband der Fremdenverkehrshochburg hatten weder Kosten noch Mühen gescheut, um das einstige Bergdorf in eine hochalpine Partyzone zu verwandeln – eine Kommerzialisierung, deren Auswüchse sich am deutlichsten im Landschaftsbild zeigten. Kein Einfamilienhaus ohne das grüne »Zimmer frei«-Schild, kein Schaufenster ohne Jodelpuppen, und in den Läden am Kirchplatz wurden selbst mitten im Sommer blinkende Plastikschneekugeln feilgeboten, deren tieferer Sinn sich wohl nur dem alkoholkranken Pfarrer erschloss. »Hotel Alpenrose«, »Haus Bergblick« oder »Haus Gletschersonne«: So gewöhnlich die Namen der unzähligen Bettenburgen waren, so einfallsreich hatten sich Marketingstrategen und Dorferneuerer in puncto Nachtclubs gezeigt. Diskos wie »Gaudilöchel«, »Hasenstall« oder »Schnackselburg« lockten nicht gerade künftige Klosterschülerinnen an. Ältere Saldinger mochten beim Durchblättern der Dorfchronik feuchte Augen bekommen, für die Partygesellschaft zählte nur, dass der Rubel rollte. Und das würde er auch diesmal beim großen Ski-Opening tun, das traditionell am letzten Oktoberwochenende stattfand.

Eine Schar von Technikern machte sich bereits an der Showbühne, einer Holzkonstruktion von der Größe eines Hangars, zu schaffen, als ich mit meinem Kumpel Manni das Dorfzentrum erreichte. Unzählige Interpreten waren zum großen Saisoneröffnungsspektakel geladen, die Gästeliste las sich wie ein »Who's who« der »Musikantenscheune«. Oder der Seniorenheim-Charts, wie Manni sich ausgedrückt hatte. »Die Serlesfeger«, »Die 3 G'stierten«, »Rosalinde Putzenkracher und die lustigen Gipfelpiraten« – wer in der Schunkelszene etwas auf sich hielt, durfte sich den Großevent nicht entgehen lassen. Klar, dass auch Rupert Sonnholz mit von der Partie war. Nummer neunundzwanzig von dreißig auftretenden Künstlern, hinter den intergalaktischen »Alpenklingonen«.

»Kommen die in einem Raumschiff angeflogen?«, ätzte Manni.

»In einer fliegenden Untertasse.«

Die meisten Musiker waren im »Hotel Stuck« untergebracht worden, einem mondänen Fünf-Sterne-Schuppen mit vergoldeten Tapeten, der, den Nummernschildern der geparkten Wagen nach zu urteilen, primär Moskauer Prominenz anzog.

Obwohl ich extra für den Besuch Zweireiher und Seidenhemd ausgemottet hatte, fühlte ich mich wie Michael Breitkopf in einem Luciano-Pavarotti-Kostüm, als ich die gläserne Drehtür durchschritt und über den roten Orientteppich gehend auf den Empfang zuhielt. Manni hatte es vorgezogen, vor dem Hotel zu warten, was weniger an einer Schwäche für die würzige Gebirgsluft als an seinem Aufzug lag: In Rockerkluft und Lederstiefeln hätte man ihn hier wahrscheinlich schon am Eingang wieder vor die Tür gesetzt. Der Weg zum Front-Desk zog sich wie die Fronleichnamsprozessionen in meiner Kindheit, sodass ich in Gedanken schon wieder bei meiner Liebsten war, als ich endlich vor dem monumentalen Holztresen stand, hinter dem zwei reizende Blondinen in knallrosa Dirndln um die Wette strahlten.

»Sie wünschen?« Die schlankere der beiden warf ihren Kopf in den Nacken und lächelte so breit, dass ich schon um ihre psychische Gesundheit fürchtete.

»Ich bin mit Rupert Sonnholz verabredet.«

»Ihr Name?«

»Gerhard Gruber.«

Das Haustelefon klingelte, und sie gab ihrer Kollegin ein Zeichen, ehe sie sich ihrem Computerbildschirm zuwandte. »Gruber … Gruber …« Ihr Kopf verschwand hinter dem Monitor.

»Der Privatdetektiv, den Herr Friedrich beauftragt hat«, half ich ihr auf die Sprünge.

»Ach ja. Natürlich! Der Privatdetektiv.« Sie schlug die Hände vor den Mund, als hätte ich ihr etwas Unanständiges ins Ohr geflüstert. »Der Privatdetektiv von Herrn Friedrich.« Verschwörerisch beugte sie sich mir entgegen und hauchte: »Dann seh ich mal nach, ob Herr Sonnholz auf seinem Zimmer ist, Sherlock.« Kokett lächelnd tänzelte sie auf die zweite Telefonanlage zu, die zwischen zwei chinesischen Vasen mit exotischem Zierblumenmuster klemmte.

Ich nutzte ihre kurze Abwesenheit, um mir ein Bild von der Umgebung zu machen. Fein gearbeitete Wandverkleidungen zwischen goldbedruckten Raufasertapeten, antike Gips-Marmorsäulen und Chaiselongues mit Samtbezug vor einem offenen Kamin – das Mobiliar wirkte ganz so, als wollte man den noblen Herrschaften inmitten der hochalpinen Kulisse ihr gewohntes Umfeld präsentieren. Unvermittelt musste ich an ein Hotel auf Gran Canaria denken, das deutschsprachige Gäste mit Frühschoppen und Bier anlockte. Wahrscheinlich war das hier dann das österreichische Zugeständnis an die reichen Russen.

Blondie platzte in meine Überlegungen. »Zweiter Stock, Zimmer zweihundertzwanzig«, raunte sie mir mit rauchiger Stimme ins Ohr und wies auf die beiden Aufzüge vor dem Treppenaufgang.

Endlich wusste ich, wie die Mitarbeiterinnen dieser Telefonsex-Hotlines klingen mussten.

***

Rupert Sonnholz hatte sich als Bauarbeiter und Amateurboxer verdingt, bevor er in den späten Neunzigern den Schlagerhimmel für sich entdeckte – in einer Phase, in der er nicht nur seinen Wettkampfgegnern gern mal eins auf die Fresse gegeben haben soll. Auf stolze drei Vorstrafen hatte es der gelernte Maurer gebracht, bevor ihm die Wirtshausschlägereien zu öde wurden und er tat, was die meisten Saldinger taten: Er nahm einen Kredit auf, kaufte ein sündteures Hotel und rief eine schwindlige Musikgruppe ins Leben, um mit dem Erlös aus deren Auftritten seine Raten zu bezahlen. »Die Gipfelstecher«, das waren sein Bruder Ferdl und er, vor allem aber ein funktionstüchtiges Computerprogramm. Rupert hatte nie einen Hehl daraus gemacht, dass er ohne Technik nicht singen konnte. Ein Manko, das man ihm in einer Branche, in der es mehr auf klare Botschaften als auf künstlerische Feinheiten ankam, nicht weiter übel nahm, solange er in seiner Rolle als alpiner Herzensbrecher aufging. Und schauspielern konnte er, unser Rupert.

»Wer ist da?«, zirpte eine glockenhelle Frauenstimme, als ich an die Zimmertür klopfte.

»Privatdetektiv Gerhard Gruber. Ich würde gern mit Rupert Sonnholz sprechen.« Jemand hustete, das Geräusch von Schranktüren, die geschlossen wurden, erklang, und dann etwas, das sich wie das Rauschen einer Klospülung anhörte. Schließlich öffnete sich die Tür, und ich stand einem mittelgroßen Mann mit zerzaustem braunen Haar gegenüber, um dessen Hüfte ein beigefarbenes Handtuch geschlungen war. Mit seinen tief liegenden Augen und eingefallenen Wangen wirkte er wie ein unausgeschlafener Junkie, den man am Neujahrsmorgen aus dem Bett geklingelt hatte.

»Vier hatten wir gesagt. Es ist erst fünf vor.«

»Ach so.« Betroffen tippte ich mir an die Stirn und trat einen Schritt zurück, woraufhin Sonnholz im Zimmer verschwand und in einer mir unbekannten Sprache einige Worte mit seinem weiblichen Gast wechselte.

»Du wartest vor dem Zimmer, bis sie weg ist!«, brüllte er schließlich wieder unverkennbar in meine Richtung.

Drei Minuten später schwang die Tür auf, und eine etwa zwanzigjährige Asiatin in kirschrotem Rock und weißer Seidenbluse schlenderte grußlos an mir vorbei.

»Nächstes Mal kommst du gefälligst pünktlicher!«, schrie der Gipfelstecher ihr nach, und ich grübelte, ob er damit auf den Zeitpunkt ihres Besuchs oder dessen Grund anspielte.

»Hierher!« Sonnholz lotste mich durch eine Rauchwolke, dick wie der Auswurf eines isländischen Vulkans, die sich erst auf Höhe einer offen stehenden Schranktür verflüchtigte und den Blick auf eine notdürftig zusammengefaltete Jeans und zwei Hemden freigab. Auf der zurückgeschlagenen Bettdecke reflektierten zwei getragene Boxershorts die schräg einfallende Nachmittagssonne.

»Zum Einräumen hab ich noch keine Zeit g'habt«, bemerkte der Schlagerbarde. Während meiner Wartezeit auf dem Flur hatte er seine Haare getrocknet und eine Jeans und ein kariertes Hemd übergezogen. Die Coladose in seiner Hand zischte, als er sie öffnete. Hastig trank er ein paar Schlucke, dann deutete er auf den einzigen Stuhl im Zimmer, ein wuchtiges Massivholzkonstrukt mit aufgemalten Herzen.

Ich folgte seiner stummen Aufforderung und setzte mich.

»Also?«

»Dein Manager macht sich Sorgen um deine leibliche Sicherheit.«

»Um meine was?«

»Um dein Leben.«

»Und weiter?«

»Ich soll dich bis zum Auftritt morgen Abend bewachen.«

»Hä?«

»Wegen dem Drohbrief.«

Sonnholz sah durch mich hindurch, als wäre ich eine Eisskulptur. Er wirkte abwesend, beinahe weggetreten. Wahrscheinlich war er in Gedanken noch bei seinem Damenbesuch. Oder bei dem Stapel aus Hochglanzmagazinen auf seinem Schreibtisch. Sein Blick wanderte zu den halb offenen Stores am Fenster, dann riss er den Kopf herum und sagte: »Klar doch.«

Wieso hatte ich bloß das Gefühl, dass der Typ mir nicht ganz zugehört hatte? »Gut, dann lass uns überlegen, wie wir am besten vorgehen.«

Seine Brauen hoben sich. »Bitte, was?«

»Ich sagte, wir müssen überlegen, wie wir deine Bewachung organisieren.«

Kurz fürchtete ich, er würde vornüberkippen, so unsicher, wie er auf den Beinen stand, aber dann kratzte sich Sonnholz am Kopf und fragte: »Welche Bewachung?«

Langsam wurde es mir zu blöd. »Also, ein letztes Mal für dich zum Mitschreiben. Du hast einen Drohbrief bekommen. Ich bin –«

»Schon gut, schon gut, ich hab's ja kapiert«, winkte er ab und warf mir einen genervten Blick zu. »Aber ich brauche keine Bewachung.« Zum ersten Mal zuckte ein Lächeln um seine Mundwinkel. »Wegen so einem Spinner werd ich mir doch nicht in die Hose machen. Ich kenn doch meine Groupies!« Er lachte beiläufig, als wäre ein Schreiben mit Todesdrohung das Natürlichste auf der Welt. »Wird halt wieder so ein durchgeknallter Verehrer sein.«

»Dein Manager –«

»Mein Manager!« Sonnholz fiel mir ins Wort und knallte die Coladose auf den Tisch, sodass ein paar Tropfen der braunen Flüssigkeit auf den Boden spritzten. »Sorry, aber der Peter hat sie doch nicht mehr alle! Schau dir nur mal an, wie der rumläuft! In Gamshut und Lederhosn.« Seine Finger zeichneten die Umrisse der zwei Kleidungsstücke in die Luft. »Wie der Hofer Anderl persönlich.« Kopfschüttelnd wankte er zu seinem Bett hinüber.

»Und was trägst du in deinen Videos?«

»Ja, in den Videos.« Er machte eine wegwerfende Handbewegung. »Aber der Typ zieht das Zeug in echt an.«

Ich knackte mit den Fingern. »Und ich hab immer geglaubt, ihr Schlagermichel steht da voll drauf.«

»Du glaubst auch noch ans Christkind, oder?« Gähnend schaute Sonnholz auf seine Armbanduhr. »Hör zu, es war wirklich nett, dich kennenzulernen, aber ich hab noch ein paar Termine. Wenn du also nichts dagegen hast …«

»Keine Bewachung?«

»Keine Bewachung.«

»Na, dann«, ich stand auf und hob die Hand zum Gruß, »wünsche ich morgen einen reibungslosen Auftritt!« Schnellen Schrittes ging ich zur Tür. Ich hatte sie schon geöffnet, als mich Sonnholz, der zu mir aufgeschlossen hatte, auf einmal grob am Handgelenk packte.

»Mach bloß keinen Wirbel hier, okay? Immer schön chillig.«

Jetzt, wo er nahe neben mir stand, bemerkte ich den Schnapsgeruch in seinem Atem. Noch bevor ich etwas erwidern konnte, fiel die Tür krachend hinter mir ins Schloss.

***

»Allerhand«, urteilte Manni und blinzelte in die fahle Oktobersonne. Auf dem Hotelparkplatz hatte ich meinem Detektiv-Assistenten das Gespräch mit Rupert Sonnholz in zwei, drei Sätzen zusammengefasst.

»Und was machen wir jetzt?«, fragte ich.

»Jetzt fahren wir nach Hause und ziehen uns ›Die nackte Kanone‹ rein!«

»Quatsch!« Manfred Egidius Schupfer, Motorradgangmitglied, Fanartikelshopbetreiber, Polizistenschreck und Detektivassistent in Personalunion, musste sich im Gegensatz zu mir ja nicht mit Peter Friedrich rumschlagen, sollte doch etwas passieren.

»Aber du hast doch gehört, dass er keine Bodyguards will.«

»Na und? Ich habe einen Auftrag, und den werde ich ausführen.«

Manni zuckte zurück. Der Kerl wirkte überrascht ob meiner Entschlossenheit.

3

Als Rupert Sonnholz den Hotelparkplatz betrat, zeigte meine Armbanduhr bereits Viertel nach neun. Der Schlageronkel schien den restlichen Nachmittag und den frühen Abend auf seinem Zimmer verbracht zu haben und wirkte noch immer ziemlich abgekämpft, als er unvermittelt vor dem Hoteleingang stehen blieb und sich nervös nach allen Seiten umblickte, bevor er in den schwarzen Audi stieg, der zwei Reihen vor uns parkte, und die Fahrertür zuzog. Kurz darauf röhrte der Motor auf, der Bolide schoss mit quietschenden Reifen rückwärts aus der Parklücke, wendete scharf und zischte in Richtung Dorfstraße davon. Ich nahm in Mannis Chevy die Verfolgung auf.

»Der ist gleich außer Sichtweite!«, brüllte mein Kumpel und fuchtelte mit seinen Armen vor meinem Gesicht herum.

»Und wenn du mir mit deinen Pranken weiter die Sicht nimmst, liegen wir bald im Straßengraben!«

Der Schlagerstar hatte einen ziemlichen Zahn drauf. In seinem schwarzen Riesen bretterte er den Berg hinauf, als trainierte er für die Rallye Dakar, ließ Reklametafeln und Hinweisschilder hinter sich, schnitt einen blauen BMW und orientierte sich hinter dem Ortsende ziemlich genau an der Fahrbahnmitte, als gäbe es auf der rechten Fahrspur zu wenig Platz. Verbissen hängte ich mich an ihn ran. Lichtinseln zuckten, Bremsen quietschten und Reifen schmierten, während die Tachonadel immer mal wieder mit der Hundert flirtete. In den Kurven wurde ich regelrecht in den Sitz gedrückt. Auf Höhe der Abzweigung zum Venter Tal drosselte Sonnholz endlich das Tempo und passte seinen Fahrstil den Verhältnissen an. Bei Tageslicht hätten wir an dieser Stelle ein Meer aus Wäldern und herbstlichen Almwiesen gesehen, doch jetzt, am Abend, lag die Landschaft unter einem dicken Mantel der Finsternis verborgen.

Gut zehn Minuten später erreichten wir den Nachbarort

Burgel. Wir folgten dem Sänger an mehreren Straßenlaternen vorbei ins Dorfzentrum, wo er vor der »Rumpelkammer« hielt, deren Parkplatz bereits aus allen Nähten platzte. Sonnholz schnappte sich die letzte freie Lücke, sodass mir nichts anderes übrig blieb, als den Chevy im Halteverbot vor der Dorfbäckerei abzustellen.

»Wenn das mal kein Knöllchen gibt«, ätzte Manni.

»Fällt unter Spesen.« Ungerührt stieg ich aus und ließ die Autotür hinter mir zufallen.

Wir standen unterhalb der Parkplatzeinfassung aus Beton an einer Stelle, wo Sonnholz uns nicht sehen konnte. Hastig ging er auf den Tanztempel zu, ehe er kurz vor der Tür noch einmal stehen blieb und verstohlen über die Schulter blickte, als würde er sich nach einem unsichtbaren Verfolger umsehen. Dann verschwand er im nächtlichen Brennpunkt des dörflichen Lebens.

Auf mein Zeichen hin setzten auch wir uns in Bewegung. Die Luft in dieser Oktobernacht war klar und kalt, so kalt, dass mich in meinem Zweireiher fröstelte. Hoffentlich würde ich in dem Club mit meinem Aufzug nicht zu sehr auffallen. Um Schadensbegrenzung bemüht, fischte ich eine alte Sonnenbrille, Marke »Flohmarkt«, aus meiner Anzugtasche und setzte sie auf. Aus dem Inneren des Tanzschuppens drangen Stimmengewirr und Musik an mein Ohr.

»Hey, du da!« Ein Fleischberg von der Masse eines Sumoringers winkte mich zur Seite.

Wie in Zeitlupe löste ich meine Hand vom Türgriff und drehte mich um. Inzwischen hatte auch Manni den Schuppen betreten.

»Nimm mal deine Sonnenbrille ab!«

»Wieso? Gefällt sie dir nicht?«

Fleischberg sah nicht so aus, als würde er die Frage mit mir erörtern wollen.

Also gehorchte ich und nahm das Teil ab.

Er griff danach und drehte es zwischen den Fingerspitzen, während seine freie Hand meine Taschen abklopfte. »'ne echte Ray-Ban, oder?«, spottete er nach einer Weile.

»Rodenstock«, korrigierte ich.

Er verzog die Mundwinkel zu einem dämlichen Grinsen, gab mir den Augen-BH zurück und winkte mich durch. »Aber Vorsicht, is verdammt hell da drin!« Sein dumpfes Gelächter hallte in dem alten gemauerten Gang nach, doch ich ließ Fleischberg mitsamt seinem preußischen Dialekt zurück und stürzte mich mit Manni ins Getümmel.

***

Im Tanztempel herrschte Brunftzeit. Wandelnde Make-up-Reklametafeln in sündig engen Tops, hüftenschwingende Mittzwanzigerinnen in Klamotten mit Leo-Print neben hemmungslos hoppelnden Duracell-Männchen. Passend dazu jagten Diskokugeln ein stroboskopartiges Blitzlichtgewitter durch den Raum. Aus den Boxen plärrte Martin Solveig »Intoxicated«. Auf der Suche nach meinem Zielobjekt arbeitete ich mich in Richtung Bartresen vor, als ich beinahe mit einer durchgestylten Blondine kollidiert wäre. »Sorry«, sagte ich.

»Hä?«

»Entschuldige.« Ihrem Mienenspiel nach zu urteilen, verstand sie kein Wort, brach aber trotzdem in schallendes Gelächter aus, bevor ihre Freundin sie am Ärmel zupfte und in Richtung Klotür schob.

Unser Zielobjekt lehnte mit einem Bier in der Hand an der Theke und schwatzte mit zwei verzweifelt dreinblickenden Jungs. Genervt bahnte ich mir einen Weg durch die Menge und steuerte die gegenüberliegende Raumseite an, wo sich die jüngeren Besucher tummelten, streng getrennt nach dem alten Geschlechterrollenbild: Die Burschen standen unbeweglich mit einem Bier an der Bar, während die Mädels emsig mit den Hüften wackelten. *Retro at its best.* Alice Schwarzer hätte nach einer Beruhigungsspritze verlangt.

»Wow! Schau dir mal die Geräte an!« Manni deutete auf eine kokett lächelnde Schwarzhaarige mit riesigem Busen.

»Silicon Valley«, bemerkte ich, trennte mich von der Sonnenbrille, bestellte ein Pils und behielt unseren Rupert im Auge. Der Schlagerfuzzi wirkte nervös, sein Blick irrte durch den Raum, als rechnete er mit einem baldigen Meteoriteneinschlag. »Ob wir mal näher an ihn rangehen sollen?«

Mannis Augen klebten noch immer an der Implantat-Mieze. Inzwischen hatte sich eine Schar gaffender Männer um sie versammelt. »Och, komm. Jetzt, wo's hier grad so gemütlich wird.«

»Nix da!« Entschlossen packte ich ihn am Arm und schleifte ihn durch die Menge. Ein paar Meter vor Rupert Sonnholz stoppte ich und starrte auf die Meute, die zu elektronischer Musik steppte. Die Lichtblitze schmerzten auf meiner Netzhaut.

»Wa… k… ge…g.«

»…ulden …u …enn? Grgghk.«

Mehr als Wortfetzen drangen nicht an mein Ohr. Entnervt angelte ich mir einen freien Platz am Tresen neben den Jungs, leerte mein Bier und sinnierte über die heutige Jugend, als würde ich mit meinen sechsunddreißig schon zum alten Eisen zählen. In gewisser Weise tat ich das vermutlich sogar. Jedenfalls in puncto Kontaktanbahnung. Wie sollte man sich bei dieser Geräuschkulisse bloß unterhalten? Wie sollten hier Bekanntschaften entstehen? Aber vielleicht fehlte es mir auch einfach nur an Phantasie.

Mein Blick wanderte zu Rupert Sonnholz und den beiden Jungs. Der jüngere von ihnen – er hatte eine Föhnfrisur und ein blaues T-Shirt zu schwarzen Jeans an – entfernte sich und ließ Rupert und den anderen allein zurück. Als er an mir vorbeiging, prägte ich mir sein Gesicht mit der schmalen Wangenpartie, der hohen Stirn und den dünnen Augenbrauen ein. Der andere Kerl, mit dem Rupert sich jetzt unterhielt – ein Hüne mit kräftiger Statur –, trug eine beige Cargohose zu einem marineblauen Pullover und eine rot-weiß gestreifte Baseballkappe. Rechts von den beiden entdeckte ich einen Aufgang, der von einem weiteren Türsteher bewacht wurde. Offenbar erhielt dort nicht jeder Einlass, denn der Tattoo-Onkel wimmelte gerade eine Blondine ab.

Gähnend orderte ich ein weiteres Pils. Der Geruch von Schweiß und Alkohol brannte in meiner Nase. Wenn ich noch länger hier verharren musste, würde ich morgen früh am Beatmungsgerät hängen. Manni, diesem Rätsel auf zwei Beinen, schien der Gestank nichts auszumachen. Der Kerl hatte sich schon wieder von mir losgeeist und eine aufgestylte Schwarzhaarige an der Angel.

Ich linste zu Rupert und überlegte, ob ich kurz verschwinden könnte, als mein Zielobjekt seinen jungen Freund stehen ließ. Im selben Moment legte ich den Rückwärtsgang ein. Wie ein Rasenmäher pflügte der Schlageronkel in Richtung Ausgang. Ohne lang zu zaudern, setzte ich ihm nach, rempelte dabei Manni an, der fluchend von der Schwarzhaarigen abließ, und grätschte an einem Conchita-Wurst-Double vorbei zur Tür. Sonnholz war schon fast an seinem Audi, als mein Kumpel und ich den Türsteher in einer Staubwolke zurückließen.

»So ein Depp! Jetzt, wo's grad so nett wurde …« Manni zog einen Flunsch, folgte mir aber ohne weiteres Murren zum Fahrzeug.

Die Rücklichter des Audi Quattro blitzten schon in der Kurve auf, als ich unseren Wagen anließ, am Lenkrad kurbelte, wendete und Gummi gab. Mit durchdrehenden Reifen verabschiedete sich der Flitzer vor uns in Richtung Bundesstraße.

»Fährt er jetzt wieder zurück, oder was?«

»Sieht ganz so aus. Und nicht zu langsam.«

»Guckst du in den Rückspiegel!« Mein Kumpel wies auf einen grünen Jaguar, dessen Frontpartie seit unserem Aufbruch immer näher rückte.

»Hast du den auf der Hinfahrt auch schon gesehen?«, fragte ich.

»Nicht, dass ich wüsste.«

Mit weit über hundert Sachen bretterte der Schlageronkel die Gerade entlang, nahende Kurven wurden uns durch seine abenteuerlichen Bremsmanöver angekündigt. Der Jaguar ging das Tempo locker mit, sodass wir im Dreierpack die Bundesstraße bergab rasten.

»Kannst du den Fahrzeuglenker erkennen?«, fragte ich, ohne den Blick von der Straße zu wenden.

Manni schaute über seine Schulter nach hinten. *»Nope!«*, brüllte er genau in dem Augenblick, als der Audi mitten auf der Straße bremste.

Reflexartig tat ich es ihm nach, riss wie ein Irrer am Steuer und zwang den Chevy in eine Ausweichbucht neben der Spur. Bremsen kreischten, Motoren jaulten auf, Blechteile schepperten. Die Fliehkraft hätte mich beinahe aus dem Sitz katapultiert. Aus dem Augenwinkel heraus sah ich, wie der Jaguar nach links ausbrach und den Audi am Kotflügel rammte. Ein Zischen durchschnitt die Nacht, ein Geräusch, rau, als würde Stein auf Sandpapier reiben, dann kam unser Chevy zum Stehen und bleierne Stille breitete sich aus.

»Hat der ’nen Festplattenschaden?« Manni erlangte als Erster die Fassung wieder. Den Geruch nach verbranntem Gummi in meiner Nase, folgte ich seinem Blick zum Audi, dessen ramponierter Kotflügel wie eine verbogene Walflosse über den Abhang ragte. Sein Besitzer war bereits ausgestiegen und rannte auf uns zu. Die Wagentür des Chevy gehorchte mir und öffnete sich. Jetzt, wo wir beinahe zusammengekracht wären, würde ich meine Karten ohnehin auf den Tisch legen müssen.

»Ich hab doch gesagt, dass ich keinen Bodyguard brauch!«, blaffte Rupert schon von Weitem. Seine Stimme hallte schrill durch die Nacht.

»Wir hätten tot sein können!«, hielt ich dagegen.

»Und?«

Fröstelnd verließ ich den Wagen. Plötzlich kam mir die Szene, die sich mir darbot, grotesk vor: der Audi, der noch immer auf der linken Fahrspur parkte, der Gestank nach heißem Gummi inmitten der idyllischen, nächtlichen Landschaft, die Limousine, die sich in Luft aufgelöst zu haben schien. »Wo ist der Typ im Jaguar?«, fragte ich.

»Woher soll ich das wissen?«, murrte Rupert.

»Er hätte dich rammen können.«

»Mein Bier. Zum letzten Mal: Ich brauch dich hier nicht,

okay?« Ohne einen weiteren Kommentar stiefelte er zu seinem Boliden zurück, startete den Wagen und entschwand mit aufjaulendem Motor in die Nacht.

»Komischer Kauz«, bemerkte Manni.

4

»Mir wurscht, was der sagt!« Peter Friedrichs Bass hallte im Wageninneren, als wir Mannis Chevy durch das Saldinger Ortszentrum steuerten.

»Aber er will keine Überwachung!«

In der Freisprechanlage rauschte es. »Du siehst doch selbst, dass er jemanden braucht. So eine blöde Aktion! Entweder bleibst du an ihm dran, oder du gibst den Auftrag ab, und ich such mir einen anderen Aufpasser.«

Geräuschvoll entwich die Luft aus meinen Nasenlöchern. »Und was soll ich machen, wenn er wieder so eine Aktion bringt?«

»Dann sperrst du ihn bis zum Konzert im Zimmer ein.« Ein letztes Knacken in der Leitung, und weg war er, der Jodelkaiser.

»Das nenn ich mal 'ne Ansage«, bemerkte Manni, als ich den Chevy auf dem Hotelparkplatz abstellte.

»Du übernimmst den Vordereingang, und ich seh mich hinten um, okay?«

»Wenn du meinst.«

***

Nachdem die Lieferanten ihre Ware deponiert hatten, glich der Platz hinter dem »Hotel Stuck« einer verwaisten Steppe. Ich hatte es mir bei Chips und Cola auf einer Parkbank gemütlich gemacht, sofern man bei fünf Grad Celsius und beißendem Nordwind von gemütlich sprechen konnte. Immerhin ging so mein Wunsch nach einem ruhigen Abend in Erfüllung. Hinter einem gekippten Fenster im zweiten Stock stöhnte jemand, da und dort entschwanden ein paar heisere Stimmen in die Nacht, und nichts, absolut nichts deutete auf Ärger hin. Als wollte er den friedlichen Eindruck untermalen, wölbte sich ein sternenklarer Himmel über das Dorf, und der Mond sang lachend dazu sein Schlaflied.

Mein Handy fiepte. Die SMS war von Manni: »Zum Einschlafen hier.« Ich antwortete mit einem knappen »Warum soll es dir besser gehen als mir?«, bevor ich mich wieder in Position begab. Gegen elf erloschen auch die letzten Lichter hinter den Fenstern. Ich wollte ein wenig in meiner Facebook-Chronik blättern, um mir die Zeit zu vertreiben, doch mein iPhone hatte so wenig Saft, dass ich den Plan rasch aufgab. Als nach Mitternacht noch immer nichts geschehen war, neigte ich dazu, Sonnholz zuzustimmen und den Drohbriefschreiber unter den eifersüchtigen Groupies zu suchen. Eine weitere Stunde später sehnte ich mich nach meinem Bett, und irgendwann gegen zwei mussten mir dann wohl die Augen zugefallen sein. Als Profidetektiv hätte mir das nicht passieren dürfen, ich weiß. Aber es hatte nichts, einfach nichts auf die bevorstehenden Ereignisse hingedeutet. Irgendwann klingelte mein Handy und riss mich aus dem Dämmerschlaf.

»Was geht?« Manni.

»So viel wie auf der Partymeile im Altenheim.«

»Ich wär auch fast eingepennt«, gestand mein Kumpel lachend. »Aber dann hab ich die Freundin vom Nachtportier gesehen. Echt Mörderlatschen, die Fee.«

»Und weiter?« Ich unterdrückte ein Gähnen.

»Die beiden sind in der Lobby verschwunden.« Seine Stimme klang enttäuscht.

»Weck mich, wenn du Rupert siehst.« Sprach's und drückte ihn weg.

Als mein Handy zum zweiten Mal klingelte, waren bereits die ersten Sonnenstrahlen hinter dem Bergrücken zu erahnen.

5

»Wieso geht er nicht ran?« Peter Friedrichs Stimme hämmerte in meinen Schläfen.

»Vielleicht pennt er noch.«

»Es ist Viertel nach sieben. Für acht ist eine wichtige Besprechung anberaumt. Er *muss* rangehen.« Seinem Geschrei nach zu urteilen, wäre der Jodelkaiser am liebsten durch die Leitung gekrochen, um mir persönlich den Hals umzudrehen. »Du gehst jetzt auf der Stelle rauf und schaust nach!«

Ich wollte protestieren, philosophieren, argumentieren, ihm die Peinlichkeit meiner von ihm befohlenen Mission vor Augen führen, doch der große Friedrich hatte bereits aufgelegt und mich meinem erbärmlichen Schicksal überlassen. Zerknirscht löste ich mich von der Parkbank, latschte zum Eingang, stieß die Drehtür auf und mogelte mich am Empfangstresen vorbei zu den Aufzügen.

»He, Sie da!«

Die Tür fuhr mit einem Quietschen zur Seite und spuckte einen grauhaarigen Opa aus, der verdattert auf die seitlich anrauschende Rezeptionistin starrte.

Hastig quetschte ich mich in den Lift, drückte auf die »3«, die »3« und noch mal auf die »3« und winkte der geifernden Lady zu, die um einen Sekundenbruchteil zu langsam gewesen war. Der Aufzug entließ mich in den Flur des dritten Obergeschosses. Ein kurzer Gedanke an meinen ersten Besuch, und ich kam zum Schluss: Die dritte Tür von links musste es sein. Einmal tief ein- und ausgeatmet, ein Stoßgebet gesprochen und mit dem Zeigefinger gegen das Holz geklopft. »Rupert?«

Nichts.

»Rupert!« Hatte ich nicht gerade gesagt, dass er noch schlief? »R-U-P-E-R-T!«

Im Nebenzimmer fluchte jemand auf Russisch.

Ich hämmerte ein drittes Mal an die Tür, diesmal mit der

ganzen Handfläche, dann sackte ich entnervt in die Knie und grinste Blondie, die mir keifend entgegenlief, schief an. »Hallo! Ich bin der Neue vom Frühstücksservice.«

»Spar dir den Quatsch und sag mir lieber, was du hier zu suchen hast!«

Humorlos, diese Telefonsex-Hotline-Mitarbeiterinnen. Hektisch faselte ich von Peter Friedrichs Bitte, nach dem Rechten zu sehen, und führte auch seinen barschen Ton ins Treffen, doch Blondie blieb skeptisch. Mit zusammengekniffenen Augen sah sie mich an, fingerte ihr Handy aus der Anzugtasche, tippte die Nummer meines Auftraggebers ein – offenbar hatte er auch bei ihr schon ein paar Mal angerufen – und presste sich das Telefon ans Ohr, als gelte es, irgendwelche bösen Geister zu verbannen.

Der Jodelmanager ging nach dem ersten Klingeln ran. »Öffnen Sie sofort die Tür!«, brüllte er, nachdem Blondie sich vorgestellt hatte.

Die Hotelangestellte erschrak. Mit aschfahlem Gesicht ließ sie Friedrichs Gepolter über sich ergehen und versicherte, sofort den Ersatzzimmerschlüssel zu besorgen, um sich von Rupert Sonnholz' Wohlergehen zu überzeugen.

Ich mimte den teilnahmsvollen Zeugen, wartete auf ihr Zeichen, die Stellung zu halten, sah ihr nach, als sie im Aufzug verschwand, und erwartungsvoll entgegen, als sie drei Minuten später wiederkam, einen goldenen Schlüssel in der Hand, und aufgeregt zur Tür rannte. »Herr Sonnholz!«

Schweigen.

»Herr Sonnholz!«

»Ich geh voraus«, ermunterte ich sie, obwohl ich null Bock darauf hatte.

Blondie schüttelte den Kopf. »Wir warten, bis sein Manager eintrifft«, entschied sie und stellte sich wie ein bockiges Kind in die Ecke. »Wer weiß, am Ende machen wir noch was falsch, und dann sind wir erst recht dran.«

Keine so gute Idee, dachte ich, behielt meine Meinung um des Friedens willen aber lieber für mich und studierte den vergilbten Blumenstock am Ende des Flurs, bis der Schlageragent eintraf.

»Und?« Sein Gesicht war rot, die Adern auf seiner Stirn tiefblau wie der Indische Ozean.

»Wir haben uns nicht getraut … Ich meine … Wir wollten auf Sie warten.«

»Ach!« Mit einer unwirschen Geste entriss Friedrich Blondie den Schlüssel, öffnete die Tür und trat ein. Die darauffolgende Stille dröhnte in meinem Kopf.

»Gefeuert! Du bist gefeuert!«, tönte es schließlich, und die Mauern erzitterten unter Friedrichs wuchtiger Stimme, die mich noch weiter in den Flur zurückweichen ließ.

»Was ist passiert?« Blondies Stimme klang schrill. Ihr Rücken klebte an der Marmorsäule auf halber Strecke zwischen Zimmertür und Fenster, als Friedrich schnaubend aus dem Zimmer walzte.

Aus Angst, er würde mich umrennen, zog ich prophylaktisch den Kopf ein.

Seine Schritte gerieten ins Stocken, mit theatralisch zur Decke gereckten Armen schrie er: »Wie zum Teufel kann das passieren? Da leiste ich mir extra einen Privatdetektiv …« Mitten im Satz brach er ab, ließ die Arme wieder sinken und ballte die Hände zu Fäusten. Das anschließende Donnerwetter brach über Blondie herein. »Ich will den Geschäftsführer sprechen! *Jetzt!*«

Zitternd löste sich die Empfangsdame von der Säule, hauchte ein untertäniges »Ja, natürlich« in Friedrichs Richtung, dem ein nur unwesentlich bestimmteres »Bitte nach mir …« folgte, und wies unsicher nach links. Wie ein erschöpfter Matador, der den verwundeten Stier aus der Arena führt, begleitete sie den Schlagermanager zum Lift, drückte auf einen Knopf und duckte sich neben ihm in die Kabine.

Das »Pling!« der Tür zerriss die spannungsgeladene Stille, und ein trügerisches Gefühl der Erleichterung lullte mich ein, als Friedrich unter Getöse im Aufzugschacht verschwand. Erst als ich mich umdrehte und das Hotelzimmer durch die offen stehende Tür betrat, wurde ich mir meiner miserablen Lage bewusst. Rupert Sonnholz lag nicht in seinem Bett. Er versteckte sich nicht im Bad, nicht im Kleiderschrank und auch nicht unter einer Decke. Er war schlicht und ergreifend verschwunden. Als hätte er sich über Nacht in Luft aufgelöst.

***

»Ich hätte nicht einpennen dürfen«, sagte ich wenig später auf dem Dorfplatz zu Manni.

»Hey, selbst den Besten passiert ab und an ein Fehler.«

Aber Manni vermochte meinen Frust nicht zu vertreiben. Ich hatte versagt. Kläglich versagt. Hatte mir gut viertausend Kröten durch die Lappen gehen lassen, weil ich einem Trugschluss erlegen war, dem kein Detektiv der Welt je erliegen durfte. Ich hatte mich in Sicherheit gewiegt. Fünf Stunden lang war nichts passiert, aber das bedeutete verdammt noch mal nicht, dass auch in der sechsten Stunde nichts passieren würde. Ich wusste das, und doch hatte ich mich von Ruperts Entschlossenheit und dem nächtlichen Frieden täuschen lassen, meinen Auftrag nicht pflichtgemäß erfüllt und den Schlagerbarden damit womöglich in ernste Gefahr gebracht. »Der muss gerochen haben, dass ich eingenickt bin«, sagte ich zu Manni.

»Jetzt wart doch mal ab. Bestimmt taucht er wieder auf. Seitdem er verschwunden ist, sind noch keine drei Stunden vergangen.«

Ich hoffte sehr, dass mein Kumpel recht behalten würde, aber Rupert Sonnholz tauchte nicht wieder auf. Am Vormittag nicht, nicht zur Mittagszeit und auch nicht am Nachmittag. »Friedrich wird mich verklagen«, jammerte ich.

»Und wenn schon.« Manni versuchte sich an einem Blick der Marke »Tröstende Mama«, sah damit jedoch aus wie eine lächelnde Königskobra.

»Wir müssen den Typen finden!«

»Das bringt uns doch nix.«

»Es geht nicht ums Bringen. Ich hab den Schaden angerichtet, also muss ich ihn auch wiedergutmachen. So einfach ist das.«

6

Die Brüder Lorünser, in der Volksmusikszene als die »Alpenklingonen« bekannt, wohnten im »Apartmenthaus Sonne« nahe der Talstation der Seilbahn. Als Manni und ich eintrafen, blockierte ihr Bandbus mit dem Logo – ein überlebensgroßes Raumschiff, aus dessen Fenster die Köpfe der zwei galaktischen Krieger hervorlugten – die Einfahrt zum Parkplatz. Wir stellten den Chevy in der Kurzparkzone gegenüber ab und querten die Straße, die zu dem vierstöckigen Holzbau mit mehreren Terrassen und Blumenbalkonen führte.

»Hast du dein Klingonisch-Wörterbuch dabei?«, erkundigte sich Manni vor der Haustür.

»Nur mein abgespeichertes Fernsehwissen.«

»Ob das reicht?«

Manfred Lorünser öffnete uns nach dem zweiten Klingeln. Er trug ausgebeulte Jeans zu einem rot-weiß karierten Hemd, dessen oberster Knopf geöffnet war, und starrte auf uns herab, als wären wir zwei dahergelaufene Köter. »Was gibt's?«

»Wir möchten euch gern ein paar Fragen stellen.«

»Keine Zeit!« Lorünsers Hand lag schon auf dem Türgriff, als ich mich blitzschnell in den Spalt zwischen Tür und Angel schob.

»Es geht um Rupert Sonnholz. Euren Kollegen.«

Der »Klingone« reckte sein spitzes, entschlossen wirkendes Kinn vor. Seine Lider zuckten, als er sagte: »Sorry, aber wir haben morgen einen Auftritt und müssen noch ein paar Dinge vorbereiten.«

»Zehn Minuten. Bitte.«

»Ist was, Manfred?« Ein Schatten, der sich kurz darauf als Walter Lorünser entpuppte, tauchte in der Diele auf. Der zweite »Klingone«, ein Hüne mit ovalem Gesicht und Adlernase, wirkte in Realität noch sehniger als auf dem Fernsehschirm und trug anstelle des in der Öffentlichkeit gewohnten Raumanzugs ein hellblaues T-Shirt zu einer anthrazitfarbenen Cargohose. Sein Atem stank nach Tabak.

»Irgend so eine Befragung«, erklärte sein Bruder, indem er jeden Buchstaben in die Länge zog.

Frech trat ich über die Schwelle. »Jetzt kommt schon. Zehn Minuten Tiroler Gemütlichkeit werden doch noch drin sein.«

Sichtlich genervt wichen die beiden zur Seite, und Manfred Lorünser bedeutete uns stumm, ihm zu folgen. Er führte mich und Manni an einer Wand mit rosafarbener Blümchentapete vorbei durch die Diele zum Wohnbereich mit Kochecke und Stube, vor dessen Eingang sich eine Wendeltreppe ins Obergeschoss schwang. Die Stube wirkte auf den ersten Blick wie eine nachgebaute Almhütte aus dem Fremdenverkehrsprospekt. Eine Bank aus massivem Eichenholz wand sich um einen wuchtigen Tisch mit Kerzen, hinter ihr prasselte in einem grün-weiß gekachelten Kamin ein Feuer. Schräg gegenüber befand sich in einer Fernsehnische eine weitere Sitzgruppe, daneben standen zwei mit Herzen bemalte Bauernschränke. Eine breite Fensterfront an der Stirnseite des Raums gab die Sicht auf eine braune Skipiste frei.

»Als ob wir nicht schon genug Ärger hätten«, bemerkte Manfred Lorünser und wies auf die Ofenbank.

Wir folgten seiner Aufforderung und setzten uns.

Sein Mienenspiel ließ nicht die geringste Lust auf Small Talk erkennen. Es passte weder zum galaktischen Lächeln, das er vor der Kamera zur Schau trug, noch zu der künstlich nachempfundenen Bauernstube.

»Ihr habt bestimmt schon gehört, dass Rupert Sonnholz heute Nacht verschwunden ist«, sagte ich.

»Und weiter?« Ungerührt zupfte Manfred Lorünser an der Tischdecke mit eingewebtem Edelweißmuster. Sein Bruder hantierte derweil, dem klappernden Geräusch nach zu schließen, mit Besteck in der Küchenecke.

»Ruperts Manager glaubt, ihr wüsstet vielleicht, wo er steckt.«

Manfred Lorünsers Augen sprangen schier aus ihren Höhlen. »Wir?« Er deutete mit dem Zeigefinger auf seine Brust.

»Friedrich vermutet einen Racheakt für einen geklauten Titel.«

Ich rechnete mit einem Frontalangriff, stattdessen sanken Manfred Lorünsers Arme in den Schoß, seine Züge glätteten sich, und er brach in schallendes Gelächter aus. »Hast g'hört, Walter? Der alte Friedrich glaubt, wir hätten sein Schatzi entführt!« Noch immer lauthals lachend klopfte er sich auf die Schenkel, und sein Bruder stimmte mit ein.

»Hat er dich geschickt, um uns festzunehmen? Hahaha.«

»Nicht ganz, aber nachdem ich schon geahnt hab, dass ihr das witzig finden würdet, hab ich gedacht, ich erzähl's euch mal.«

»Hast du dir gedacht, oder?« Unnatürlich weiße Zähne blitzten in Manfred Lorünsers Mund auf, und seine kastanienbraune Mähne flog in alle Richtungen, während er den Kopf schüttelte. »Jetzt ist der Alte wirklich am Durchdrehen. Na ja, kein Wunder bei der fetten Klage.« Er wurde wieder ruhiger, fuhr sich mit seiner Hand durchs Haar.

»Also ist was dran an den Plagiatsvorwürfen?«, bemerkte ich.

»Na, hör mal. Glaubst du etwa, wir lügen?«, empörte sich Manfred Lorünser.

»Dann hättet ihr ja sogar ein Motiv für eine Entführung.«

»*Yo, man!* Dann hätten wir sogar ein Motiv für eine Entführung«, wiederholte er, hob den Kopf und sah sich nach seinem Bruder um, der mit einem Topf und einem Geschirrtuch in der Hand aus der Küchenecke kam. »Weißt du was? Du bist echt komisch!« Feine Spucketröpfchen segelten auf die Tischdecke, als er abermals losprustete. Dann neigte er den Kopf und schenkte mir und Manni ein mitleidiges Lächeln. »Glaubts ihr echt, wir haben solche Spielchen nötig? In unserer Branche regelt man das über den Anwalt.« Er schlug die Beine übereinander, während seine Finger mit den Deckenfransen spielten.

»Und der Anwalt könnte beweisen, dass Rupert den Song geklaut hat?«

Manfred stöhnte auf. »Mit dem Zeitunglesen hast du's nicht so, gell? Der Rupert ist quasi mit uns auf die Welt 'kommen. Der hat schon mit mir bei den ›Gipfelstechern‹ g'spielt, da hast du noch nit amal schnackseln können! Wir sind ziemlich erfolgreich g'wesen, der Rupert, der alte Ferdl – Gott hab ihn selig – und wir. Aber dann hat der Depp plötzlich 'glab, er miassat's allein probieren. Den Floh hat ihm wahrscheinlich der Peter ins Ohr g'setzt. Tja, und dann ist's bergab mit ihm 'gangen.« Manfred Lorünser verschränkte die Finger.

»Die Verkaufszahlen sprechen aber eine andere Sprache.«

Der Chef-»Klingone« reckte sein Kinn vor. Sein kantiges Gesicht warf lange Schatten auf den Boden, als er sagte: »Bei den Weibern kannst halt immer noch punkten mit den Schnulzen. Aber ›Schwarze Madonna‹ hab ich für ›Die Gipfelstecher‹ komponiert. Da war der Rupert sogar dabei.«

»Und jetzt bringt er den Titel solo raus und macht damit das große Geld. Da müsst ihr doch eine ziemliche Wut auf ihn haben«, bemerkte ich.

Manfred Lorünser löste seine Finger und lehnte sich auf der Bank zurück. »Du hast echt keinen Tau, oder? So was regt doch keinen Schwanz mehr auf. Aber selbst wenn: Glaubst im Ernst, wir täten den Rupert entführen? Wie hätten wir das denn anstellen sollen? Die Rezeptionistin vom Hotel bestechen oder knebeln? Nein, nein. Wir ›Klingonen‹ gehen lieber den ehrlichen Weg.«

»Im Gegensatz zu euren Idolen«, schaltete sich Manni jetzt zum ersten Mal in die Unterhaltung ein.

Die beiden »Alpenklingonen« starrten ihn unverwandt an.

»›Heute ist ein schöner Tag zum Sterben. Rache ist ein Gericht, das kalt serviert werden muss.‹ Sagt euch das was?«

Manfred Lorünser kratzte sich an der Nasenwurzel.

»Na, eure galaktischen Vorbilder«, half ich ihm auf die Sprünge. »Die echten Klingonen.«

»Ach so, die. Ja.« Manfred Lorünser machte eine wegwerfende Handbewegung. Von »Star Trek« schienen er und sein Bruder keine Ahnung zu haben. Nichts als ein billiger Werbegag, der Schmäh mit den »Klingonen«.

»Vor Gericht braucht man Beweise«, gab ich zu bedenken. »Mich würde interessieren, welche ihr ins Treffen führen wollt.«

Manfred verzog die Lippen. »Das werde ich ausgerechnet dir auf die Nase binden.«

»Wer weiß, vielleicht kann ich euch helfen, wenn's hart auf hart kommt.«

»Mann, bist du eine Nervensäge!« Manfred Lorünser rutschte auf der Bank zurück. »Als Kind hat der Rupert mit uns z'sammen 'probt. Stimmt's, oder hab i recht, Walter? Frag mal die Leute in Ischgl, die werden dir das bestätigen.« Er warf einen genervten Blick auf die Uhr.

»Das werd ich tun.« Ich stand auf und glättete eine Falte auf meinem Hemd. Aus den »Alpenklingonen« war im Moment nicht mehr herauszuquetschen. Schade, aber ich hatte schon einen anderen Plan. »Danke für eure Mühe«, sagte ich und verabschiedete mich.

»Ich hoffe, das war's dann.« Manfred Lorünser wies uns den Weg zur Tür.

»Fast«, fügte ich an, als Manni und ich schon auf der Schwelle standen. »Nur noch eine Frage.«

Manfred Lorünser hob die Augenbrauen.

»Dein Lachen. Hast du da ein Patent drauf?«

Kommentarlos warf der Ober-»Klingone« die Tür hinter uns zu.

7

Rupert hatte sämtliche Gebrauchsgegenstände in seinem Zimmer zurückgelassen, ein Indiz, das ebenso wie das Chaos auf seinem Bett für einen überhasteten Aufbruch sprach.

Die Überwachungskamera an der Rückseite des Hotels war, wie Blondie mir erklärte, kurz nach Mitternacht außer Gefecht gesetzt worden. »Und die Alarmanlage war auch ausgeschaltet. Da muss ein echter Profi am Werk gewesen sein«, bemerkte sie und deutete aufgeregt zum Konferenzraum, in dem eine Meute Journalisten den Hoteldirektor umzingelte und gierig nach Antworten lechzte.

Für die Presse war das plötzliche Verschwinden des Volksmusikstars ein gefundenes Fressen. Seit Bekanntwerden der Nachricht belagerten Fernsehreporter und Zeitungsjournalisten aus Deutschland, Österreich und der Schweiz das Hotel und lagen dem Direktor mit dem Vorwurf von diversen Sicherheitslücken in den Ohren.

»Und der Nachtportier hat nichts bemerkt?«, bemühte ich die in den letzten Stunden wahrscheinlich am häufigsten gestellte Frage.

»Nichts. Das letzte Lebenszeichen von Rupert Sonnholz ist seine Bitte um ein neues Handtuch. Sie ging gestern um halb zwölf Uhr nachts bei uns ein. Anschließend hat er sich auf sein Zimmer zurückgezogen. Sein Manager behauptet, ihn gestern nicht mehr gesprochen zu haben. Tja, und heute früh war er verschwunden.«

»Haben Sie die anderen Hotelgäste schon befragt?«

»Das ist Aufgabe der Polizei.«

***

In der »Rumpelkammer« schien Ruperts Verschwinden keine Spuren zu hinterlassen. Die Bude war genauso voll wie am

Tag zuvor, nur den Türsteher hatte man offenbar ausgetauscht. Jedenfalls zeigte der Typ, der an diesem Abend am bogenförmigen Eingang stand, nicht das geringste Interesse an meiner Sonnenbrille.

Ich ging an ihm vorbei und machte es mir auf einem Barhocker am Tresen bequem, den Blick auf die tobende Menge vor mir gerichtet.

In dem Schuppen roch es, als hätte jemand einen Eimer Schweiß über die Besucher gekippt. Ein Pulk beschwipster Mädels wogte zu Falcos »Rock Me Amadeus« über die Tanzfläche, während die nicht minder besoffenen Männer mit einem Bier in der Hand an der Bar lehnten. Manni hatte einen wichtigen Termin in seinem Laden, einem Italo-Western-Saloon und Bud-Spencer-Fanartikelshop, sodass ich diese Aufgabe allein in Angriff nehmen musste. Na, vielleicht war das ja sogar besser so. Ich sah mich ein wenig um und blieb an einem Burschen mit Föhnfrisur hängen, der an der Verstärkeranlage rumlungerte. War das nicht der Typ, der gestern neben dem Jungen mit der Baseballkappe gestanden hatte?

Entschlossen zwängte ich mich an zwei kichernden Mädels vorbei bis zu einem Stehtisch. Na klar, das war er. Beflügelt von meiner Entdeckung umrundete ich die Tanzfläche und pirschte mich von hinten an ihn an. Föhnfrisur schien mein Manöver nicht zu bemerken, denn er bewegte sich keinen Millimeter von der Stelle, bis ich hinter ihm stand und ihn an seinem Hemdsärmel zupfte. »Cooles Styling.«

Er schnellte herum und musterte mich aus wachen blauen Augen. »Was man von deinem nicht grad behaupten kann.«

»In meinem Alter zählen andere Werte.«

Er tat, als hätte er meine Bemerkung nicht gehört, und wandte sich wieder den Tanzenden zu.

»Ist dein Freund heut gar nicht da?«, wagte ich einen erneuten Vorstoß.

»Wer?«

»Na, der Rupert.«

Föhnfrisur scannte mich mit abschätzendem Blick. »Witzbold«, urteilte er schließlich, drehte sich um und ging Richtung Tresen davon.

Mit einem beherzten Griff hielt ich ihn am Ärmel zurück. »Hey, ich mach mir Sorgen um ihn.«

»Weißt du was? Das sagen sie alle. Sein Manager. Seine Eltern. Der Typ vom Casino. Alle. Aber die Wahrheit ist: Einen Scheißdreck interessiert es sie, wo er ist. Die sehen nur ihre Kohle mit ihm davonschwimmen.«

»Ich nicht.«

»Und wieso soll ich dir das glauben?« Er starrte mich unverwandt an, woraufhin ich von ihm abließ und mich umwandte. Plötzlich spürte ich eine Berührung und drehte mich wieder zurück.

Föhnfrisur griff in seine Hosentasche und zog eine Packung Zigaretten heraus. »Auch eine?«

»Nein danke.«

»Also, wer bist du?«

Ich überlegte kurz, dann entschied ich mich dafür, die Karten auf den Tisch zu legen, und erzählte ihm von meinem gescheiterten Auftrag.

»Also geht's dir doch auch nur um die Kohle«, schlussfolgerte er, nachdem ich geendet hatte.

»Die ist schon weg. Schau her!« Ich zückte meine Brieftasche und ließ eine Handvoll Centmünzen auf den Stehtisch prasseln.

Föhnfrisur grinste. »Hast 'ne Sammlung, oder was?« Er wartete kurz, steckte sich die Kippe an und fuhr fort: »Keine Ahnung, wohin sich der Rupert verkrochen hat oder wer seine Entführer«, er malte Anführungsstriche in die Luft, »sind.«

»Und du machst dir keine Sorgen?«

Er zog an der Zigarette und blies den Rauch aus, bevor er antwortete. »Klar mach ich mir Sorgen. Schon lange.«

Ich wartete auf eine weitere Erklärung, die nicht kam. »Weshalb schon lange?«, hakte ich nach.

»Weil es ihm zu viel wird.« Er brach ab und nahm einen weiteren Zug. Blaue Dunstschwaden entschwanden über unseren Köpfen.

Hinter uns hüpfte eine Gruppe Mädels im Kreis. Der DJ hatte »Disco Fever« von Axel Fenal aufgelegt.

»Du meinst die Geschichte mit der Klage?«

»Nicht nur die. Alles. Die ständigen Proben und Auftritte. Der ganze Druck. Rupert wird damit nicht mehr fertig. Ich glaub, er nimmt sogar was, um nicht zusammenzubrechen.«

Ich pfiff durch die Zähne. Der Star, der Drogen einwirft. Ein klassisches Schicksal. Aber in der Jodelbranche? »Weißt du es, oder glaubst du es nur?«

Eine weitere Rauchwolke aus blauem Dunst verpuffte auf dem Weg zur Decke. Föhnfrisur ließ seinen Blick über die wogende Menge schweifen. »Ihm geht's einfach nicht gut, okay?«

Ich beschloss, nicht weiter nachzubohren, und fragte stattdessen: »Kennst du einen Typen, der einen grünen Jaguar fährt?«

Föhnfrisur schnippte die Zigarette auf den Boden und biss sich auf seine Unterlippe. Er schien zu überlegen, einen Tick zu lang für meinen Geschmack. »Ich kenne eine Menge Typen«, sagte er schließlich. »Wieso?«

Kurz und knapp erzählte ich ihm die Geschichte von unserer nächtlichen Verfolgungsjagd. »Rupert muss sich vor irgendwas gefürchtet haben. Vielleicht vor dem Jaguar, den er im Rückspiegel gesehen hat«, schloss ich.

Föhnfrisur wich meinem Blick aus und starrte dem Kellner nach, der sich mit einem vollen Tablett an uns vorbeidrängte. »Er steht bei ein paar Leuten ziemlich in der Kreide«, sagte er schließlich. »Typen, die man besser nicht verärgert.«

»Typen, die einen grünen Jaguar fahren?«

»Schon möglich.« Abermals schien der Bursche mich loswerden zu wollen.

»Wenn du was weißt, dann sag es! Glaub mir, ich hab Erfahrung in solchen Dingen und mit solchen Leuten.«

Föhnfrisurs T-Shirt bewegte sich im Luftzug einer tanzenden vollbusigen Tänzerin, als er sich nach mir umdrehte. »Und wer sagt, dass ich dir vertrauen kann? Dass du nicht auch einer von dieser Abzocker-Bande bist?«

»Meine Geldtasche.«

Ein bitteres Lächeln zuckte um seine Lippen. »Ich hab die Typen nie gesehen. Rupert hat sie im Innsbrucker Casino aufgegabelt. Nicht meine Kragenweite. Ich hab gleich gesagt, er soll die Finger von denen lassen. Aber der Rupert ist halt nicht einer, der die Flinte schnell ins Korn wirft. Wenn der einen Lauf hat, will er's wissen. Gnadenlos. Dann setzt und setzt er, bis er sein letztes Hemd verspielt hat.«

»Kann er sich das denn nicht leisten?«

»Wenn du wüsstest!« Seine Hände flogen zur Decke. »Und dann noch die Geschichte mit Camilla.«

»Camilla?« Ich spitzte die Ohren, doch Föhnfrisur biss sich auf die Lippen, als hätte er bereits zu viel verraten.

»Hör mal, ich weiß gar nicht, warum ich dir den ganzen Kram überhaupt erzähl. Ich kenn dich kaum und hab ehrlich gesagt auch noch immer nicht kapiert, warum du hinter meinem Kumpel her bist, wenn du keine Kohle von ihm kriegst.«

»Aus Anstand, so nennt man das wohl.«

»Ach, so einer bist du also.« Föhnfrisur lächelte gezwungen. Sein längliches Gesicht wandte sich schon von mir ab, als er sagte: »Dann frag mal anständig nach meinem Namen.«

Er ließ mich in der Menge zurück mit dem Gefühl, mal wieder auf der Zielgeraden versagt zu haben.

8

Von außen erinnerte das Innsbrucker Spielcasino, vor dem ich am nächsten Abend stand, an einen dieser gigantischen Glaswürfel, die im Rahmen der städtebaulichen Erneuerung aus dem Boden gestampft und gegen den Willen der Bevölkerung zwischen jahrhundertealte Bauwerke gezwängt worden waren. Von innen wirkte es, wie man sich ein Casino eben so vorstellte: ausladend und verschwenderisch, mit riesigen Säulen, hohen Hallen und einer Aura, in der selbst die Toilettenschüsseln den Traum vom unversiegbaren Reichtum verströmten.

Schon in der Eingangshalle kämpfte ich mit einem Ziehen im Bauch, das sich mit jedem weiteren Schritt verstärkte und sich zu einem handfesten Knoten ausgewachsen hatte, als ich die Lobby durchschritt. Allein der Anblick des Publikums genügte, um zu wissen, dass ich mich in einem mir fremden Universum bewegte. Zwei Meter große Riesen in blütenweißen Hemden und Smokings, Geschäftsmänner mit vollen Lippen und goldenen Rolex-Uhren am Handgelenk und Armani-Apostel, die ihr Gegenüber musterten wie der Designer sein Model vor einer Modenschau.

Widerwillig gab ich meine Jacke am Empfang ab, tauschte Bargeld gegen ein paar Jetons und schritt ungelenk auf die Marmortreppe zu. Männer mit Seidenkrawatten und goldenen Armkettchen tänzelten über die Stufen wie über einen Laufsteg, die Hände grazil nach ihren Begleiterinnen ausgestreckt, deren silberne Kleider im grellen Neonlicht glitzerten. Alles wirkte perfekt, harmonisch und vollkommen wie in einer mir fremden Parallelwelt, in die sich kein Staubkorn verirrte. Sogar die Leuchtschilder vor den dem Casino zugehörigen Cafés und Bars blinkten wie frisch poliert, und der Parkettboden strahlte, als wäre es das Natürlichste auf der Welt, dass man sein Spiegelbild darin sah. Für meinen Geschmack alles eine Spur *too much*, einen Tick zu dick aufgetragen wie auf einer Theaterbühne, auf der sich die Reichen und Schönen dieser Welt versammelt hatten, um dem Publikum ihre makellos weißen Westen zu präsentieren. Nur das Putzpersonal wusste um den hohen Verschleiß an Fleckenreinigern.

Als ich in der Spielhalle im zweiten Stock anlangte, prüfte ich, ob meine Krawattennadel richtig saß, begutachtete meinen Smoking, musste über meine glänzenden Schuhe staunen und steuerte den Roulettetisch an, der im Bereich hinter den Flipperautomaten stand. In Anbetracht der frühen Stunde war das Spielcasino gut besucht. Zwei Yuppies in malvenfarbenen Smokings warfen sich unschlüssige Blicke zu, ihnen gegenüber stierten drei ältere Herren finster und gespannt auf die Kugel im sich drehenden Rouletterad. Dahinter lehnten ein paar Zuschauer an einer stuckverzierten griechischen Säule und tranken Champagner.

Ich trat zu einem der beiden Croupiers, nickte den Herren am Spieltisch zu und setzte einen Zwanziger-Jeton auf Impair. Am liebsten hätte ich diesen Teil meines Plans ja ausgelassen, denn schließlich war ich chronisch pleite, doch damit wäre ich sofort aufgefallen. Also hatte ich Roger um ein paar Scheine angepumpt und ihm ein gemeinsames Abendessen mit Julia versprochen. Die drei finsteren Gesellen steckten ihre Köpfe zusammen und murmelten etwas in einer fremden Sprache – Russisch oder Polnisch, wenn ich mich nicht irrte –, während die beiden Yuppies – Jungunternehmer? BWL-Studenten? – einen Hunderter-Jeton auf Impair und einen Louis auf Passe setzten. Ich verschränkte die Hände und tat so, als gälte mein Interesse einzig der rollenden Kugel, die auf der Vierzehn zu liegen kam. Kein Gewinner.

Schwungvoll löste ich meine Hände, ging auf die zwei Nachwuchsbanker zu und sagte: »Knapp daneben ist auch vorbei.«

Der größere der beiden – er trug ein weißes Hemd unter seinem Smoking und litt, der Blässe nach zu urteilen, an akutem Vitamin-D-Mangel – sah mich an, als wäre ich ein lästiges Insekt.

»Neues Spiel, neues Glück, oder?«

Die beiden Yuppies wechselten ein paar Worte, dann scharwenzelten sie zum Spieltisch und legten einen Fünfhunderter-Jeton auf Impair, während die Gruppe höheren Alters gegenüber wieder auf ihren Einsatz verzichtete. Ich beschloss, es ihr gleichzutun, und wartete eine Runde ab. Unter den gespannten Blicken der Beobachter kam die Kugel auf der Dreiundzwanzig zu liegen. Die Yuppies veranstalteten einen Freudentanz und klatschten einander ab.

»Warte bloß! Das kann ich auch.« Entschlossen stellte ich zwei Jetons im Gesamtwert von fünfzig Euro auf die Einundzwanzig.

Der Schlaksige mit der blassen Gesichtsfarbe lachte. »Hat dir deine Mami zu wenig Pulver gegeben?« Sabbernd platzierte er vier Fünfhunderter-Jetons auf Impair. »Schau, so macht man das!« Er pflanzte sich mit breiter Brust vor mir auf, in der offenkundigen Erwartung, dass die Kugel ihm recht geben würde. Frecherweise wählte sie sich die Dreißig aus.

»Tja, das war's dann wohl mit deinem nächsten Urlaub.«

»Hast du ein Problem?« Schlaksi fletschte die Zähne, sodass ich beinahe zusammengezuckt wäre. Aber nur beinahe, denn seine Mimik wirkte eher komisch als bedrohlich.

»Aber, aber! Wie sagt mein Freund Rupert stets so schön? Immer mit der Ruhe.«

Die beiden Typen musterten mich unverwandt.

»Kennt ihr den?«

»Wen?«

»Den Rupert?«

Beide Gesichter zuckten, dann sagte Schlaksi: »Wer kennt den nicht?« Sein Tausender-Jeton flatterte auf die Sechzehner-Transversale. »*Yes!* Diesmal wird's ein Volltreffer, Guggi. Ich spür's schon in den Eiern.« Siegessicher linste er zu seinem Begleiter, dessen Igelfrisur in dem geschleckten Etablissement wie ein Fremdkörper wirkte.

Die Kugel stoppte auf der Achtundzwanzig. Die beiden Sonnenlichtallergiker fluchten leise, als ein Croupier ihren Einsatz kassierte.

»Jetzt bist du dran!« Schlaksi deutete auf mich. »Mach mal ein paar Hunnis locker.«

Sein Begleiter gluckste, während sich die finsteren Blicke der drei Anzugträger in den Spieltisch bohrten. Ich holte zwei Hunderter-Jetons aus meiner Hosentasche und setzte sie auf Noir.

»Boah, zweihundert. Hat uns jetzt der Mut gepackt?« Schlaksi deponierte seinerseits drei Fünfziger-Jetons auf Impair. »Hast wohl Schiss, dass es dir wie dem Rupert geht.«

Sein Begleiter lachte unverhohlen.

Die Kugel kam auf der Siebzehn zu liegen. Schwarz.

Grinsend strich ich meinen Gewinn ein, während die beiden Herren im Smoking den Tisch verließen.

»Arschloch«, murmelte Schlaksi und schielte nach dem Croupier, der die nächste Runde einläutete.

Diesmal setzte ich Jetons im Wert von hundert Euro auf Rouge, während der junge Schnösel den doppelten Betrag auf eine Transversale Plein verwettete. Inzwischen war der Kerl so nahe gekommen, dass mir der Gestank seines Rasierwassers in die Nase stach. »Kaufst du das im Sozialmarkt?«

»Was?«

»Dein Rasierwasser.«

Schlaksis Miene fror ein. Er wartete einen unbeobachteten Moment ab, dann packte er mich wie in Zeitlupe am Revers und flüsterte: »Pass auf, du Arsch. Dein Freund schuldet mir zehn Grüne. Wenn du nicht sofort deine Klappe hältst …«

»Dann?«

Nervös sah er sich nach den beiden Croupiers um, die noch immer in die entgegengesetzte Richtung blickten.

»Nur so viel: Hier drin gibt's Typen, mit denen du dich besser nicht anlegen solltest. Dein Rupert schuldet denen ein halbes Vermögen. Wenn ich ihnen sag, wie du mit mir redest …« Mitten im Satz hielt er inne, löste seinen Griff und schenkte mir ein Lächeln Marke »Braver Schwiegersohn«. Der Spielleiter hatte sich wieder zu uns umgedreht.

»Was ist dann?«, fragte ich laut und stellte zufrieden grinsend fest, dass die Kugel im kleinen Kästchen der roten Drei lag.

»Hast du die drei Russen vorhin gesehen?« Um die paar Dezibel, die meine Stimme lauter geworden war, ebbte Schlaksis Stimme ab.

»Die mit den Leidensmienen?«

»Genau die.« Das Lächeln kehrte auf seine Lippen zurück. »Du willst nicht wissen, wie die dreinschauen, wenn sie mal richtig sauer sind. Hoffentlich haben sie nicht gehört, dass du über Rupert gesprochen hast.«

Wenn ich mir ihre grimmigen Mienen in Erinnerung rief, behagten mir seine Worte nicht sonderlich.

9

Meine Freundin Julia war noch wach, als ich spätabends nach Hause kam. Nach langem Hin und Her hatten wir uns im vergangenen Winter endlich dazu durchgerungen, unser eigenes Liebesnest zu beziehen, für einen Individualisten mit ausgeprägtem Freiheitsdrang wie mich keine leichte Entscheidung. Doch auch mir war klar gewesen, dass wir den Weg irgendwann beschreiten mussten, sollte unsere Beziehung nicht im Versuchsstadium stecken bleiben.

Dennoch musste ich mich an die neue Zweisamkeit erst gewöhnen. Keine herumliegende Kleidung mehr, keine mitternächtlichen Partys, keine Fluchtmöglichkeit am ORF-Serienmontag, wenn sich Österreichs Damenwelt geschlossen mit April Malloy, Karen Kim und Josslyn Carver vergnügte oder mit den »Desperate Housewives« über den impotenten Blonden von nebenan herzog, während ihre Männer brav am Herd standen und den hungrigen Nachwuchs bekochten. *O tempora, o mores!*

Aber in der WG wäre es nicht besser gewesen. Mit Schrecken erinnerte ich mich an den tätowierten Fleischberg, der sich nachts in meinem Kleiderschrank versteckt hatte, das blonde Flittchen, das furzend auf meiner Kloschüssel gesessen hatte, an Mannis nächtliche Rockerpartys und schließlich an meine erste Begegnung mit Roger. Graf Roger, ein reicher Schnösel, der Manni angeblich mal das Leben gerettet hatte, ließ sich gottlob nicht oft in unserer WG blicken, doch reichten die seltenen Male, um unsere Gemeinschaftsküche in ein Katastrophengebiet zu verwandeln: mit auf Wänden klebenden Teigresten, pechschwarzen Kochtopfböden und Pfannkuchen, die wie Luster von der Decke baumelten und auf ein Heer verkochter Bananenschalen hinabblickten.

Dagegen glich das Zusammenleben mit Julia einem echten Erholungsurlaub. Ihre Bettdecke raschelte, als ich das Licht im Wohnungsflur anknipste.

»Bleib liegen!«, rief ich, streifte mir die Schuhe von den Füßen, legte den Anzug ab und machte mich auf der Suche nach etwas Essbarem auf den Weg in die Küche. Unsere Wohnung war überschaubar. Ein Wohn- und Schlafzimmer, an das westseitig eine bescheidene Küche anschloss, und schließlich ein Bad. Nicht gerade viel Platz für ein Pärchen, dafür genoss man vom Balkon aus einen ähnlich tollen Ausblick wie von Julias alter Wohnung an der Höhenstraße. An wolkenarmen Tagen lag einem dort das gesamte mittlere Inntal zu Füßen. Im Winter sah man den Schnee in der Sonne funkeln, und nachts, wenn der Mond tief über den Bergen hing, konnte man beobachten, wie der Sternenhimmel mit den bunten Lichtern der Stadt verschmolz.

Ich drückte den Lichtschalter, watschelte zum Kühlschrank, öffnete die Tür, schnappte mir eine Bierflasche und zauberte gerade eine Pirouette auf das rutschige Linoleum, als meine bessere Hälfte im Nachthemd im Türrahmen erschien. Sie spielte mit einem Haargummi in ihrer Hand.

»Ich hab heut Chili con Carne gegessen. Müssten noch Reste im Kühlschrank sein.«

»Du hättest nicht extra aufstehen brauchen.«

»Jetzt sag bloß, du hast was dagegen.« Ihr neckisches Grinsen erzeugte ein wohliges Kribbeln in meinem Bauch.

»Wenn du wüsstest, woher ich grad komm …« Ich seufzte schwer.

»Lass mich raten!« Sie spannte ihr Haargummi und bändigte ihre schwarze Mähne zu einem Pferdeschwanz. »Von einem Empfang der Bürgermeisterin?«

»Falsch.«

»Aus Versaces Kleiderschrank?«

»Falsch.«

»Von einem Überfall auf ein Kleidergeschäft?«

»Vom Casino.«

»Bin ich froh, dass wir getrennte Konten haben!«

Ich nahm zwei Gläser aus der Anrichte und bot ihr die Hälfte von meinem Bier an.

Sie nickte dankend und schenkte sich ein. »Ein neuer Fall? Oder geht es noch immer um diesen Schlagerfuzzi?«

»Schlagerfuzzi auf Abwegen«, erklärte ich. »Wusste wohl nicht mehr, was er mit dem vielen Geld anstellen sollte.« Ich fasste kurz meine Beobachtungen für sie zusammen.

Als ich geendet hatte, kräuselten sich winzige Fältchen auf ihrer Stirn. »Aber warum suchst du noch nach ihm? Sein Manager hat dir doch den Auftrag entzogen.«

»Schon, aber …« Ich ließ meinen Blick zur Fensterfront schweifen, dahinter nur schwarzer Nachthimmel.

»Jetzt erzähl mir nicht, dass dir der Typ sympathisch ist.«

Ich trank einen Schluck Bier und dachte über ihre Worte nach. Julia hatte recht. Ich empfand weder Sympathie für Rupert, noch brachte mir der Fall Kohle ein, und doch fühlte ich mich in gewisser Weise verpflichtet, meine Ermittlungen fortzuführen.

»Ich hätte ihn nicht entwischen lassen dürfen«, sagte ich.

»Jetzt komm mir nicht mit der gekränkten Berufsehre!«

Lagen die Dinge wirklich so einfach? Ging es mir wirklich nur um mein gekränktes Ego? Oder stand vielleicht doch der Wunsch dahinter, in eine Welt einzudringen, die einem Schlagerbanausen wie mir sonst ein Leben lang verborgen bleiben würde? »Hast du gewusst, dass die Jodelfraktion gern in Fünf-Sterne-Tempeln absteigt? Von wegen Brauchtum und nah an den Leuten und so«, ignorierte ich ihren Einwand.

Julia lächelte matt. »Schau mal, was ich gefunden hab, nachdem du mir letztens schon von der Sache erzählt hast.« Sie deutete auf die aufgeschlagene Zeitung auf dem Küchentisch.

Gespannt beugte ich mich vornüber und las.

PLAGIATSVORWÜRFE FREI ERFUNDEN

Innsbruck (apa). Die Plagiatsvorwürfe der Volksmusikband »Die Alpenklingonen« sind möglicherweise frei erfunden. Nach Aussage von Rupert Sonnholz' Manager Peter Friedrich hat sich nun auch Branchenkollege Eckbert Pranger, langjähriger Freund der

Bandmitglieder, zu Wort gemeldet. »Den Titel hat es in dieser Form nie gegeben. Die ›Schwarze Madonna‹, von der Manfred Lorünser spricht, hat einen völlig anderen Text.« Beweismaterial könne er jederzeit an die Justiz übermitteln, so Pranger.
Handelt es sich also nur um ein Ablenkungsmanöver der skandalumwitterten Volksmusikgruppe? Die neuesten Indizien sprechen dafür.
Peter Obexer, Pressesprecher von »Die Alpenklingonen«, sieht die Sache naturgemäß anders. Ihm zufolge sei das rätselhafte Verschwinden von Rupert Sonnholz – die »Tiroler Post« berichtete – ein indirektes Schuldeingeständnis. »Der hatte Angst und ist untergetaucht«, gibt Obexer zu Protokoll. Ein Gerichtsprozess ist anhängig. Es gilt die Unschuldsvermutung.

»Da schau her«, sagte ich und sog die Luft ein.

»Verlogener Haufen.« Julia leerte ihr Bierglas in einem Zug und stellte es ins Spülbecken. »Von Liebe und Herzschmerz singen, aber in Wahrheit nur hinter dem Geld her sein.«

Ich stützte meine Ellenbogen auf dem Tisch ab und nickte. »Wahrscheinlich hast du recht.«

»Ich geh jetzt schlafen, Sherlock. Wenn du mir dann folgen würdest …«

»Klar.«

»Übrigens, bevor ich's vergess«, sagte sie schon im Gehen. »Am Dienstag sind wir bei Christina und Markus eingeladen.«

Ich schluckte. Bei allem Wohlwollen bezüglich Julias Freunden, aber dieses Schickimicki-Pärchen konnte ich nicht ausstehen. Ich tat, als hätte ich sie nicht gehört, faltete die Zeitung zusammen und rief ihr hinterher: »Ich komm gleich!«

»Das will ich auch hoffen!«

Auf dem Weg ins Schlafzimmer wirbelten tausend Gedanken durch meinen Kopf. Rupert Sonnholz. Die finsteren Typen aus dem Casino. Der Zeitungsartikel. Christina und Markus Meier.

»Jetzt zieh nicht so einen Flunsch und tu deiner Ärztin einen Gefallen.« Julia stand splitternackt vor mir, als ich zu ihr neben das Bett trat.

»Oha. Was hätten wir denn gern?«

»Wie wär's mit 'ner Ganzkörpermassage?«

Vergessen die Meiers. Vergessen die dekadente Clique im Spielcasino und die verlogene Welt der Volksmusik. Diesen Augen konnte ich mich nicht verweigern. Ich spürte, wie mir ein wohliger Schauer über den Rücken lief, und ich begann, meine Freundin von den Haarwurzeln bis zu den Zehenspitzen mit Küssen zu bedecken.

10

Als ich am nächsten Morgen gegen neun Uhr die Wohnung verließ, fiel mir der Wagen erst gar nicht auf. Zu lebendig waren die Bilder der vergangenen Nacht, die durch meinen Kopf geisterten, zwei ineinander verschlungene Körper in Ekstase, eine Woge der Leidenschaft, die spätnachts über uns beide hinweggerollt und in ein Gefühl friedlicher Erschöpfung gemündet war – einer der seltenen Augenblicke völligen Einklangs mit der Welt, einer Welt, in der Mord und Totschlag, Hass und Gewalt die Zeitungsschlagzeilen beherrschten. Der Gedanke daran, dass viele Menschen diesen tiefen inneren Frieden niemals erleben würden, bedrückte mich und nährte meine Zweifel an dem, was ich Tag für Tag tat. Die gescheiterten Existenzen, die mir begegneten, die Gefahren, denen ich mich immer wieder aussetzte, das lähmende Gefühl von Ohnmacht angesichts der Habgier und Kaltschnäuzigkeit mancher Zeitgenossen, all das bedrückte mich. Mein Leben könnte so sorglos sein, würde ich wie die meisten Leute einfach in ständiger Vorfreude auf das Wochenende meine Stunden im Büro absitzen. Doch ich verspürte noch immer diese Neugierde, diesen Drang, hinter menschliche Fassaden zu blicken und mich der Illusion hinzugeben, unsere Gesellschaft ein Stück weit zum Besseren verändern zu können. Vielleicht lag ja auch genau darin meine Mission: der Welt einen Teil ihres Schreckens zu nehmen.

Das verspiegelte Fensterglas lenkte meine Aufmerksamkeit auf die schwarze Limousine, die hinter einem blauen Opel Kadett vor der Auffahrt zur Schneeburggasse parkte. Einen solchen Wagen würde man in Innsbruck, wenn überhaupt, nur am Landhausplatz vermuten. In einer dörflich geprägten Wohngegend wie Hötting wirkte er hingegen wie ein Raubtier, das sich in einen Hasenstall verirrt hatte. Neugierig umrundete ich das Teil, begutachtete Frontpartie und Spoiler, strich über die Metallic-Lackierung und klopfte die Heckscheiben mit dem Zeigefinger ab. Der Impuls, die Tür aufzubrechen, erlosch so schnell, wie er gekommen war. Stattdessen zückte ich mein Handy und fotografierte das Nummernschild. Wer konnte schon wissen, wozu es noch gut sein würde.

Mit einem flauen Gefühl im Magen watschelte ich zu meinem Käfer zurück und startete den Motor. Mein roter Kumpel befreite sich aus der Parklücke und rollte die Höttinger Gasse hinunter, während ich das Autoradio einschaltete. Ö3 mit dem schnellsten Verkehrsservice Österreichs vermeldete den befürchteten Stau. Für das Saisoneröffnungskonzert heute Abend in Salding rechneten die Veranstalter mit zehntausend Besuchern, die dazugehörige Blechlawine verstopfte bereits die Inntalautobahn.

Seufzend wich ich auf die Bundesstraße aus und steuerte den Käfer in Richtung Zirl, während die ersten Sonnenstrahlen durch die Windschutzscheibe fielen. Das Wetter zeigte sich an diesem letzten Oktobersamstag von seiner Schokoladenseite – zwanzig Grad wurden in den niedrigen Talschaften erwartet, und selbst in Salding, eintausendachthundert Meter über dem Meer gelegen, würde es sich bei zwölf Grad mit T-Shirt und Jacke aushalten lassen. Ich drehte das Autoradio lauter, um mich in Stimmung zu bringen. Bryan Adams, »Summer of 69«. Der passende Sound zum Wetter.

In Ötztal-Bahnhof bog ich ab und folgte dem Wegweiser in Richtung Salding, als ich den langen Schatten neben mir auf dem Asphalt bemerkte. Der schwarze Toyota täuschte links von mir ein Überholmanöver an, um kurz darauf wieder in meinem Rückspiegel zu verschwinden.

Schlaksis Worte vom vergangenen Abend fielen mir ein. Ob sich die finsteren Gestalten aus dem Casino an mich drangehängt hatten? Ich drückte aufs Tempo und jagte den Käfer über die erste Steilstufe der Ötztal-Bundesstraße. Auf Höhe Ötz geriet der Verkehr ins Stocken. Ein rascher Blick in den Rückspiegel verriet: Der Toyota hielt gut zwei Wagenlängen Abstand. Ich zückte mein Handy.

»Jo, Mann?« Den Hintergrundgeräuschen nach zu urteilen war Manni bereits in Salding eingetroffen.

»Ich glaub, ich hab ein Groupie. Da klebt so ein Typ in einem schwarzen Toyota an mir dran.«

»Einer von den Casino-Jungs?« Manni hatte ich am Vorabend, nach dem Verlassen der Spielhölle, noch schnell von meinem Besuch erzählt. »Schon möglich.«

»Dann werden wir ihm einen würdigen Empfang bereiten.«

»Treib's nicht zu wild, ja?«

Manni lachte. »Du kennst mich doch.«

»Eben.«

Aber mein Kumpel hatte schon aufgelegt.

Ganze Buskarawanen wälzten sich den Berg hinauf. Deutsche, Italiener, Holländer, alle auf dem Weg zu ihren ersten Schwüngen im Schnee. Wenn die wüssten, welche Pisten dort oben auf sie warteten, hätten sie vermutlich schnell kehrtgemacht.

Als ich die Ortschaft Umhausen erreichte, zwängte sich ein roter BMW zwischen mich und meinen Verfolger. Mittlerweile herrschte zähflüssiger Kolonnenverkehr, und beißender Benzingeruch stieg durch das geöffnete Wagenfenster in meine Nase. In der nächsten Kehre kamen die Autos schließlich zum Stillstand. Ich schaltete den Motor ab. Jemand hupte. Im Rückspiegel sah ich, wie hinter mir ein blauer Golf ausscherte und sich in einem waghalsigen Manöver vor dem schwarzen Toyota einreihte. Das vereinzelte Hupen vor mir schwoll zu einem fröhlichen Konzert an. Auf einmal musste ich wieder an Ruperts riskantes Bremsmanöver am Abend vor seinem Verschwinden denken. Ob er den Drohbriefschreiber doch mehr fürchtete, als er hatte zugeben wollen? Sahen die »Alpenklingonen« ihre Popularität schwinden und griffen mangels Beweisen nun zu härteren Mitteln? Und was hatte es mit dem grünen Jaguar auf sich? Fragen über Fragen, auf die ich noch keine schlüssige Antwort hatte.

Nach einer gefühlten Ewigkeit ging es endlich im Schritttempo weiter, und ich trommelte zu den Klängen von Rihannas

»Diamonds« mit den Fingern aufs Lenkrad, während Wiesen und brachliegende Maisfelder im Wechsel mit riesigen Ferienhaussiedlungen an mir vorbeiflogen. Hinter der Ortsdurchfahrt von Längenfeld entzerrte sich die Kolonne endlich, und ich konnte zum ersten Mal wieder Gas geben. Mein Verfolger schien indes weiter an Boden verloren zu haben. Ob er ahnte, dass ich ihn entdeckt hatte? Das letzte Steilstück nach Salding verlangte meinem Käfer noch einmal alles ab.

Mannis Chevy wartete wie vereinbart mit gesetztem Blinker am Ortseingang, bereit, den Toyota in Empfang zu nehmen. Doch auch nach minutenlangem Warten tauchte der Wagen nicht auf. Der Typ musste in Längenfeld abgebogen sein.

11

In Salding liefen die Vorbereitungen für das abendliche Konzert auf Hochtouren. Kameraleute und Redakteure wuselten schwatzend auf dem Dorfplatz herum, Fanartikelverkäufer stockten ihren Vorrat an T-Shirts auf, Bühnentechniker zogen die letzten Schrauben fest, und die Security-Fritzen hatten schon Stunden vor dem Spektakel alle Hände voll zu tun, Pressefotografen und Schaulustige von den Absperrungen fernzuhalten. Obwohl Besucher das Festgelände erst ab siebzehn Uhr betreten durften, platzte die Partyzone, die von der Hauptstraße bis zum Skihang hinter dem »Apartmenthaus Edelweiß« reichte, bereits aus allen Nähten, als ich mich nach einem Zwischenstopp im »Hotel Stuck« gut zwei Stunden vor Konzertbeginn mit Manni ins Getümmel stürzte.

Was für eine Stimmung! Wir zwängten uns gerade an einer Gruppe Rheinländer vorbei, die sich grölend durch die Straßen wälzte und den Kölner Karneval besang.

»Und erst das Publikum!« Ich deutete auf einige Bärtige, die sich an einem provisorisch aufgestellten Biertisch im Fingerhakeln versuchten, einer alpenländischen Trendsportart, deren Ziel es war, dem Gegner in Taliban-Manier das Handgelenk zu brechen. »ISIS lässt grüßen.«

»Fehlt nur noch der Watschenmann«, bemerkte Manni.

Wir ließen die Hauptstraße hinter uns und bogen Richtung Dorfplatz ab, der mit Fanartikel- und Imbissständen zugepflastert war. Dixi-Klos mit offenen Türen verbreiteten eine scharfe Duftnote, und vor dem Festgelände wäre ich beinahe mit zwei Opas kollidiert, die andächtig torkelnd der »Kern-Buam« gedachten: »I lieg im Straß'ngrab'n.«

Vor dem Kassenhäuschen wäre ich beinahe mit einer Gruppe japanischer Kampftouristen kollidiert. Mit suppentellergroßen Fotoapparaten bewaffnet, fingen sie Kanaldeckel und defekte Dixis ein, brachten lustige Jodelbären zum Singen und sammelten so viel Ramsch in ihren Einkaufssäcken, dass sie damit locker ihren eigenen Stand hätten eröffnen können.

»Wo die heut wohl alle schlafen?«, sinnierte Manni.

»In der Ausnüchterungszelle«, mutmaßte ich.

Als wir unsere Karten, die wir online gekauft hatten, am Eingang vorzeigten, war die Sonne bereits hinter dem Horizont verschwunden, und Dutzende Flutlichter warfen ihre Schlagschatten auf das Gelände. Momentan gehörte die Bühne Alleinunterhalter Franz, der pfiffige G'stanzln über besoffene Männer und keifende Frauen zum Besten gab, während »Die zwei Magischen« ein paar Meter weiter verblüffende Zaubertricks vorführten. Der Sprecher sorgte mit seinen dezenten Werbeaufrufen dafür, dass der Andrang an den Bier-Tankstellen nicht abriss.

»Seid ihr alle da?«

»Jaaaaaaa!«

Bald würden die ersten Schunkelgruppen eintrudeln. Indes wurde der Moderator des heutigen Abends, Giovanni Org, angekündigt.

»Einen schönen guten Abend und ein herzliches Grüß Gott, liebe Freunde«, dröhnte es aus den Lautsprechern, und der italienische Schnulzenkönig erntete frenetischen Applaus. »Es ist mir eine Ehre, euch durch den heutigen Abend begleiten zu dürfen.« Klatschen. Grölen. Brüllen. Eine Kamera warf Orgs aufgesetztes Lächeln auf die beiden Videowalls rechts und links der Bühne. Der Schlagersänger räusperte sich und wartete, bis wieder Ruhe eingekehrt war. »Danke, meine Lieben. Ihr seid die Besten.« Kurz ging seine Stimme im allgemeinen Gekreische unter, dann drehte jemand am Mikrofon, und der Bass wummerte wieder über den Festplatz. »Ist das schön, dieser Empfang!« Ein paar Sekunden tränenseliger Rührung verstrichen, ehe Org fortfuhr: »Gemeinsam mit euch freue ich mich auf einen wunderschönen Abend! Doch bei aller Vorfreude, liebe Freunde, schwingt auch ein bisschen Wehmut mit, denn wie ihr sicher wisst, kann der Star des heutigen Abends, Rupert

Sonnholz, nicht auftreten.« Ein enttäuschtes »Oh!« ging durch die Menge, das der Moderator mit einer bedauernden Miene quittierte. »Ein aggressives Magen-Darm-Virus fesselt ihn seit gestern ans Bett«, erklärte er, »und macht seinen Auftritt trotz intensiver Bemühungen der Ärzte unmöglich. In Gedanken sind wir natürlich alle bei ihm und wünschen ihm eine schnelle Besserung!«

Magen-Darm-Virus? Hatte ich was verpasst? Ich stupste Manni an, der sich schon seine Ohrstöpsel reingestopft hatte.

»Aber jetzt, liebe Freunde – Bühne frei für unsere ersten Interpreten: ›Die Original Fidelen Rodeltaler‹!« Wie auf Knopfdruck flogen Tausende Hände in die Luft, und drei verbissen grinsende Mittsechziger in Trachtenjanker und Lederhose torkelten auf die Bühne.

»Seids gut drauf?«, brüllten sie in die Menge.

»Jaa!«

»Viel zu leise!« Der Sänger klopfte auf das Mikrofon. »Ich probier's noch einmal: Seids ihr gut dra-auf?«

»Jaaaaa!«

»Des is ja gar nix. Seids ihr gut dra-auf?«

»Jaaaaaaaaaaaaa!«

»Gut, dann lassen wir's jetzt so richtig krachen!«

Eine Drohung, die »Die Rodeltaler« erschreckend konsequent in die Tat umsetzten – mit dem »Haberfeldtreiber«, einem Volkslied, das von einem notgeilen Saufkopf handelte, der den lieben langen Tag nur hinter Frauen und Bier her war. Was für eine Eröffnung! Das Publikum schrie wie entfesselt, Plastikbecher und Luftschlangen wirbelten durch die Luft, Stimmbänder rissen. Überwältigt von der überbordenden Stimmung lauschte ich dem »Goaßen-Lied«, dessen Refrain von einer imaginären Trompete begleitet wie ein Echo durch den Talgrund hallte.

»Trompetenspiel ohne Trompete!«, brüllte Manni gegen die Musiker an. »Siegfried und Roy können einpacken!«

»Wo sind die Hände?«

Auf der Birne vom Nachbarn! Bei einer Coverversion des

»Fliegerlieds« wurden die Arme seitwärts gestreckt, schossen beim Wort »groß« wie auf Kommando nach oben, um bei »stark« einen Neunzig-Grad-Winkel zu beschreiben. Eine Hampelmann-Choreographie, die angesichts des Besucherandrangs nicht ganz ohne Folgen blieb.

Nächste Künstler: »Die Gipfelpiraten«. Zwei kernige Steirer, deren Lieder von Schnaps und vom Schnapseln handelten – eine thematische Vielfalt, die selbst »Die Brandenberger Gipfelkanonen« in den Schatten stellte. Die reschen Unterländer schienen wohl mit ihrer Besetzung zu hadern, denn die Geige, von der sie dauernd sangen, glänzte vor allem durch ihre Abwesenheit. Nun, was nicht ist, kann ja noch werden, dachte ich und freute mich auf den Sound der »Serlesfeger«, eine Altherrentruppe mit der Drohung: »Heut zeig i dir mein Hosentürl«. Die drei Männer hatten allerdings noch ein anderes Problem: Nach nur zwei Takten des Liedes versagte die Tonanlage, sodass die Musiker einige Sekunden lang stumm ihre Lippen bewegten und an den Gitarren zupften, bis ein Rumpelstilzchen seitlich auf sie zurannte und ihnen wild gestikulierend Einhalt gebot. Erst jetzt schien das Trio zu begreifen und setzte die Instrumente ab. »Nur ein kleines Akustikproblem«, wie der Bandleader versicherte. »Gleich geht's weiter, Freunde!«

»Kriegen die eigentlich noch was mit?«, fragte Manni und deutete auf zwei torkelnde Männer, die sich links von uns ins Gras erbrachen.

»Fürs Philosophicum durft's nicht mehr reichen.« Beschwingt von so viel guter Laune drängte ich mich an einer Gruppe Holländer vorbei und beschloss, mir die Veranstaltung von weiter vorn anzuschauen. Zwar bezweifelte ich, dass mich die Security zu den Interpreten durchlassen würde, aber vielleicht käme ich ja mit ein paar Leuten ins Gespräch. Als ich endlich vor der Bühne stand, hatten die »Alpenklingonen« nur ein Lied gesungen und packten bereits wieder ihre Instrumente ein. Sie räumten die Bühne für Patrizia Steiner, die große Schlager-Nachwuchshoffnung.

Ich drängelte mich gerade zwischen zwei älteren Herren

hindurch, als das Raunen der Menge zu mir vordrang. Instinktiv hob ich den Kopf und sah, dass Patrizias Hände auf der Bühne zitternd das Mikrofon umklammerten. Trotz Schminke und Lidschatten wirkte die Sängerin blass. Steile Falten furchten ihre Stirn, und ihre müden grünen Augen lagen tief in den Höhlen. Kraftlos bewegten sich ihre Lippen zum Klang ihres Schlagers »Madre Mia«, dann ließ sie vom Mikrofon ab und trat zurück. Diesmal war es der Techniker, der spät reagierte, sodass das Playback noch eine Zeitlang weiterlief. Hunderte neugieriger Augenpaare richteten sich auf die Bühne und gafften die Sängerin, die langsam wieder ans Mikrofon trat, an wie einen Alien.

»Ich kann nicht mehr«, verkündete sie mit erstickter Stimme. »Es ist alles so schrecklich. Ich kann nicht mehr.«

Die Geräusche auf dem Festgelände verstummten. Der Herr neben mir starrte entsetzt zu Boden, vor mir schlug sich eine Frau erschrocken die Hand vor den Mund. Für den Bruchteil einer Sekunde legte sich eine unwirkliche Stille über das Festgelände, dann liefen zwei Security-Typen vom Backstage-Bereich mit einer Rettungsbahre auf die Bühne und wechselten ein paar Worte mit der Sängerin. Der rechte von ihnen stellte die Trage ab und nahm ihren Arm. Widerstandslos ließ Patrizia sich wegführen, während die verstörten Blicke des Publikums sich in ihren Nacken bohrten.

Ich kann nicht mehr. Es ist alles so schrecklich.

Die Sequenz klang dem Publikum noch immer in den Ohren, als der Saum des silbernen Kleides der Sängerin hinter der Bühne verschwand und die Gespräche um mich herum wieder in Gang kamen.

»Ein kleiner Zwischenfall, aber keine Sorge, meine Damen und Herren! Unserer Patrizia geht es bestimmt gleich wieder besser.« Die fröhliche Stimme des Moderators. »Vielleicht hat sie sich bei Rupert angesteckt. Jetzt im Herbst muss man schon ein bissel aufpassen. Jedenfalls wünschen wir ihr von hier aus alles Gute!« Während der Moderator kurz innehielt, verstreute sich die Menge wieder auf der Partywiese. »So, jetzt bin ich wieder zurück. Bevor unsere letzten Interpreten, ›Die 3 Biedern‹, aufspielen, unterhalten wir euch mit ein wenig Partymusik.«

Partymusik? Ich fasste mir an den Kopf. Eine Sängerin hatte einen Nervenzusammenbruch, und der Typ legte »Viva Colonia« auf.

»The show must go on«, resümierte Manni, als wir uns im Gewusel wiedergefunden hatten. Und doch wollte die Stimmung nach Patrizias bestürzendem Auftritt nicht mehr so recht aufbranden. Es war, als hätte jemand die Luft aus dem riesigen Partyballon gelassen.

12

Zwei Security-Fritzen nahmen mich in Empfang, als ich nach dem Konzert auf die Bühne kletterte und im Backstage-Bereich aufschlug.

»Nicht so hastig, Bürschchen!« Der kräftigere der beiden, ein Hüne mit dicken Armen und einem daumenbreiten Nasenring, stellte sich mir breitbeinig in den Weg. Seine schulterlangen Haare fielen ihm ins Gesicht, als er sich zu mir vorbeugte.

»Ich muss zu Patrizia! Ich bin ihr Freund.«

Er nuschelte ein paar Sätze, die ich nicht verstand, in sein Funkgerät, woraufhin ein dritter Koloss von hinten angeschossen kam.

»Name?«, bellte er mir entgegen.

»Was soll das werden? Ein Verhör?«

»Name.« Seine Stimme klang hölzern und steif, wie die eines salutierenden preußischen Feldwebels.

»Gut, dann eben nicht. Ihr werdet von meinem Anwalt hören!« Ich setzte alles auf eine Karte und wandte mich entschlossen um, als der Hüne mich am Ärmel zurückhielt.

»War ja nur eine Frage, Mann! Kein Grund, gleich beleidigt zu sein. Patrizia steht drunten beim ›Liftstüberl‹. Vorn heraußen.«

Wusste ich's doch! Mit solchen Typen kannte ich mich aus. Denen brauchte man nur mit dem Anwalt zu drohen, und schon gaben sie klein bei. Ich deutete ein Nicken an und verschwand wortlos in dem dunklen, schmalen Gang hinter der Bühne, der an eine unbeleuchtete Fluggastbrücke erinnerte.

Das gut zehn Meter lange Rohr spuckte mich vor dem Saldinger »Liftstüberl« am unteren Ortsrand aus. In diesen Bereich verirrten sich nur wenige Besucher: ein holländisches Pärchen, das mit zwei schreienden Kindern kämpfte, eine Gruppe Deutscher mit leeren Bierbechern und ein älterer Herr mit Filzhut, womöglich ein Einheimischer. Ich hielt nach Patrizia Ausschau.

Schräg hinter der Bar parkte der leere Bandbus der »Gipfelpiraten«. Gegenüber verschwand eine vierköpfige Familie hinter der Holztür des »Hotel Bergtraum«, dessen Fassade im Glanz mehrerer Lichterketten erstrahlte. Jedes Jahr dasselbe. Noch nicht einmal November und schon Weihnachten. Zu Neujahr würden einem die ersten Osterhasen aus den Schaufenstern entgegengrinsen. Vom gefallenen Schlagerengel keine Spur.

Unschlüssig ließ ich meinen Blick über die nächtlichen Straßen schweifen, als sich eine zierliche Gestalt aus dem Schatten einer Laterne löste und langsam zwischen zwei Autos stehen blieb.

»Patrizia?« Ich machte einen Schritt auf sie zu. Im ersten Moment kam es mir vor, als wollte die Frau zurückweichen, dann aber hob sie ihren Kopf und musterte mich aus verquollenen Augen.

»Kennen wir uns?«

»Ich war vorhin beim Konzert.«

Die Frau zuckte zurück, als hätte ich ihr einen elektrischen Schlag verpasst, und schlang die Arme um ihren Oberkörper, wobei ihr silbernes Kleid matt im Schein der Straßenlaterne schimmerte.

»Ich mache mir Sorgen um Sie.«

»Es geht schon wieder … Nur ein kleiner Schwächeanfall«, wiegelte sie ab, doch die abwehrende Körperhaltung passte nicht zu ihren Worten.

»Ist es wegen Rupert?«

Zögernd löste sie die Arme und kam auf mich zu. »Sie kennen ihn?«

»Sagen wir: Ich habe ihn kennengelernt.«

Patrizia stockte. Vermutlich überlegte sie, ob ich vertrauenswürdig oder einer der besonders trickreichen Autogrammjäger war. »Er ist nur die Spitze des Eisbergs.«

Im Dorfzentrum über uns schwollen Lärm und Geschrei wieder an. Irgendwo explodierte ein Schweizer Kracher.

»Wollen wir kurz reden?« Ohne die Antwort abzuwarten,

erzählte ich ihr von meinem Bewachungsauftrag und dem Trick, mit dem ich mich an den Security-Typen vorbeigemogelt hatte.

Patrizia lauschte aufmerksam, streute da und dort eine Frage ein, von Zeit zu Zeit nickte sie. Dann huschte plötzlich ein Ausdruck der Erkenntnis über ihr Gesicht. »Bist du nicht der Kerl, der den Mord in Risswald aufgeklärt hat?«, fragte sie nach einer Weile.

»Und ich dachte schon, ich wäre auf dem Zeitungsfoto nicht zu erkennen gewesen.«

Ihr flüchtiges Lächeln offenbarte die Schönheit, die sich unter ihrer besorgten Miene verbarg. Doch die Blässe kehrte schnell wieder zurück und mit ihr die Sorgenfalten.

Ich trat ein paar Schritte zur Seite und deutete auf eine umzäunte Wiese am Ortseingang. »Dort unten steht mein Auto, da ist es ein bisschen wärmer und ruhiger. Die Bars sind bestimmt überlaufen.«

»Also gut.« Schweigend folgte Patrizia mir die Straße hinab zu dem voll belegten Feldparkplatz. Im Schein der Laternen wirkte sie noch unscheinbarer, beinahe wie ein Geist. Mein Käfer parkte zwischen einem roten BMW und einem blauen Opel. »Bist du Nostalgiker?«, entfuhr es ihr, als sie ihn sah.

»Nur was Autos betrifft.« Lächelnd öffnete ich die Wagentür und befreite die Rückbank von einem Stapel Zeitschriften, sodass wir beide Platz darauf hatten.

»Also, wo drückt der Schuh?«, fragte ich, nachdem wir eine Weile stumm nebeneinandergesessen hatten.

Patrizia starrte durch die Windschutzscheibe, vergrub den Kopf in den Händen und flüsterte: »Ich kann nicht mehr. Der Druck, all dieses verlogene Getue. Ich kann es einfach nicht mehr ertragen.«

Ich fürchtete schon, sie würde es dabei bewenden lassen, doch dann hob sie den Kopf und drehte sich in meine Richtung. »Letzte Woche ist meine Mutter an einem Herzinfarkt gestorben. Weißt du, was der Kommentar der Plattenfirma dazu war? Tut mir leid, aber das Konzert musst du machen. Denk an deinen Vertrag.« Sie brach ab. »Bloß nichts anmerken lassen, bloß nicht trauern. Schließlich wollen die Leute unterhalten werden und haben Geld dafür bezahlt. Ein widerliches Geschäft ist das. Erbarmungslos und unmenschlich.« Tränen sammelten sich in ihren Augen.

Während ich ihr ein Taschentuch reichte, dachte ich über das Gehörte nach. Bislang kannte ich die Jodelszene nur aus Boulevardpresse und Schmiergazetten, da strahlten die Gesichter stets vor saftig grünen Wiesen. Postenkartenidylle pur. Das hier sah anders aus. »Es tut mir leid.«

»Wenn mir das vorher jemand gesagt hätte«, zögernd wischte sie sich die Tränen aus den Augen, »wer weiß, ob ich mich auf den Wahnsinn überhaupt eingelassen hätte.«

»Verstehe«, sagte ich und linste aus dem Fenster. Draußen ging ein lachendes Pärchen in Tracht vorbei. Ein paar Straßen weiter grölte jemand.

»Ich wollte die Leute mit meiner Musik erfreuen«, nahm Patrizia den Faden wieder auf. »Aber wenn ich gewusst hätte, dass der Preis dafür meine Seele ist …« Sie sah mit leerem Blick durch mich hindurch. »Dabei hat alles so toll begonnen. Ein paar Studioaufnahmen hier, zwei, drei Auftritte dort. Begeisterte Fans und volle Kassen. Alles habe ich in Kauf genommen, sogar das schreckliche Make-up, schließlich wollte ich den Menschen vom Glück erzählen und ihnen ein paar unbeschwerte Stunden bereiten.« Sie tupfte sich den verschmierten Kajal ab. »Und was ist jetzt? Jetzt bin ich selbst ein Wrack. Trübsinnig und unfähig, mich an den einfachsten Dingen zu erfreuen. Und denk bloß nicht, das hätte nur mit dem Tod meiner Mutter zu tun.«

»Was ist passiert?«

»Erst hat die Plattenfirma auf mehr Konzerte gedrängt. Ich sollte reisen, reisen und noch mal reisen. Hört sich toll an, aber mit Urlaub hat das nichts zu tun, wenn du Montagabend ein Konzert in Nürnberg hast und Dienstagmittag in Graz sein sollst. Bevor eine neue Platte erschienen ist, war es immer besonders arg. Promotiontour nennt sich das. Wochenlang auf

Achse, Tag für Tag aus dem Koffer leben, und immer gute Stimmung verbreiten. Gott, wie ich dieses ewige Lächeln schon hasse! Ins Gesicht spucken könnte ich es ihnen.« Patrizia strich sich eine Haarsträhne aus der Stirn. »Dazu die tägliche Maske, als wäre ich eine Barbiepuppe. Die natürliche und gesunde Älplerin, dass ich nicht lache! Aber wehe, ich spiel nicht mehr mit. Dann ist schnell von Vertragsbruch die Rede und dass ich meine Gagenzahlung nicht krieg. Als ob so viel davon übrig bleiben tät.« Abermals suchte sie nach Worten. »Den Großteil streichen die Plattenfirmen ein, als Nächstes kommt der Manager und ganz zum Schluss, dann komm ich. Aber ich will mich nicht über Geldmangel beschweren. Der Punkt ist doch vielmehr: Was nützt mir der Reichtum, wenn ich keine Zeit mehr hab? Wenn meine Beziehung flöten geht, weil ich meinen Freund nicht mehr seh? Wenn Freundschaften zerbrechen, weil jeder hinter meinem Geld her ist? Was bringt es mir, dass ich nach Hawaii und Los Angeles fliegen könnte, wenn ich nicht einmal Schwäche zeigen darf? Der Zusammenbruch heute wird mir ein weiteres Donnerwetter einbringen. Ich weiß schon, was kommen wird. Strafzahlungen, Abzüge von der Gage, Probleme mit dem neuen Plattenvertrag.«

Ich blickte nachdenklich zu Boden. Die Frau tat mir leid. »Warum steigst du aus dem Zirkus nicht aus?«

Sie lächelte bitter. »Als ob das so leicht wäre. Wenn du der Branche den Rücken kehrst, bist du trotzdem noch immer ein Star. Du kannst nicht einfach zurück in dein altes Leben und in deinem Zivilberuf arbeiten. Die Leute haben ihre Vorurteile. Die glauben, du bist berühmt, du hast früher so viel verdient, dass sie sich dich unmöglich leisten können … Den Gastronomiebetrieb, der ein Ex-Schlagersternchen einstellt, musst du mir mal zeigen!«

»Aber die müssten doch froh sein, wenn sie ein bekanntes Aushängeschild hätten.«

Sie machte eine wegwerfende Handbewegung. »Einen Dreck sind sie. Als Werbeträger taugst du vielleicht noch. Du könntest ein Hotel eröffnen und hoffen, dass ein paar Gäste kommen.

Oder eine Fernsehkarriere einschlagen und Volksmusik-Sendungen moderieren. Das muss man aber auch mögen.«

Ich ließ ihre Worte sacken. Von dieser Seite hatte ich die Sache noch nie betrachtet. Bislang hatten die überbezahlten Volksmusikstars in mir in erster Linie Ablehnung und Neid ausgelöst. Ein abenteuerliches Leben mit vollen Kassen – Herz, was willst du mehr! An den Preis, den sie dafür bezahlten, hatte ich nicht gedacht.

Das Schicksal von »Hias«, Matthias Meyer, fiel mir ein. Das Urvieh der Nation, wie Gazetten ihn gern zu nennen pflegten, hatte Selbstmord begangen.

»Viele wollen ihre Rolle einfach nicht mehr spielen«, griff Patrizia meinen Gedanken auf. »So wie der Rupert.« Als wäre sie über ihre eigenen Worte erschrocken, ging sie plötzlich auf Abstand zu mir. Ein See der Stille tat sich zwischen uns auf, tief und undurchdringlich.

»Weißt du, was mit ihm passiert ist?«, wagte ich den Sprung ins kalte Wasser.

»Ich denke, er ist abgehauen. Er hat das Geschäft doch genauso satt wie ich. Den ständigen Druck, den Zwang, zu funktionieren. Das musst du erst aushalten. Dann noch die Plagiatsgeschichte, das Pech mit Camilla …«

»Camilla?«

»Ruperts Ex-Freundin. Camilla Spitz. Eine Nachwuchshoffnung am Schlagerhimmel. Er hat sie geliebt wie keine andere.«

»Verstehe.«

Wieder verlor sich Patrizias Blick in der Ferne. »Rupert hätte alles für sie getan. Aber das undankbare Weib hat ihn einfach sitzen lassen.« Ihre Stimme brach, und ich konnte spüren, wie sie mit sich rang.

»Du glaubst also, dass er nicht entführt wurde, sondern verschwunden ist, weil ihm alles zu viel geworden ist?«

Ihr Kopf schwang sachte vor und zurück.

Eine Weile saßen wir schweigend auf der Rückbank meines Wagens und sahen dabei zu, wie Feuerwerkskörper, die vom gegenüberliegenden Berghang abgeschossen wurden, den Horizont erhellten.

»Weißt du, wo ich Camilla finden kann?«

»Ich glaube, sie wohnt in Burgel, aber sicher bin ich mir nicht. Vielleicht ist sie ja schon zu ihrem Neuen gezogen …«

Dutzende Leuchtraketen explodierten im Saldinger Himmel, als bestünde er nur aus Glanz und Gloria. Patrizias Augen wurden feucht. »Wenn du nichts dagegen hast, möchte ich jetzt gern allein sein. Ich bin sehr müde«, sagte sie.

»Klar.« Ich zog eine Visitenkarte aus meinem Portemonnaie und drückte sie ihr in die Hand. »Wenn ich noch etwas für dich tun kann …«

Ein flüchtiges Lächeln huschte über ihr Gesicht. »Das wird schon wieder«, versprach sie. »Ein paar Freundinnen sind mir ja gottlob geblieben.« Patrizia Steiner beugte sich vor, öffnete die Autotür und verabschiedete sich von mir mit einem sanften Händedruck. »Danke«, sagte sie, »hat gutgetan, mit jemandem zu reden.« Dann tänzelte sie zwischen den geparkten Autos hindurch, bog auf die Landstraße Richtung Dorfzentrum ein und verschmolz mit der rauchschwangeren Nacht.

13

Auf dem Weg vom Konzert nach Hause dachte ich über unsere Unterhaltung nach. Die Begegnung mit der Schlagersängerin hatte mein Bild vom Lotterleben der heillos überbezahlten Jodel-Olympioniken ins Wanken gebracht. Zwar hatte ich dem medialen Friede-Freude-Eierkuchen-Theater schon immer misstraut, die wahren Ausmaße dieses Etikettenschwindels überraschten mich dann aber doch. Erschütternd, wie wenig ein menschliches Schicksal im Rennen um den schwersten Geldkoffer zählte.

Nach Patrizias Schilderung verstand ich auch Peter Friedrichs Ansinnen besser. In einer Welt, in der Verträge über Sein oder Nichtsein entschieden, war kein Platz für persönliche Befindlichkeiten. In einer solchen Welt musste schon mal ein Detektiv angeheuert werden, um das drohende finanzielle Unheil abzuwenden.

Ich steuerte meinen Käfer durch das nächtliche Innsbruck Richtung Höttinger Kirchplatz. Was Julia wohl zu der Geschichte sagen würde? Mit volkstümlichem Schlager hatte sie nichts am Hut, und doch kannte auch sie als Jungärztin den Leistungsdruck und die Unbarmherzigkeit eines Systems, in dem nur die, die die Kohle hatten, den Ton angaben. Ich parkte meinen Wagen vor der Höttinger Kirche, warf die Tür zu und betätigte die Zentralverriegelung; ein kleines Wunderwerk, das mein Mechaniker in die alte Kiste eingebaut hatte. Es war spät, und meine Glieder schmerzten, als ich mich über den schmalen Asphaltweg zu unserer Wohnung schleppte. Das Geschrei besoffener Partylöwen, das von der Stadt zu mir heraufdrang, mischte sich in meinem Kopf mit dem Krach vom Saldinger Feuerwerk, während meine Gedanken noch immer um Patrizia kreisten.

Ihre fahlen Wangen, das bittere Lächeln – die Trauer der Sängerin hatte authentisch gewirkt. Dennoch wurde ich das

Gefühl nicht los, dass sie mir etwas verheimlichte. Nur was? Derart in Gedanken versunken, hörte ich den Typen hinter mir nicht kommen. Der Schlag in den Nacken traf mich völlig unvorbereitet. Stechender Schmerz flammte in mir auf. Ich wollte strampeln und schreien, nach meiner Waffe tasten, stattdessen blieb ich wie angewurzelt stehen und sah tatenlos dabei zu, wie sich ein kräftiger Arm um meinen Hals legte und mir die Luft abschnürte. Panik überrollte mich, scharf und ungebremst.

»Wo ist Rupert?« Die Stimme klang wie ein Reibeisen. Verzweifelt schnappte ich nach Luft und schlug mit dem Ellenbogen aus, um mich aus dem Würgegriff zu befreien, aber dadurch wurde der Druck nur noch größer. Übelkeit brandete in mir auf.

»Wo ist Rupert?«, wiederholte die Stimme und drückte meinen Kopf nach unten.

»Ich weiß es nicht«, stieß ich hervor.

»Lüg mich nicht an! Natürlich weißt du es!«

Ich japste nach Luft, trat um mich und versuchte, mich zu befreien.

»Wo ist Rupert?« Die Stimme schwoll an.

»I-c-h w-e-i-ß e-s n-i-c-h-t.« Beim nächsten Schlag sah ich bunte Flecken vor einer schwarzen Wand tanzen.

»Arschloch!« Kurz lockerte der Aggressor seinen Griff.

Luft stürzte in meine Lungen, dann rauschte eine Druckwelle durch meine Schulterblätter, meine Beine gaben nach, die Arme schmolzen zu Pudding, und mein Mageninhalt ergoss sich auf den Asphalt.

»Zum letzten Mal: Wo ist Rupert?«

Die Stimme brannte in meinem Ohr. Schemen dehnten sich aus und schrumpften zu einer breiigen Masse zusammen.

»He, Sie! Was machen Sie da?« Eine zweite, jüngere Stimme erklang von der Straße. Mir war, als würde ich die Hauswand vor mir doppelt sehen, ehe das Bild mit einem Ruck verschwand.

Der Griff um meinen Hals löste sich, und der Druck wich, während mein Hintern hart auf dem Asphalt aufschlug. Lichtblitze explodierten vor meinem Auge, Schritte entfernten sich, kamen näher.

»He, Sie da! Stehen bleiben!«

Die Lichtpunkte wichen einer trägen grauen Masse, aus der sich ein grünes Hosenbein herauskristallisierte.

»Alles in Ordnung?«, fragte eine Männerstimme.

»Ich weiß es nicht.«

***

Als ich rund zehn Minuten später mit klapperndem Schlüsselbund und butterweichen Knien vor meiner Haustür ankam, hatte sich mein Retter wieder verkrümelt. Gefühlte zehn Mal hatte ich ihm versichern müssen, dass ich den Heimweg allein fand, bevor er meinen Dank endlich annahm. Irgendwie schaffte ich es, den Schlüssel ins Schloss zu stecken, ihn umzudrehen und in die Wohnung zu stolpern. Dabei veranstaltete ich wohl einen derartigen Krach, dass Julia, aus dem Schlaf geschreckt, um die Ecke geschossen kam.

»Um Himmels willen!«, stammelte sie und schlug die Hände über dem Kopf zusammen. »Was ist denn mit dir passiert?«

»Kleine After-Show-Party.«

»Mensch, Gerhard!« Mund und Augen weit aufgerissen, kam sie auf mich zu.

»Ich weiß nicht, ob mir der Typ gefolgt ist oder ob er mir aufgelauert hat, jedenfalls scheint er in die Folterkammer zu gehen.«

»Komm!« Kopfschüttelnd nahm mich meine Freundin an der Hand, führte mich ins Badezimmer und verarztete mein Gesicht mit einem Salbenverband. »Der bleibt bis morgen früh drauf, und dann ist Schluss mit diesem Fall.«

Dabei sollte es am nächsten Tag doch erst so richtig losgehen.

14

Mein Schock war kaum verflogen, als Manni mich am Sonntagmorgen aus dem Halbschlaf klingelte und ins Burgeltal bestellte.

»Georg, unser Informatik-Genie, ist in Ruperts Wohnung eingestiegen«, berichtete er. »Er nimmt gerade seinen Computer auseinander.«

»Schön. Habe ich dir schon erzählt, dass ich einen kleinen Zusammenstoß hatte?«

»Mit Patrizia?«

»Nicht ganz.« Ich berichtete ihm von dem nächtlichen Überfall.

»Eigenartiger Fanclub, den unser Freund da hat«, sagte Manni, nachdem ich geendet hatte.

»Jedenfalls sind wir nicht die Einzigen, die nach ihm suchen.«

Rupert Sonnholz' dreistöckige Villa thronte auf einer Anhöhe unterhalb von Burgel und war eine wirklich sonderbare architektonische Mischung aus funktionalem Plattenbau und modernem Landhaus. Schmerz und Schock vom Vorabend steckten mir noch tief in den Knochen, als ich meinen Käfer vor der Hauseinfahrt parkte, den Zündschlüssel abzog, mich stöhnend aus dem Sitz hievte, die Wagentür schloss und auf das schmiedeeiserne Gatter zuhielt. Über dem messingfarbenen Klingelknopf war hinter einer schwarzen Wölbung eine Kamera eingelassen.

Ich drückte auf den Knopf, woraufhin sich die Tür öffnete und den Blick auf die Villa freigab: ein Holzbau mit weiß gekalkten Wänden, großer Veranda und Blumenbalkon. Der Schotter der Zufahrt knirschte unter der Last meiner Schritte, als ich mich auf den Eingang zubewegte. S-förmig führte mich der Weg durch einen gepflegten Garten mit Gemüsebeeten und zog sich dabei in die Länge wie die Lobby im »Hotel Stuck«.

Den Eingangsbereich erreichte man über eine vierstufige

Treppe, seitlich davon verlief eine Rampe, vermutlich für Rollstuhlfahrer. Die Tür aus Massivholz stand bereits offen.

Ich streifte die Schuhe ab, trat ein und ließ meinen Blick durch den Flur schweifen, der in seiner Breite an das Mittelschiff einer Kirche erinnerte und beidseitig von verschiedenen Möbelstücken flankiert war. Rechts von mir hing ein ovaler Wandspiegel über einer altertümlichen Kommode aus rötlichem Kirschholz, dahinter baumelten Mäntel und Trachtenjanker an einem protzigen Garderobenständer. Linkerseits standen zwei Schränke, auf denen je eine Ziehharmonika und ein Geigenkasten lagen. Eine asiatische Deckenlampe aus Holz, die so gut zum altmodischen Inventar passte wie ein Opus-Dei-Apostel auf die Love Parade, tauchte den Raum in gedimmtes Licht. Ich humpelte durch den Gang, der in einen Wohnbereich mit Küche und Esszimmer mündete. Davor zweigte eine Treppe – ebenfalls aus Kirschholz – zum oberen Stockwerk ab.

»Wir sind hier!«, tönte Georgs Stimme von oben.

Das Wandbild über der Treppe, ein Farbknäuel, das wie moderne Kunst aussah, zog mich so in seinen Bann, dass ich beinahe mit meinem Kollegen zusammengestoßen wäre, als er mir, die rechte Hand in seiner Hosentasche, die linke zum Gruß erhoben, entgegenkam. Sah man von seiner voluminösen Stimme ab, die mehr an einen autoritären Lehrer als an einen IT-Fachmann denken ließ, entsprach der Flensburger Computerfreak ziemlich genau dem, was man sich unter einem Nerd vorstellte.

»Junge, wie siehst du denn aus?« Georgs Brille mit den flaschenbodendicken Gläsern wäre um ein Haar zu Boden geplumpst, als er die rötlichen Druckstellen an meinem Hals bemerkte.

Die Erinnerung an den gestrigen Zusammenstoß jagte eine Schmerzwelle durch meinen Körper. »Das heißt nicht Junge, sondern Mensch«, berichtigte ich ihn.

»Für mich heißt et Junge.« Sein nordisches Seemannslächeln blitzte auf, ein seltener Anflug emotionaler Regung im Gesicht des ansonsten stoischen Apple-Partisanen. Wie immer trug er ein kurzärmeliges kariertes Hemd mit Brusttaschen zu einer viel zu weiten Bundfaltenhose, während seine Füße in ausgelatschten Birkenstock-Sandalen steckten.

»Wie bist du hier reingekommen?«

»Folge mir!«, erwiderte der Nordmann, der so tat, als hätte er meine Frage nicht gehört, und führte mich zu einer angelehnten braunen Flügeltür mit mattierten Scheiben, hinter der sich ein gut siebzig Quadratmeter großer Raum befand. Die wenigen Möbelstücke in Rupert Sonnholz' Reich ließen das Zimmer noch riesiger erscheinen. In der linken Ecke stand ein akkurat gemachtes Doppelbett, hinter dem eine verglaste Dachschräge den Blick auf die umliegenden Dreitausender freigab. Mittig befand sich ein höhenverstellbarer Drehstuhl aus Nussholz vor dem Schreibtisch, während der Kleiderschrank in der rechten Ecke Platz für ein paar Dutzend Hosen bot. Durch die breite Fensterfront fiel warmes Licht in den Raum. Ich steuerte auf die geöffnete Verandatür zu, der würzigen Bergluft entgegen. Das Haus wirkte auf mich unbewohnt, als würde sich Sonnholz hier nicht oft blicken lassen.

»Über Platzmangel darf er sich jedenfalls nicht beschweren«, bemerkte ich und nickte Manni zu, der sich in dem kleinen Fauteuil vor dem Flachbildfernseher neben dem Bett fläzte.

»Jessas Maria!« Grinsend legte mein Kumpel seine Zeitschrift beiseite. »Siehst aus, als hättest du mit einem Ziegelstein geflirtet.«

»Streu nur Salz in die Wunde!« Ich konnte vor Schmerz noch immer kaum gehen, und dem Typen fiel nichts Besseres ein, als einen auf schadenfroh zu machen.

»Guckst du hier!« Georg, der zu mir aufgeschlossen hatte, lotste mich von der Veranda weg in sein Reich: zu Ruperts Computer, ein Modell der Marke Acer mit riesigem Flachbildschirm und Intel-Pentium-Prozessor. Das Teil gab nicht den leisesten Mucks von sich, als der Piefke mit dem Elan eines Profisportlers auf die Tastatur einhämmerte und ein Icon auf dem Desktop anklickte.

Eindeutig zweideutige Aufnahmen eines Models ploppten auf: eine Blondine mit mittellangen, glatten Haaren, die in einem weißen Slip abwechselnd in einer Blumenwiese und auf einem Bett mit Blümchenbettwäsche posierte, ihre Brüste massierte und dabei lasziv in die Kamera linste.

»Nicht schlecht, Herr Specht! Und wie heißt die Dame?«

»Ich besorg's dir live.«

»Witzbold.«

»Gibt noch mehr von der Sorte.« Georg drückte ein paar schnelle Tastenkombinationen, woraufhin sich eine weitere Pornoseite öffnete.

»Und deshalb habt ihr mich aus dem Bett geholt?« Brüskiert wandte ich mich zum Gehen, als er mich am Ärmel zurückhielt.

»Warte mal. Das war doch erst der Anfang.«

Ungeduldig folgte ich Georgs Mausklick auf einen weiteren Desktop-Ordner mit dem Titel »Racheengel«. Er enthielt ein Word-Dokument mit zwei hineinkopierten Links. Georg klickte auf den oberen, woraufhin sich der Browser öffnete.

»Was ist denn das?«

»Tadaaaaaaaaa!« Zwei silberne Engel flatterten über den Bildschirm, zwischen ihnen ein Transparent mit dem roten Schriftzug »Willkommen bei den Racheengeln!«.

»Interessant«, räumte ich ein, beugte mich über Georgs Schulter und las den Text auf der Website.

Dein(e) Ex hat dich im Stich gelassen, belogen oder betrogen? Keine Sorge, denn wir bringen die Sache wieder ins Lot! Unser vielfach getestetes und bewährtes Racheprogramm wird dich von deinem Schmerz befreien und deine(n) Ex in der Hölle schmoren lassen! Sofort, schnell und unbürokratisch. Triff dich mit einem unserer Racheengel und arbeite gemeinsam mit ihm deinen perfiden und ganz persönlichen Racheplan aus. Tausende zufriedene User zeugen von der Effizienz unseres Konzepts. Also, worauf wartest du? Ruf an und schick deine(n) Ex in die Höllenglut! Bis bald. Deine Racheengel.

»Was ist denn das für ein Schrott?«

»Lies mal die Userbewertungen«, drängte Georg.

Ich gehorchte und überflog den obersten Kommentar am unteren rechten Bildschirmrand, unter dem ein gelbes Mail-Icon und ein Telefonhörer mit einer 0900er-Nummer daneben blinkten.

Ich war am Boden zerstört, hegte nur noch Hassgefühle. Meine Ex hatte mir ewige Liebe geschworen und ist dann mit meinem besten Kumpel in die Kiste gesprungen. Tagelang habe ich im Internet gesurft und nach Trost gesucht, wodurch mein Schmerz nur noch größer wurde. Am Ende war ich so verzweifelt, dass ich am liebsten gestorben wäre, bis ich auf eure Seite gestoßen bin. Mike war einfach nur der Hammer! Er hat einen coolen Racheplan für mich ausgetüftelt, und das für nur zweihundert Euro! Ich sag euch, die Genugtuung kann man mit keinem Geld der Welt aufwiegen. Über unseren Plan will ich nicht zu viel verraten, nur eines: Meine Ex hat ganz schön blöd aus der Wäsche geguckt! Die Racheengel sind einfach die besten. Ich kann jedem, der an Liebeskummer leidet, eure Dienstleistung nur wärmstens empfehlen. Danke, liebe Racheengel!

Die anderen Beiträge stießen ins selbe Horn, O-Ton: Am Boden zerstörtes Trennungsopfer erfährt Genugtuung durch perfide Racheaktion. Degoutiert starrte ich auf den Bildschirm. »Das kann doch wohl nicht wahr sein.«

»Und ob.« Georg öffnete ein weiteres Word-Dokument. Es war ein sauber formuliertes Anschreiben an das Team der »Racheengel«. »Na, klingelt's jetzt?«

Ohne Camilla, Ruperts Ex, zu kennen, wurde ich von ungläubigem Entsetzen gepackt. Bei allem Verständnis für Liebeskranke – wer von uns war nicht schon mal in einer ähnlichen Lage gewesen? –, aber worin lag der Sinn, sich an jemandem zu rächen, der die eigenen Gefühle nicht mehr erwiderte? Wenn überhaupt, schaffte so eine Aktion doch nur eine vorübergehende seelische Erleichterung, sah man von der moralischen Fragwürdigkeit der Geschichte mal ab. Den »Racheengeln« ging es offenbar um das Spiel mit den niedersten menschlichen

Instinkten, um das Überschreiten einer Hemmschwelle, die für die meisten eine natürliche Barriere darstellte. Geschäftemacherei der untersten Schublade.

»Klick mal aufs Impressum! Ich will sehen, wer sich hinter dem Verein verbirgt.«

Georg zuckte bedauernd mit den Schultern. »Gibt keins.«

»Hätt mich jetzt auch gewundert.« Ich warf einen zweiten Blick auf das Anschreiben, in dem Rupert um einen Termin mit Berater Axel R. bat. Offenbar hatte er vorab schon bei den Typen angerufen und sich nach verfügbaren »Engeln« erkundigt.

»Uns wird wohl nichts anderes übrig bleiben, als bei der Firma vorzusprechen«, bemerkte Manni hinter mir.

»Hm«, machte ich und blickte zur Decke.

»Sieh's doch mal so: Wenn Julia dich verlässt –«

»Manni!« Ich warf ihm einen finsteren Blick zu.

»Ich mein ja nur, man sollte doch für alle Eventualitäten gerüstet sein.«

Ich ließ seine Bemerkung unkommentiert im Raum stehen und fuhr mir durchs Haar. Keine leichte Situation, in der sich unser Rupert befand. Schulden bei seinen Freunden und irgendwelchen dubiosen Casinobesuchern, die Brüder Lorünser, die ihm grollten, und womöglich auch noch seine Ex-Freundin im Nacken, sollte sie mit diesen teuflischen »Engeln« bereits Bekanntschaft gemacht haben. Gleich drei gute Gründe, um abzuhauen.

»Sonst hast du nix gefunden? Mails? Dateien?« Ich wandte mich wieder an Georg.

»Das Passwort zu seinem Account konnte ich bis jetzt noch nicht knacken.« Er kaute auf einem Bleistiftstummel herum. »Aber ich bleib dran!«

»Lass mich erst mal einen Blick auf seine Favoriten werfen!« Mit einem Handzeichen hieß ich ihn, seinen Stuhl zu räumen. Widerwillig erhob sich Georg und überließ mir seinen Platz am Rechner. Ruperts gespeicherte Seiten befanden sich in der Menüleiste rechts: »http://www.musicworld.com«, »http://www.diegipfelpiraten.com«, »orf.at«. »orf.at«? Die Nachrichtenseite unter den Favoriten weckte mein Interesse. Ich klickte sie an, als mein Blick auf die Rubrik »Letzte Meldungen« fiel. Einen Moment lang starrte ich wie betäubt auf den Bildschirm, dann rollte eine Schockwelle durch meinen Körper, wuchtig wie ein vorbeirauschender Güterzug.

Das konnte doch … Das durfte einfach nicht …

Die Buchstaben vor mir verschwammen zu einer blauschwarzen Masse.

»Alles in Ordnung?« Georgs Nase tauchte in meinem Blickfeld auf.

Wortlos deutete ich auf den Monitor.

Dann sah auch er es.

»Breaking News«, stand in schwarzen Lettern auf blauem Hintergrund. »Schlagersänger Rupert Sonnholz tot aufgefunden.«

15

In Salding schien die Welt stillzustehen. Sah man von einer Handvoll Polizisten und Schaulustiger ab, waren die Straßen am Tag nach dem großen Konzert wie leer gefegt. Die Verkaufsstände, die tags zuvor noch Hunderte Besucher angelockt hatten, wirkten inmitten der zerfetzten Luftschlangen und zertretenen Plastikbecher verloren, die Bühne verlassen wie ein vergessener Holzstoß im Wald. Es war, als wäre über Nacht ein Atomreaktor explodiert, als hätte ein Tsunami die hochalpine Partyzone in ein Geisterdorf verwandelt.

»Unter dem Bandbus der ›Alpenklingonen‹ hat er gelegen«, bemerkte Bernd Schneller, seines Zeichens Kriminalunterinspektor des Innsbrucker Morddezernats. »Bereits der Fundort spricht für ein Gewaltverbrechen.« Mein Kontaktmann bei der Polizei schlug den gewohnt sachlichen Ton eines Bankangestellten an, der seinem Kunden verschiedene Optionen der Geldanlage präsentiert. Gemeinsam mit zwei weiteren Polizisten stand ich mit ihm auf dem Saldinger Dorfplatz und blickte auf die verwaisten Straßen.

»Wer hat die Leiche gefunden?«

»Tom war als Erster vor Ort.« Bernd deutete auf einen kahl rasierten Beamten mit Schnäuzer und Dienstweste. »In der Zentrale ging ein anonymer Anruf ein.«

»Weiß man schon, von wem der kam?«

Er schüttelte seine lange braune Mähne. »Nur dass der Anrufer ein Mann mit tiefer Stimme war.«

Ich rieb mir mit Daumen und Zeigefinger über das Kinn, dann steckte ich meine Hände in die Hosentaschen, um sie vor der Kälte zu schützen. Rupert Sonnholz war also tot. Wahrscheinlich ermordet worden. Sein Manager hatte recht behalten. Wir hätten die Sache nicht auf die leichte Schulter nehmen dürfen. Schuldgefühle keimten in mir auf, befeuerten meinen Wunsch, die verhängnisvolle Nacht hinter dem »Hotel

Stuck«, in der ich eingeschlafen war, ungeschehen zu machen. »Hat man die ›Alpenklingonen‹ schon befragt?«

Bernd kratzte sich an der Schläfe, ein Tick, den er sich von einem dieser Fernsehkommissare abgeschaut hatte. »Die wollen von nichts wissen.«

»Und Peter Friedrich?«

»Hat sich in seinem Zimmer verbarrikadiert.« Er trat einen Schritt zur Seite und wechselte ein paar Worte mit einem anderen Beamten. Als er zurückkam, legte er mir eine Hand auf die Schulter. »Es ehrt dich ja wirklich, dass du dir dein eigenes Bild machen willst, aber die weiteren Ermittlungen sind jetzt Sache der Polizei. Tom wird einen Termin mit dir vereinbaren, um die Bewachungsgeschichte zu protokollieren, und danach ist Schluss. So leid es mir für dich tut.«

»Schon vergessen, dass ich Veronika Plattners Mörderin dingfest gemacht hab?«, blinzelte ich ihn forsch an.

»N-e-i-n.« Bernd dehnte jeden einzelnen Buchstaben. »Ich weiß deine Hilfe wirklich zu schätzen, Gerhard, aber jetzt ist erst mal die Rechtsmedizin dran. Außerdem hat der Friedrich dir den Auftrag doch entzogen, oder etwa nicht?«

Wo hatte ich diese Worte bloß schon einmal gehört?

»Weißt du, Bernd: Manchmal hab ich das Gefühl, du würdest echt gut zu meiner Freundin passen.«

»Und ich hab das Gefühl, du würdest echt gut auf dein Sofa passen.«

Grußlos ließ er mich allein mit meinen Ängsten und Schuldgefühlen in Salding zurück.

16

Mit den Striemen am Hals hatte ich es versucht, hatte meine angeschlagene Hüfte ins Treffen geführt, den Schlafmangel, ja sogar die Angst, die seit dem nächtlichen Überfall wie ein Geschwür in mir wucherte, doch meine Freundin kannte kein Erbarmen, sodass mir nichts anderes übrig blieb, als sie zu begleiten.

Die Meiers waren eines dieser spießigen Yuppiepärchen, die in ihren frühen Dreißigern schon wie das britische Königspaar residierten – ein Privileg, an dem sie Gott und die Welt nur allzu gern teilhaben ließen. Schon von der Einfahrt aus genoss der aufmerksame Besucher einen Blick auf den Garten mit Whirlpool, ehe er zur Garage, Pardon, zum Hangar gelangte, wo zwei nagelneue Mercedes und ein auf Hochglanz polierter BMW M4 Coupé Cabrio um die Wette glänzten.

Die wahre Pracht der meierschen Bleibe offenbarte sich dem geneigten Gast aber erst in den Innenräumen: Wer es geschafft hatte, die weiße Kalksteintreppe zu bezwingen, fand sich im Wohnzimmer inmitten einer Antiquitätensammlung aus chinesischen Vasen, Spieluhren, Engelsfiguren und Tabakdosen wieder. Auf den Ablagen tummelte sich so viel Nippes, dass Ledersofa und HD-Flachbildfernseher – mit dreihundertsiebzig Spartenkanälen – wie Requisiten aus »Zurück in die Zukunft« wirkten.

Das Speisezimmer, in dem uns der Hausherr versammelt hatte, beherbergte eine fürstliche Tafel, wie ich sie zuletzt in einem Dokumentarfilm über den französischen Sonnenkönig gesehen hatte.

»Lasst es euch schmecken!«, eröffnete Markus unser Gelage und bedachte seine Untertanen mit einem gönnerhaften Blick. Der gelernte Betriebswirt arbeitete im börsennotierten Unternehmen seines Vaters und besaß – Vorsicht, Klischee! – ebenso viele Mietwohnungen in Innsbruck wie Konten in der Schweiz. Julias Erzählungen zufolge verbrachte er die meiste Zeit seines Lebens damit, Rechnungen anzumahnen, Expansionspläne zu entwerfen und Sekretärinnen herumzukommandieren, allesamt Disziplinen, in denen er es bis zur Olympiareife gebracht hatte.

Was man vom Staubsaugen nicht behaupten konnte. Dafür war seine Frau Christina zuständig. Mit ihrem voluminösen Wasserfiltersauger sagte sie hinterlistigen Haarschuppen den Kampf an, zwang überhängende Staubfäden in die Knie und raffte jeden noch so kleinen Brösel dahin, der sich in den herrschaftlichen Sitz verirrt hatte.

In Gesellschaft führte freilich ihr Mann das Wort. Mit seinen endlosen Monologen über riskante Aktienkäufe und tollkühne Geldinvestitionen wusste er sein Publikum so zu fesseln, dass selbst Insomniker kein Schlafmittel mehr benötigten.

Erstaunlicherweise bezog er mich diesmal noch vor dem Dessert in die Unterhaltung mit ein. »Und, Gerhard?«, nuschelte er zwischen zwei Bissen Rindfleisch. »Was gibt's bei dir so zu erzählen?«

Ich vergewisserte mich, dass er wirklich mich, den armseligen Detektiv, gemeint hatte, bevor ich schulterzuckend erwiderte: »Nun ja, das Übliche. Nachbarskatze eingefangen, Kolibri verhaftet, Nachwuchs-Schürzenjäger geschnappt. Wenn's so weitergeht, lasse ich mich nächste Woche zum Staubsaugervertreter befördern.«

Hätte ich mein Smartphone dabeigehabt, ich hätte ein Foto von Markus' Gesicht gemacht. Wie er da so saß und an seinem Fleisch würgte, die schmalen Augen weit aufgerissen und die schwulstigen Lippen zu einem schiefen Grinsen verzerrt, erinnerte er mich an Mister Bean in der Episode mit dem Restaurant. Nur dass Markus das Essen schon im Rachen steckte.

Christina starrte pikiert zu Boden, während Julia mir einen Fußtritt verpasste. Ich zählte drei Atemzüge, bis der Gastgeber meine Antwort verdaut hatte und ohne Vorwarnung in heiseres Gelächter ausbrach.

»Ach, unser Gerhard! Immer noch das alte Scherzkeks.«

Gönnerhaft klopfte er mir auf die Schulter. »Wie war das noch mal? Humor ist, wenn man trotzdem lacht!« Mit zuckenden Mundwinkeln und verkniffenen Augen sah er mich an. Rowan Atkinson auf Abwegen.

Ich schluckte ein paarmal und lud eine Portion Reis auf meine Gabel.

»Ewig schad, dass ich dir nicht helfen kann, denn Finanztreuhänder wirst dann ja wohl keinen brauchen«, stichelte er, und Christina lachte so übertrieben über seine Spitze, dass jeder Versuch einer Entgegnung zum Scheitern verurteilt war.

»Aber jetzt mal im Ernst.« Markus tupfte sich den Mund mit einer Serviette ab, und ich war froh – Gott, war ich froh –, dass endlich wieder der nötige Ernst einkehren würde. »Wovon lebt man eigentlich so als Katzenjäger? Irgendwie kann ich mir das nicht so recht vorstellen.«

»Dann solltest du's vielleicht mal ausprobieren.«

Markus' Lächeln verrutschte, sodass ich einen Moment lang fürchtete, sein Bissen würde ihm aus dem Mund und auf den Tisch fallen, doch stattdessen spülte er ihn mit einem großzügigen Schluck Champagner hinunter und sagte mit einem spöttischen Unterton: »Harte Zeiten für alle, die nichts G'scheites g'lernt haben, nicht wahr?« Er richtete seine Worte mehr an Julia als an mich, deren Mimik wachsendes Unbehagen verriet. »Womit ich natürlich nicht sagen will, dass du nichts G'scheites g'lernt hast, mein lieber Gerhard.« Er bedachte mich mit einem abschätzigen Blick, einem von der Sorte, die ein zynischer Lehrer seinem begriffsstutzigen Schüler zukommen lässt, richtete sich auf seinem Stuhl auf und festigte mit einer weltmännischen Geste seinen Krawattenknoten. »Ich denke, dir hat es nur am nötigen Biss gefehlt. Schade um all die schönen Urlaubsreisen, die euch beiden entgehen.«

»Markus, bitte.« Christina schien die Situation allmählich peinlich zu werden.

»Wo er recht hat, hat er recht.«

Ich traute meinen Ohren nicht, als ausgerechnet meine Freundin für den Schnösel in die Bresche sprang.

»Aber das ist –«

»Seht ihr: Manchmal wollen unsere Frauen eben doch gern ein bissel was von der Welt sehen«, fiel Markus Julia ins Wort.

»Nun ja, als Turnusärztin kann man ohnehin nicht so viel Urlaub machen«, lenkte meine Freundin ein, als würde sie das Brodeln in mir spüren.

Der Hausherr kaute an einem großen Stück Kartoffel. »Davon kann ich ein Lied singen. Christina ist ja auch nie daheim.«

»Ob das nur an der vielen Arbeit liegt?« Das lebendig gewordene Entsetzen drehte sich nach mir um – Julia mit funkelnden blauen Augen, Markus mit einer bedrohlich steilen Falte auf der Stirn und Christina mit gesenktem Blick.

»Wie meinen?«, fragte Markus.

»Ich hab nur gedacht, es könnte ja vielleicht sein, dass ihr der ganze Zirkus hier an die Nieren geht. Von wegen Rebellensyndrom und so.«

Diesmal hatte ich den Bogen überspannt. Markus' selbstgerechtes Lächeln fror ein, feine blaue Äderchen traten auf seinem Gesicht hervor. »Höre ich da etwa Neid heraus?«

»Ich würd eher sagen: Menschenkenntnis.«

»Jetzt reicht's dann aber!« Markus verlor nicht oft die Contenance, aber diesmal war er schon aufgesprungen, als Christina beschwörend die Hand zum Himmel streckte. »Ich lass mir von so einem Sandler doch nicht meine Frau beleidigen.«

»Nun beruhigt euch doch«, versuchte Christina, die Wogen zu glätten, und an mich gewandt fügte sie hinzu: »Ich hab den Markus geheiratet, weil ich ihn liebe. Sein Beruf hat dabei keine Rolle gespielt.«

Gott sei Dank! Ein Geständnis, das wohl eine ganze Gebirgskette von Markus' Herz plumpsen ließ.

»Na«, sagte ich und starrte resigniert auf den leeren Teller, »dann wird uns wohl nichts anderes übrig bleiben, als auf den baldigen Nachwuchs anzustoßen!«

»Was für eine blendende Idee! Außerdem habe ich noch ein leckeres Dessert vorbereitet.« Beschwingt tänzelte Christina in Richtung Küche.

Ich machte gute Miene zum bösen Spiel und fuhr meine Stacheln ein. Dabei hätte mir das leckere Dessert allen Grund gegeben, zuzustechen: Vanillepudding in ranziger Sahnesoße. Roger wäre begeistert gewesen.

***

»Sag mal, musste das sein?« Julias strafender Blick bohrte sich tief in meine Augen, als sie mich auf dem Heimweg auf den kleinen Zwischenfall ansprach.

»Sorry, aber ich hab seine ständigen Provokationen einfach satt.«

»Gerhard, jetzt hab ich es dir schon so oft gesagt: Sie ist meine Freundin. Ich hatte mich auf den Abend gefreut. Aber du und deine verdammte Klappe, ihr musstet mal wieder einen Streit vom Zaun brechen.«

»Ach, jetzt ist es auch noch meine Schuld, oder wie?« Ich beschleunigte meinen Schritt, um mich von ihren Vorwürfen zu distanzieren.

»Ich weiß, dass Markus ziemlich arrogant sein kann«, sagte sie und schloss zu mir auf. »Das mit dem Urlaub hab ich nur gesagt, damit er sich nicht aufregt. Aber …«

Ich blieb stehen, spürte, wie meine Hände zitterten. »Aber damit, dass ich endlich etwas Vernünftiges machen und die Schnüffelei an den Nagel hängen soll, damit hat er recht?« Jetzt war es raus.

»Das hab ich nicht gesagt.«

»Aber gedacht.«

Julia wich meinem Blick aus, vergrub ihre Hände in den Jackentaschen.

»Ich liebe dich, Gerhard, das weißt du. Aber manchmal denke ich eben auch an die Zukunft. Ans Hausbauen und Kinderkriegen und all den spießigen Kram. Wie sollen wir jemals eine Familie ernähren, wenn wir noch nicht einmal wissen, ob wir die Miete für den nächsten Monat zahlen können?«

Ein Seufzer entwich meinen Lippen. Julias Wunsch nach

finanzieller Sicherheit traf auf mein geliebtes Vagabundenleben – unser ewiges Beziehungsdrama. Dabei war ich ja auch nicht ganz zufrieden mit meiner Lage. Unregelmäßige Schlafens- und Essenszeiten, finanzielle Höhen- und Tiefflüge, all die unberechenbaren menschlichen Schicksale, mit denen ich mich umgab, dazu ein Leben in ständiger Angst und Gefahr. Mehr als einmal hatte ich ans Aufhören gedacht und mich wieder als Journalist in einem Großraumbüro gesehen, Geschichten über entlaufene Kühe und neue Parkraumordnungen tippend, linientreu und angepasst. Dann würde ich abends heimkommen und von meinem anstrengenden Arbeitstag erzählen, Essen für die Kinder kochen und ihnen eine Gutenachtgeschichte vorlesen. Ich würde einen Kredit aufnehmen, ein schmuckes Heim mit Garten hinstellen und einmal die Woche Unkraut jäten, mich freitags mit ein paar Freunden zum Kartenspielen treffen und mitleidig auf alle hinabschauen, die sich wie Manni und Roger die Nächte in zwielichtigen Kneipen um die Ohren schlugen. Sonntags brächte ich meiner Frau die Zeitung ans Bett, würde ihr Müsli zubereiten, die Frühnachrichten mit ihr schauen und den restlichen Tag je nach Jahreszeit entweder in der Sonne brutzeln oder durch frischen Pulverschnee schwingen. Die perfekte Idylle, ein Bild der vollendeten Harmonie. Nur dass sich mir bei der alleinigen Vorstellung schon der Ranzen umdrehte. Also blieb mir nichts anderes übrig, als weiterhin das zu tun, worin ich Meister war: entlaufene Katzen einzufangen, notorische Fremdgänger auszuspionieren und durchgebrannte Schlagersänger aufzuspüren.

»Können wir das ein andermal bereden?«, bat ich.

Zerknirscht willigte sie ein, worauf ich mich bedankte und uns beide mit einem flüchtigen Kuss der Nacht überließ.

17

Dem Versöhnungskuss zum Trotz plagten mich unruhige Träume. Der tote Rupert, Markus' hämisches Grinsen und Julias strafender Blick, sie alle verwoben sich zu einem Netz aus düsteren Fäden, in dem ich bis zum Morgengrauen zappelte, sodass ich beinahe erleichtert war, als mein Handy dem Spuk gegen sieben Uhr früh ein Ende bereitete.

»Hallo«, brummte ich mit verschlafener Stimme.

»Gerhard Gruber?«

»Ja?«

»Paul Acker hier. Wir haben uns neulich über Rupert unterhalten. In der ›Rumpelkammer‹, du weißt schon.«

Es machte »Pling« und dann noch einmal »Pling«, dann hatte mein Hirn die Informationen miteinander verknüpft. »Klar.«

»Nun, wo Rupert tot ist …« Föhnfrisurs Stimme klang, als hätte er ein paar Tage mit Wodka gegurgelt. »Also, ich glaube nicht, dass die ›Klingonen‹ etwas damit zu tun haben.«

»Jetzt ist erst mal der Rechtsmediziner dran«, hörte ich mich sagen.

»Dann weißt du es noch gar nicht?«

»Was?«

»Dass die Polizei den Entwurf eines Drohbriefs in Manfred Lorünsers Wohnung gefunden hat.«

Eine Druckwelle fegte über mich hinweg, und zack, auf einmal war ich hellwach. »Ach du Schande.«

Schweigen. Statisches Rauschen, garniert mit einer weiteren Portion Schweigen, bis Paul wiederholte: »Ich glaub nicht, dass es die Lorünsers waren.«

»Nein?«

»Ist nur so ein Gefühl. Das heißt, ich hab da noch …«

»Was?«

»Können wir uns treffen?«

»Wann?«

»Nachmittags.«

»Dann um halb drei bei der Kirche Heiligkreuz. Da haben wir unsere Ruhe.«

»Okay.«

»Bis dann.«

***

Ins Venter Tal verirrten sich im Winter nur wenige Touristen. Das wildromantische Hochtal zwischen Zwieselstein und den Rofenhöfen, Österreichs höchstgelegenen dauerbesiedelten Bergbauernhöfen, war an manchen Stellen so eng, dass die Häuser wie Holzdosen wirkten, die jemand mit Gewalt zwischen zwei Bretter geklemmt hatte. Kein Wunder also, dass mir kaum jemand entgegenkam, als sich mein Käfer an diesem Nachmittag das schmale Bergsträßchen hinaufquälte. Keine Autos, keine Wanderer, selbst die Schafherden, die im Sommer hier weideten, hatten sich schon ins benachbarte Südtirol verzogen.

Ich nützte die Autofahrt, um mich per Handy von Bernd auf den neuesten Ermittlungsstand bringen zu lassen. Wie erwartet waren nur die Informationen aus ihm herauszukitzeln, die ohnehin bald die Runde machen würden. Im Apartmenthaus der Lorünsers waren Zeitungsschnipsel gefunden worden – womöglich ein Indiz dafür, dass die »Alpenklingonen« hinter den Drohbriefen steckten, was sie bei ersten Vernehmungen jedoch hartnäckig bestritten hatten. Die Obduktion in der Gerichtsmedizin hatte ergeben, dass Rupert an einer Colchicinvergiftung gestorben war. Scheinbar hatte er eine größere Menge der Herbstzeitlosenblätter gegessen, deren tödliche Wirkung bei einem achtzig Kilo schweren Kerl wie ihm ab einer Dosis von achtzig Gramm einsetzte. In Verbindung mit der Tatsache, dass die Leiche unter dem Bandbus der Musiker gefunden worden war, war dies für Bernd ein deutlicher Hinweis auf Fremdverschulden, denn es war kaum anzunehmen, dass der Sänger sich mit einer Ladung Gift im Magen unter den Bus der »Alpenklingonen« verkrochen hatte, um dort sein letztes Nickerchen zu halten.

Gegen drei erreichte ich die Kapelle zwischen Zwieselstein und Vent, den verabredeten Treffpunkt. Ich stellte den Motor ab, trat ins Freie, sog die frische Herbstluft ein und starrte auf den Steilhang auf der gegenüberliegenden Talseite. Die Schroffheit der hochalpinen Gebirgslandschaft flößte mir Respekt ein. Ihr Anblick zog mich so sehr in den Bann, dass ich beinahe erschrak, als hinter mir eine Autotür zuschlug. Die Nachricht von Ruperts Tod schien nicht spurlos an Paul vorübergegangen zu sein. Er wirkte mitgenommener als bei unserer ersten Begegnung, schwer hingen die Tränensäcke unter seinen rot geränderten Augen.

»Hi«, grüßte er lakonisch und hockte sich auf die Bank vor der Kirche.

»Hi«, erwiderte ich und sagte dann, um das Eis zu brechen, »tut mir leid.«

»Schon okay.« Paul blickte nachdenklich zu Boden. »Ich will nur nicht, dass die Falschen eingebuchtet werden.«

»Verstehe. Und weshalb glaubst du, dass es die Lorünsers nicht waren?«

Er zuckte mit den Schultern. »Weil's keinen Sinn machen tät.«

Ein kühler Windstoß zupfte an meiner Mütze. Pauls Einwand war berechtigt. Ruperts Leiche unter dem Bandbus, der Drohbrief, von dem sich der Jodelkönig nicht hatte einschüchtern lassen, und schließlich der Zeitungsartikel, wonach die Anwürfe der »Alpenklingonen« ins Leere gingen. Die Musiker sahen ihren Coup platzen und stattdessen hohe Anwaltskosten auf sich zukommen, drehten durch und räumten kurzerhand den unangenehmen Konkurrenten aus dem Weg. Okay, aber warum deponierten sie die Leiche dann ausgerechnet unter ihrem Bandbus? So beknackt konnten doch nicht einmal zwei Intergalaktische sein.

»Die Geschichte mit den Spielschulden stimmt«, versuchte ich, das stockende Gespräch wieder in Gang zu bringen, und überkreuzte meine Beine.

»Du hast die Typen also gefunden?« Paul kniff die Augen zusammen.

»Kann man so sagen.« Dezent wies ich auf die Striemen an meinem Hals, die dem Burschen offenbar entgangen waren, denn seine Gesichtsmuskeln zuckten, als er sie jetzt wahrnahm. »Berufsrisiko«, wiegelte ich ab, breitete meine Hände aus und folgte seinem Blick zu dem gigantischen Bergrücken gegenüber. Er schirmte die Sonne stärker ab als die harmlosen Schleierwolken am Himmel, die von Zeit zu Zeit mit ihr Verstecken spielten.

»Was ich neulich in der Disko zu dir gesagt hab … Also, dass ich dir nicht trau …« Er hielt inne und löste seinen Blick von mir. »Das war nicht so gemeint.«

»Schon okay.«

Es dauerte ein wenig, bis er fortfuhr: »Weißt du, in der ›Rumpelkammer‹ gibt's einen geschlossenen Bereich.«

Ich sah den Aufgang, der von einem Türsteher bewacht wurde, sofort vor mir und ahnte schon, was jetzt kommen würde.

»Dort sind wir ab und zu raufgegangen.« Er zog seine Beine zu sich heran und umschlang sie mit beiden Händen. »Nicht jeder kommt da rein.«

»Das hab ich gesehen.«

Paul zögerte. »Was ich dir jetzt verrate, muss aber unter uns bleiben«, verkündete er schließlich feierlich und unterstrich seine Worte mit einem konspirativen Nicken.

»Klar, Mann.«

»Also, in dem geschlossenen Bereich, da … Da kann man sich mit ein paar Damen vergnügen.«

Endlich war es raus. Die Last des Schweigens fiel augenscheinlich von ihm ab. Doch mein Schock hielt sich in Grenzen. An das Märchen von den unverdorbenen Älplern glaubte ich schon lang nicht mehr. Außerdem hieß der Schuppen »Rumpelkammer«, und von irgendwoher musste der Name ja kommen.

»Das wissen aber nur die, denen der Reinhard, der den Laden

besitzt, vertraut«, fuhr Paul fort. »Red mit seinen engsten Freunden und dem Typen vom ›Hotel Alpensonne‹. Der schickt ihm immer mal wieder ein paar Gäste rauf.« Er blickte kurz auf, als wollte er sich vergewissern, dass ich ihm noch zuhörte. »Der Rupert war ein Jugendfreund von ihm. Dem hätte er seine Brieftasche anvertraut.«

»Mit anderen Worten: Der Schuppen ist nicht genehmigt.«

»Und wird es auch nie sein, weil's in Salding schon einen gibt. Zwei davon wollen die Leute hier nicht. Der Reinhard hat keine Chance g'habt.«

Ein unerwartet kräftiger Windstoß strich über unsere Köpfe und trieb bauschige weiße Wolken vor sich her.

»Er bestellt sich also ein paar Prostituierte aus dem Katalog und hofft darauf, dass seine reichen Freunde ihn nicht verpetzen?«, fragte ich.

»So in etwa.«

Ich konnte mir schon denken, worauf das hinauslief. »Aber Reinhard hat seine Rechnung ohne Ruperts Spielschulden gemacht«, kleidete ich meine Überlegung in Worte. »Denn der hat das Innsbrucker Casino für sich entdeckt und verjuxt dort sein Geld. Zudem geistert die Klage der ›Alpenklingonen‹ durch seinen Kopf. Da kommt ein möglicher Erpressungsgegenstand gerade recht.«

Pauls Gesicht lief rot an. Keine Ahnung, ob er sich für seinen Kumpel schämte oder es an der Kälte lag. »Ich dachte bloß, ich erzähl's dir, bevor die Butz jemand Falschen einbuchten. Denn eins schwör ich dir: So friedliebend der Reinhard oft ist, wenn du ihn unter Druck setzt, sieht der Kerl rot. Der hat schon ein paarmal zugelangt.«

»Klingt, als sollten wir ihn uns mal vorknöpfen.«

Paul überlegte und wich dann plötzlich zurück. »Von mir weißt du aber nix, okay? Ich hab dir das erzählt, weil ich nicht will, dass die Lorünsers zu Unrecht in den Häfen kommen. Aber die Sache muss unter uns bleiben. Im Zorn ist der Typ zu allem fähig. Darauf, dass er mich auch noch um die Ecke bringt, kann ich echt verzichten.«

»Keine Sorge! Er wird nichts von unserem Gespräch erfahren.«

Unschlüssig, ob er mir trauen oder besser schnellstmöglich Reißaus nehmen sollte, streckte Paul mir die Hand entgegen.

Ich schüttelte sie, stand auf und bedankte mich. Mit der neu gewonnenen Information würde sich bestimmt etwas anfangen lassen. Jetzt musste ich mir nur noch eine Taktik zurechtlegen. Als ich neben meinem Käfer stand, hatte der Wind an Stärke weiter zugenommen. Ob der Bordelltyp etwas mit der Sache zu tun hatte? Ich öffnete die Fahrertür und warf einen letzten Blick auf die Kapelle, die friedlich in der Abendsonne leuchtete.

18

Gegen halb zehn waren vor der »Rumpelkammer« noch so viele Parkplätze frei, dass mein Käfer problemlos eine Lücke fand. Ich zog meinen Gürtel enger, prüfte, ob mein Akademikerscheitel saß, und schloss die Knöpfe meines Trachtenjankers, während ich Roger mit aufmunternden Blicken auf die bevorstehende Schlacht einstimmte. Ab in die Freakshow!

Die Nummer mit dem notgeilen Salding-Urlauber, so hatten wir befunden, stand unserem englischen Adelssprössling am besten zu Gesicht. Manni nahm man den verklemmten Schwerenöter nicht ab, Georg hatte keinen Bock auf ein solches Theater und ich bei meinem ersten Besuch in dem Tanzschuppen bereits zu viel Staub aufgewirbelt, als dass ich hier unerkannt eine Show hätte abziehen können. Abgesehen davon, dass man mir als waschechtem Österreicher den Touri sowieso nicht abkaufen würde.

Roger hingegen sprach mit deutlich hörbarem Akzent und zeigte genau das richtige Maß an Befangenheit im Umgang mit dem anderen Geschlecht. Zielsicher peilte er den verwaisten Tresen an, orderte einen Manhattan und richtete seine Glotzer auf die Dekolletés der tanzenden Damen, während ich mich mit der Rolle des Fremdenführers begnügte, der seinem Gast die Schönheiten der Tiroler Bergwelt zeigte.

»Yo, man!« Roger leerte sein Glas, winkte den Barkeeper heran und bestellte einen zweiten Drink. Der Aufgang, von dem Paul am Nachmittag gesprochen hatte, wurde wie schon bei meinem letzten Besuch von einem kahlköpfigen Türsteher bewacht.

»If I could only get those beautiful girls«, jammerte mein Kumpel in Hörweite des Barmanns, und seine gierigen Augen klebten auf der vollbusigen Kellnerin, die zwischen den Stehtischen hindurchtänzelte wie eine aufgebrezelte Oktoberfest-Mieze.

Der Barkeeper drehte sich kurz um, bevor er sich ans andere Ende der Theke zurückzog und zwei junge Burschen bediente.

Roger wartete seine Rückkehr ab, bis er etwas lauter als nötig sagte: »*Don't you have a kind of …*« Er druckste herum. »*I mean I'd love to see a bit more of them.*«

»*Well, there are some nightclubs in Innsbruck … If you want to have some girls dancing and stripping just for you, perhaps we should go there.*«

»*Oh, that would be great.*«

Klingeling. In den Augen des Barmanns flammte ein Leuchtfeuer auf. Als hätte ich einen unsichtbaren Schalter gedrückt, kam er schnurstracks auf uns zu.

»*Hi*«, sagte er zu Roger.

»*Hi!*«

»*Where come you from?*«

»*From London, man. Piccadilly Circus.*«

Der Barkeeper nickte zögernd. Lange genug für uns, um zu wissen, dass wir einen Volltreffer gelandet hatten.

»*Nice place, hö?*«

»*Yeah.*«

»*But Vent is also nice.*«

»*Very nice, yeah. Beautiful mountains …*«

Der Barmann kratzte sich aufgeregt an der Nasenwurzel. »*Öhm, just an asking: Where sleep you?*«

»*In ›Hotel Alpensonne‹*«, antwortete Roger geistesgegenwärtig.

Von Paul wusste ich, dass die »Alpensonne« Reinhards bestem Freund gehörte, der am kleinen Geheimnis des Disko-Betreibers mitnaschte, woraufhin Roger heute Morgen dort eingecheckt und sich als britischer Urlauber ausgegeben hatte. Ich zwinkerte ihm zu, als der Barkeeper hinter dem Tresen verschwand und eine Nummer in sein Mobilteil klopfte.

Er telefonierte ein paar Minuten hinter vorgehaltener Hand, bevor er mit einem breiten Lächeln auf den Lippen und einem hörbaren Zittern in der Stimme zurückkam. »*Öhm … I heard that you like girls.*«

»*Sorry?*« Roger, der Windhund, tat so, als hätte er nichts verstanden.

»I mean, I heard …« Die Wangen des Barkeepers erröteten, während seine Zunge ausholte und Kontakt zu den Bartstoppeln unter seinen Nasenlöchern aufnahm. *»Maybe at ›Alpensonne‹ they told you that we have special offers for singles?«*

»Really?« Roger warf ihm einen neugierigen Blick zu und schob sein Gesicht so nahe an seinen Gesprächspartner heran, dass ich schon fürchtete, seine Nase würde auf Tuchfühlung mit dessen Lippen gehen. *»What kind of offers?«*

»Girls.« Aufgeregt wie ein Taferlklassler an seinem ersten Schultag hob und senkte der Barmann seinen Kopf. *»But you have to be discreet.«*

Mein Begleiter nickte mit feierlichem Ernst. *»Sure.«*

»Don't tell somebody.«

»Never.«

»And there is another thing …«

»Yeah?«

»The offer is not free.«

Pikiert fuhr sich Roger wie eine Diva durch sein zurückgegeltes schwarzes Haar, bevor er sagte: *»Money doesn't matter to me.«*

Der Barkeeper stieß einen hysterischen Lacher aus, während seine leuchtenden Augen an Onkel Dagobert beim Anblick seines gefüllten Geldspeichers erinnerten. *»Thousand per hour.«*

Ein gewöhnlicher Kunde wäre bei der Summe in Ohnmacht gefallen. Nicht unser schwerreicher Roger. Außerdem hatten wir eine Mission zu erfüllen. *»Thousand! That's really expensive …«*

Der Barkeeper spielte nervös mit den Fingern. *»Eight hundred?«*

Roger überlegte für meinen Geschmack einen Tick zu lange. *»Seven hundred.«*

»Okay, okay.«

Roger zupfte sein Portemonnaie aus der Anzugtasche und wedelte mit zwei Fünfhunderterscheinen vor den Augen des Barkeepers herum, der danach schnappte wie eine ausgehungerte Katze nach der Maus. Kurz darauf verschwand das goldene Manna in seiner Jackentasche.

»Follow me!« Der Barkeeper deutete auf die Holztreppe.

»And what about my friend?« Rogers Zeigefinger tippte auf meine Brust.

»Oh, yes.« Noch ehe der Mann überlegen konnte, steckte mein Kumpel, der alte Schwerverdiener, ihm zwei weitere Fünfhunderter zu. *»We'll do it together.«*

Ich schluckte kurz, blinzelte den Funken Misstrauen, den ich im Gesicht des anderen zu erkennen glaubte, fort und folgte den beiden an dem Sicherheitsmann vorbei in den ersten Stock bis zur Tür mit der Aufschrift »Lager«.

»Just a moment, I have to look for key.« Keuchend suchte der Mann in seiner Hosentasche nach einem Schlüsselbund. *»And I need your mobile phones.«*

»Here you are.« Artig schaltete Roger sein Handy aus und streckte es ihm entgegen.

»Meins liegt im Auto«, log ich, woraufhin mir unser Freund einen misstrauischen Blick zuwarf. Erst nachdem er meine Taschen abgeklopft hatte, gelangte er zu dem Schluss, dass ich vertrauenswürdig war.

»In einer Stunde hol ich euch hier wieder ab. *In one hour I hold you up again here.*« Dann drehte er den Schlüssel im Schloss und überließ uns dem bunten Reich hinter der Tür.

»Puh.« Erleichtert atmete ich auf. Vor uns lag ein düsterer langer Gang mit nackten Betonwänden, an denen sich rostige Rohre wie tote Schlangen entlangwanden. Schmale Neonröhren tauchten den Tunnel in trübes Licht, es roch feucht und muffig, nach Schweiß und billigem Parfum.

»Und was machen wir jetzt?«, flüsterte Roger, während wir durch den Gang marschierten.

Ich blieb stehen, bückte mich und nestelte ein winziges schwarzes Motorola-Handy aus meinem rechten Schuh. »Voilà.«

»Du bist echt crazy.«

Kurze Zeit später standen wir vor zwei ockerfarben gestrichenen Türen mit vergoldeten Messingschildern, auf denen die Nummern eins und zwei eingraviert waren. Unser Klopfen an Tür Nummer eins fand rasch Gehör.

Eine gut dreißigjährige Frau in Negligé und Strapsen lächelte uns entgegen. Sie hatte gefühlte zwei Tonnen Wimperntusche aufgetragen, fast ebenso viel Kajal und Lippenstift im Gesicht und musterte uns wachsam aus grünen Augen. An ihrem Hals baumelte eine Kette mit silbernem Anhänger, der ein chinesisches Tierkreiszeichen zeigte – wahrscheinlich einen Hund –, ihre zierlichen Füße steckten in schwarzen Pumps. »Zwei?« Ihre scharf gezogenen Wimpern schnellten in die Höhe.

»Wir sind zu zweit, ja. Eigentlich wollen wir nur ein wenig plaudern«, sagte ich und hob entschuldigend die Hände.

»Jaja. Plaudern.« Die Dame bedachte uns mit einem wissenden Blick. Die Nummer schien sie zu kennen. Vermutlich schneiten hier selten mal richtig harte Burschen rein. Außerdem wirkte Roger mit seinem verklemmten Lächeln in seinem steifen Anzug tatsächlich so, als würde er gerade zum ersten Mal in seinem Leben mit einer Frau reden.

»Ich bin Olga«, stellte sich die Dame vor. »Darf ich Herren Getränke anbieten?« Nicht nur ihrem Namen, auch dem Akzent nach stammte Olga aus Osteuropa. Sie teilte uns zwei Plätze an einem Rauchglastisch zu, von dem aus man den gesamten Raum überblicken konnte.

Schon an der Farbgebung konnte ich erkennen, wie langweilig und berechenbar diese Lusttempel im Grunde waren: roter Bettbezug, rot gestrichene Wände, gedimmtes rotes Neonlicht. Nur bei den Polstermöbeln war die Wahl seltsamerweise auf Blau gefallen. Vermutlich waren die roten schon aus oder zu teuer gewesen. Am Tisch perlte Champagner in zwei Gläsern, aus den Boxen an der Wand säuselte Klavier- und Geigenmusik. Eine offene Verbindungstür führte vom Zimmer ins Bad, auf halbem Weg zum Bett wellte sich ein – dreimal dürfen Sie raten! – hellroter Teppichläufer. Im Gegensatz zum düsteren Verbindungsgang kam mir der Raum sehr gepflegt vor, so als wäre sein Besitzer eifrig darum bemüht, jeden einschlägigen Verdacht zu zerstreuen.

»Wie lange machst du das schon?«, fragte ich und führte mein Champagnerglas zum Mund.

»Heute ich nur machen für euch«, zwitscherte Olga in ihrem osteuropäischen Akzent und klatschte in die Hände, als versetzte sie dieser Umstand in Ekstase.

»Und sonst?«

Sie sah an mir herab, sichtlich unschlüssig, was sie von mir halten sollte. Die Art von Fragen schien sie von ihren Stammkunden nicht gewohnt zu sein. »Sonst nur ab und zu aushelfen.« Und nach einer Weile fügte sie hinzu: »Möchten Massage?« Olga wollte das Gespräch offenbar auf ein Terrain lenken, auf dem sie sich sicherer fühlte.

»Sure.« Rogers Antwort kam wie aus der Pistole geschossen. Hastig streifte er sein T-Shirt ab und ließ sich rücklings auf die rote Decke plumpsen.

»Nein, nein. Nur er«, wehrte ich ihre einladenden Blicke ab, wartete, bis sie mir den Rücken zukehrte, griff nach meinem Fotohandy und drückte zwei Mal auf den Auslöser.

Wie vom Blitz getroffen zuckte Olga zusammen. »Woher d… du haben Handy?«

»Geschenk von meinem Bruder.« Ich schaltete die Aufnahme-Funktion ein.

»Bruder?« Ihre Augen bildeten ein einziges Fragezeichen.

Ich nutzte ihre Unsicherheit, fischte meinen Geldbeutel aus der Hosentasche und zückte meinen Detektivausweis, woraufhin Olga zurückwich wie ein bedrohtes Tier. Als Detektiv hatte ich natürlich keinerlei Berechtigung, ihre Papiere zu prüfen, doch der Trick funktionierte fast immer, denn die Menschen sahen nur den Ausweis, nicht das, was draufstand. Ich kam mir ein bisschen schäbig dabei vor, sie so zu überlisten, doch auf die Schnelle war mir nichts Besseres eingefallen. Olgas Augen verrieten mir, was ich wissen wollte.

»Bist du hier gemeldet?«

Ihre Pupillen schossen unruhig hin und her, die Lider flatterten. »Was du wollen?«

»Ob du hier gemeldet bist, tät ich gern wissen.«

Wie ein Häufchen Elend kauerte sie auf ihrem Bett, als ich auf die Stopp-Taste drückte. Was hatte ich davon, die Frau unnötig zu quälen? Die Wahrscheinlichkeit, dass sie legal beschäftigt war, tendierte gegen null. Außerdem hatten wir mit den Beweisfotos bereits, was wir wollten. Mehr brauchten wir fürs Erste nicht.

»Vergiss es«, wiegelte ich ab, während ich mir schnell die Fotos ansah.

Ich nickte Roger zu, der sich auf die Bettkante gesetzt hatte. Die Enttäuschung stand ihm förmlich ins Gesicht geschrieben. Wahrscheinlich hatte er sich schon auf eine erquickende Ganzkörpermassage gefreut.

»Bitte, Sie mich nicht verhaften.« In Olgas Blick lag ein Flehen.

»Dir wird nichts passieren, versprochen.« Als Geste meines guten Willens steckte ich ihr zwei Fünfziger zu.

Zweifelnd sah sie mich an. »Ich nix dürfen Geld nehmen.«

War ja klar gewesen. Fett abkassieren und den Damen verbieten, Geld anzunehmen. »Chef wird nichts erfahren«, versicherte ich, woraufhin sich ihre Gesichtszüge entspannten. Ich haderte mit meinem Gewissen. Olga war nicht zu beneiden. Wahrscheinlich wartete sie auf eine Aufenthaltsgenehmigung oder fand als Gastarbeiterin keinen anderen Job. Oder sie wollte sich ihr miserables Gehalt aufbessern, und ich hatte sie in Angst und Schrecken versetzt. Aber in meinem Beruf hatte man oft keine Wahl.

»Und was machen wir jetzt die restlichen dreißig Minuten?«, sorgte sich Roger.

»Den Spieß mal umdrehen und Olga massieren.« Für meinen Lieblingskoch eine Kriegserklärung.

19

Selbst wenn es Recherchezwecken diente, konnte ich Julia unmöglich stecken, dass ich mich in einem Puff herumgetrieben hatte, sodass ich kurzerhand einen weiteren Casinobesuch erfand, als ich ihr gegen Mitternacht in unserer Küche gegenüberstand.

Auf dem Heimweg hatte ich ein weiteres Mal mit Bernd telefoniert, der Pauls Aussage ergänzte: Laut Rechtsmediziner war Rupert in der Nacht nach seinem Verschwinden gestorben, doch würde man die »Alpenklingonen«, die die Tat vehement bestritten, der Beweislast zum Trotz vorerst nicht anklagen können. Die Polizei konzentrierte sich derweil auf die Befragung des Hotelpersonals, um herauszufinden, was in der Nacht von Ruperts Verschwinden passiert war. In diesem Zusammenhang hatten auch Manni und ich eine Vorladung bekommen.

»Du arbeitest noch immer an dem Fall, oder?« Der leise Vorwurf in Julias Tonfall war nicht zu überhören.

»Ja, morgen muss ich bei den Bullen antanzen und ihnen von der Beschattung erzählen.«

Sie nickte. »Hast du dein Gehalt für den letzten Auftrag bekommen?«

»Gestern war noch nix auf dem Konto.«

»Hm.« Enttäuscht senkte sie den Kopf.

»Es tut mir leid.«

»Versteh mich nicht falsch, Gerhard«, Julia beugte sich zu mir vor, und der Apfelduft ihres Parfums wehte mir um die Nase. »Ich brauch wirklich kein Penthaus auf Mallorca, um glücklich zu sein. Es wär einfach schön, mal wieder zusammen essen zu gehen.«

Zerknirscht kniff ich meine Lippen zusammen und schlurfte schweigend zum Kühlschrank. Sie hatte ja recht. Mir ging es doch auch gegen den Strich, jeden Cent umdrehen zu müssen. Aber so war das nun mal mit unseren Jobs. Als Detektiv und Jungärztin naschten wir nicht gerade am großen Futtertrog.

»Weiß man denn schon, wer ihn umgebracht hat?«

»Die Bullen haben die Lorünsers in Verdacht, die Typen von den ›Alpenklingonen‹.« Ich berichtete ihr kurz von meinen diesbezüglichen Ermittlungen.

»Und du?«

»Ich hab keine Ahnung«, gab ich zu. »Es gibt da noch ein paar andere Spuren.« Bereitwillig erzählte ich ihr von den »Racheengeln«, von Ruperts Ex-Freundin und dem illegalen Bordellbetreiber.

»Gut, und was willst du jetzt tun?« Julia schnitt sich eine Scheibe Brot ab und schmierte eine dicke Schicht Erdbeermarmelade darauf.

»Diese Camilla aufspüren und den unglücklichen Verlassenen mimen.«

»Mimen?«

»Na, das will ich doch hoffen.«

»Optimist!«

20

Unterinspektor Bernhard Redel, seines Zeichens stellvertretender Postenkommandant, empfing uns am Dienstagmorgen im Innsbrucker Polizeipräsidium in der Leopoldstraße. Seine stattliche Erscheinung mit breitem Körperbau und kräftigen Oberarmen, Stirnglatze und einem wuchtigen Kinn, das noch größer zu werden schien, wenn er den Mund öffnete, wirkte auf Anhieb respekteinflößend. In seinen moosgrünen Augen lag die Wachsamkeit eines alten Hasen, dem kein noch so verhaltenes Rascheln im Unterholz entging. Sah man von seinem leichten Bierbauch ab, verkörperte er das glatte Gegenteil vom machthungrigen und aufgeblasenen Postenkommandanten Fuchs, mit dem ich bereits mehr als nur einmal aneinandergeraten war. Als ich mit Manni das Wachzimmer betrat, suchte der Inspektor gerade etwas in einem Aktenstapel.

»Gerhard Gruber«, meldete ich gehorsam. »Und das hier ist Manfred Egidius Schupfer.« Mein Kumpel hatte sich schon auf einen freien Stuhl gesetzt. »Zu Ihren Diensten.«

»Bitte.« Mit einer ruhigen Geste wies Redel mir den Platz neben Manni zu, schob den Aktenstapel zur Seite und begann, auf seine Tastatur einzuhämmern. »Gruber«, murmelte er leise vor sich hin. »Woher kenne ich den Namen bloß?«

Schaudernd dachte ich an meine Zusammenstöße mit Thomas Fuchs, zuletzt im Fall der getöteten Veronika Plattner, während sich erste Zweifel in mir regten. Wer konnte schon wissen, ob der friedfertige Eindruck, den der stellvertretende Kommandant hinterließ, nicht bloß Taktik war?

»Aber natürlich. Sie sind der Typ mit dem entlaufenen Pudel.« Vergnügt zwinkerte er mir über den Schreibtisch hinweg zu.

»Öhm, also …«

»Schon gut. Schnee von gestern.« Er lächelte milde. »Wenden wir uns den aktuellen Problemen zu.« Er brach kurz ab, legte die

Fingerspitzen aneinander und löste sie wieder, bevor er sagte: »Sie hatten also den Auftrag, Rupert Sonnholz zu überwachen?«

»Ja«, gab ich zu und hoffte, dass er nicht doch auf die Derrick-Nummer in Risswald zu sprechen kommen würde.

»Erzählen Sie mir von Ihren Beobachtungen. Was ist Ihnen am Tag zuvor aufgefallen, wo hat er sich herumgetrieben? Ich möchte alles wissen, woran Sie sich erinnern können.«

Euphorisch wie ein Hühnerdieb, der dem Teufel gerade noch von der Schippe gesprungen ist, umriss ich kurz die Geschehnisse in der »Rumpelkammer«, ohne auf meine neuen Erkenntnisse über das Hinterzimmer einzugehen, berichtete von unserer nächtlichen Verfolgungsjagd und Ruperts abruptem Bremsmanöver.

Der Inspektor nickte ein paarmal, machte sich Notizen und fragte, nachdem ich geendet hatte: »Hatten Sie den Eindruck, dass der Tote an diesem Abend unter Alkoholeinfluss stand?«

»Allerdings«, platzte Manni heraus.

»Eine irrwitzige Aktion.« Der Inspektor lehnte sich in seinem Drehsessel zurück und verschränkte die Arme. »Was noch?«

Ich erwähnte, dass der grüne Jaguar seitdem nicht wieder aufgetaucht war, Peter Friedrichs Anweisung, die Beschattung gegen Ruperts Willen fortzusetzen, und unsere unrühmliche Nacht vor dem »Hotel Stuck«.

»Hm«, machte Redel, als ich mit meiner Schilderung fertig war. »Außer seiner offenkundigen Nervosität, dem grünen Jaguar und seinem, nennen wir es mal«, er malte Anführungsstriche in die Luft, »eigenwilligen Fahrverhalten ist Ihnen nichts aufgefallen?«

»Bei der Ehre meiner Großmutter.«

Redel richtete sich in seinem Sessel auf. »Und was ist mit Ihnen?« Sein Kinn zeigte auf Manni.

»Wenn man von den Möpsen der Rezeptionistin absieht …«

»Tststs.« Der Inspektor schnalzte mit der Zunge. In seinem Kopf schien es zu arbeiten, ein Meer aus Tausenden Fältchen wogte auf seiner Stirn.

»Haben Sie irgendeine Erklärung dafür, warum der Kerl

so nervös war? Irgendein Anzeichen, das auf eine Depression hingedeutet hätte?«

Ich überlegte mir die Antwort sehr gründlich. Einerseits wollte ich den Bullen keinen Ermittlungsvorsprung gewähren, andererseits hielt ich den Inspektor auch nicht für blöd. Dass Rupert sich in seiner Haut nicht wohlgefühlt hatte, würde er auch ohne unser Zutun rauskriegen. Also beschloss ich, erst mal zu taktieren, und antwortete mit einer Gegenfrage: »Ist den Hotelgästen denn etwas aufgefallen?«

»Warum wollen Sie das wissen?«

»Neugierde. Alte Berufskrankheit.«

Redel lächelte. Der Typ wurde mir immer sympathischer. Kein Zweifel, im Kreuzverhör gab er den guten Bullen. »Wir stecken noch mitten in den Befragungen. Sämtliche seiner Zimmernachbarn scheinen in der Nacht tief und fest geschlafen zu haben.«

»Das deckt sich mit meinen Beobachtungen. Um Mitternacht waren fast alle Lichter aus«, erklärte ich.

Unmerklich senkte der Inspektor den Kopf und strich sich durch sein schütteres graues Haar. »Fragt sich, ob Rupert Sonnholz das technische Know-how besaß, um die Überwachungskamera vor dem Notausgang außer Kraft zu setzen.«

»In seinem angeschlagenen Zustand keine leichte Aufgabe«, gab ich zu bedenken.

»Es sei denn, er hätte das Ding vorher genau studiert.« Der Inspektor fischte einen Kugelschreiber aus seinem Stiftebehälter.

»Fingerabdrücke gibt es keine?«, nutzte ich seine Denkpause.

Redel schmunzelte. »Was die Neugierde angeht, haben Sie Ihren Beruf nicht verfehlt. Das könnte uns noch von Nutzen sein.«

»Und?«

»Wenn wir Fingerabdrücke gefunden hätten, wären Sie der Letzte, der davon erfährt.«

Ich musste mir eingestehen, dass ich dem dezenten Charme des Inspektors erlag. Gern hätte ich nach Ruperts Todeszeitpunkt gefragt, wollte den Bogen aber nicht überspannen, weshalb ich die Arme verschränkte und nichts erwiderte.

»Erzählen Sie mir vom Morgen nach Sonnholz' Verschwinden.«

Gehorsam berichtete ich über die entsprechenden Ereignisse, von Peter Friedrichs Drängen, im Hotelzimmer nachzusehen, über den entsetzten Gesichtsausdruck der Rezeptionistin angesichts des leeren Zimmers bis hin zu meinen Gewissensbissen.

»Verstehe.« Aus Redels Mienenspiel ließ sich nichts ableiten. Der Inspektor fragte uns noch einmal nach der genauen Beschreibung des grünen Jaguars, der seit unserer letzten Begegnung mit ihm verschollen war, bevor er sich mit dem berühmtesten Satz aller Fernsehkrimis verabschiedete: »Das war's fürs Erste. Sie beide halten sich bitte zu meiner Verfügung.«

»Noch ein paar Typen von der Sorte, und man könnte die Polizei richtig lieb gewinnen«, sagte ich zu Manni, als wir die Wachstube verlassen hatten und wieder frische Bergluft atmeten.

»Verschrei's mal nicht. Wer weiß, ob das dicke Ende nicht doch noch kommt.«

21

»Sitzen lassen hat sie mich. Einfach sitzen lassen.« Ich jammerte ins Telefon, als wäre ich gerade aus einem metertiefen Tränensee aufgetaucht. »Dabei hab ich ihr die Sterne vom Himmel geholt.«

»Verstehe.« Die kumpelhafte Stimme am anderen Ende der Leitung gehörte Axel Rainer, dem selbst ernannten »Racheengel«, den ich vor ein paar Minuten angerufen hatte. Ich hatte mich als Gustav, ein Geschäftsmann, ausgegeben, der auf dem Zenit seines beruflichen Erfolgs von der Liebe seines Lebens verlassen worden war.

»Mit meinem besten Kumpel ist sie durchgebrannt«, schluchzte ich. »So grausam.«

»Das tut mir leid.« Axel Rainers butterweiche Stimme erinnerte mich an einen dieser Hundebesitzer, die ihren Pitbull Schnuckiputz nennen und sein Knurren mit einem »Der tut doch nix, das ist ja ein ganz Braver« kommentieren, während sie insgeheim hoffen, dass er dir bald in die Wade beißt und deinen Oberarm als Modell für den nächsten Kieferabdruck benutzt.

»Ich will mich an ihr rächen.«

»Verständlich. Wann hättest du Zeit für ein kurzes Arbeitsgespräch?«

»Heute Abend wär gut«, antwortete ich wie aus der Pistole geschossen.

»Wunderbar«, sagte Axel. »Dann müssen wir uns nur noch auf einen diskreten Ort für unsere Unterredung einigen. Diskretion ist einer der wesentlichsten Eckpfeiler unseres Erfolgs.« Er legte eine kurze Pause ein. »Du hast gesagt, du wohnst in Innsbruck?«

»Genau.«

»Was hältst du davon, wenn wir uns am Arzler Schießstand treffen?«

»Geht klar.«

»Heute Abend um sieben?«
»Abgemacht.«

***

Nach meinem Telefonat mit Axel suchte ich einen Briefkasten für mein Kuvert, das einen computergetippten Brief samt Kopien der Fotos enthielt, die ich von Reinhard Schreiers lüsternem Hinterzimmer geschossen hatte. Unser Plan sah vor, den Bordellbetreiber aufzurütteln und ihn anschließend zu beschatten. Vielleicht gelänge es uns auf diese Weise, ein wenig Licht in sein Privatleben zu bringen. Am Abend würde ich mich mit Axel treffen, um mehr über die Arbeitsweise der »Racheengel« zu erfahren.

Vor der Hofkirche wurde ich fündig und steckte das brisante Poststück in den Briefkastenschlitz. Etwas wie innere Aufbruchsstimmung machte sich in mir breit, als ich am Stiftskeller vorbei in Richtung Museumstraße spazierte. Noch fünf Stunden bis zu meinem Date mit dem »Racheengel«. Fünf Stunden, die ich irgendwie herumbringen musste. Kurzerhand beschloss ich, sie mir mit einem Stadtbummel zu vertreiben. Ich machte mich schlau, was die heurige Wintermode hergab, überwies ein paar Rechnungen auf der Bank und stellte fest, dass auch in Innsbruck schon die Weihnachtsbeleuchtung montiert war. Wenn es so weiterging, würden die Weihnachtsengel bald das Sommer-Open-Air-Kino im Zeughaus erhellen.

Auf dem Rückweg vom »Kaufhaus Tyrol« hatte ich immer noch jede Menge Zeit. Also schneite ich einer Eingebung folgend bei Roger rein, der sich im Frühjahr nach vier Jahren im »Grand Hotel« – Zeitungsberichten zufolge war er nicht der einzige Innsbrucker, der sich dort eingemietet hatte – endlich den Traum von den eigenen vier Wänden erfüllt hatte. Nicht, dass es ihm an Geld gefehlt hätte, der Typ war einfach zu bequem gewesen, sich eine andere Bleibe zu suchen und Architekten und Handwerker zu organisieren. Dabei hatte Manni ihn mit seinen polnischen Tapezierern schon fast belagert. Vergangenen Winter gab Roger dann endlich klein bei, kündigte sein Dauermietverhältnis in Innsbrucks einzigem Fünf-Sterne-Schuppen und kaufte im Saggen eine abgewrackte Villa, die er in ein englisches Landhaus verwandelte. Etwas gewöhnungsbedürftig, der Backsteinbau mitten in Innsbruck, doch was sollte man erst von seinem Besitzer sagen?

»Warum könnt ihr Briten euch eigentlich nicht unserer Kultur anpassen?«, motzte ich, als der Hausherr mich über die breite Wendeltreppe in den *living room* führte.

»Weil wir Stil haben.« Mit seiner unverwechselbaren Mischung aus Tirolerisch und Wienerisch mit britischem Akzent erinnerte der Windsor mich abwechselnd an Bürgermeister Kudrnac aus der Serie »Kaisermühlen Blues« und Prinz Edward, eine Kombination, die ich vor meiner ersten Begegnung mit Roger für unvereinbar gehalten hätte.

»Schau dir nur die neue Fassade von *the* ›Kaufhaus Tyrol‹ an. Schweizer Käse mit zu viele Löcher.«

»Du weißt aber schon, dass die von einem Briten entworfen worden ist?«

Rogers Augen wurden groß.

»David Chipperfield«, erklärte ich. »Ehrenmitglied der ›Florence Academy‹, Architekt des ›Art Museum‹ in Davenport, ›Turner Contemporary Museum‹ in Kent …«

»Okay, okay«, konzedierte er und hob beschwichtigend die Hand. »Ich sehe, dass sich der einzige geschmacklose Brite nach Tirol verirrt hat.«

Würde diesem Satz nicht so viel Doppeldeutigkeit innewohnen, hätte ich vielleicht schmunzeln müssen. So aber harrte ich mit zitternder Darmschleimhaut der Dinge, die im Wohnzimmer auf mich warteten, und hätte beinahe einen Seufzer der Erleichterung ausgestoßen, als ich eintrat und sah, dass Roger mir nur Kuchen servieren wollte.

»Wenn ich gewusst hätte, dass du kommst, hätte ich dir mit eine Dreigangmenü verwöhnt«, drohte er und wies mir einen Platz auf seiner blau-rot-weiß gemusterten Couch zu.

»Aber das brauchst du doch nicht. Außerdem hab ich in einer halben Stunde einen Termin.«

Noch ein Nachteil von Rogers neuer Bleibe. Im »Grand Hotel« hatte es stets Zeugen seiner kulinarischen Verbrechen gegeben. Hier war ich ihnen hilflos ausgeliefert. Ich erzählte Roger von meinem bevorstehenden Date mit Axel, das ich in meinen Ausführungen um drei Stunden vorverlegte.

»Fuck«, meinte er enttäuscht.

»Cooles Bild«, sagte ich, um seine Laune zu heben, und deutete auf das Ölgemälde an der gegenüberliegenden Wand, das ein üppiges Festgelage zeigte. »Selbst gemalt?«

Roger warf mir einen empörten Blick zu. *»Are you kidding?* Das ist von die berühmte Otto Bachmann.«

»Nie gehört.« So viel Unkenntnis musste ich wohl oder übel mit einem Stück Pfeffer-Mohn-Kuchen büßen.

Das Gespräch mit dem englischen Adelssprössling gestaltete sich wie immer schleppend. Das lag zum einen daran, dass wir – von unseren gemeinsamen Freunden Georg und Manni abgesehen – in recht unterschiedlichen Kreisen verkehrten, zum anderen aber auch an Rogers unnachahmlichem Talent, bei fast jedem Thema einen Bezug zum Essen herzustellen. Keine Ahnung, wer dem Kerl ein Kochtalent eingeredet hatte, ich wusste nur, dass ich ihn eines Nachts erdrosseln würde. So viel zu meiner friedfertigen Ader.

»Ich hab ein Problem«, begann ich, als die Wanduhr langsam zum Aufbruch mahnte und der Kuchen schon in meinem Magen rumorte.

Roger warf mir einen verhaltenen Blick der Marke »Nicht schon wieder!« zu. Scheinbar reichte das Wort »Problem«, um unangenehme Assoziationen bei ihm zu wecken.

»Ein privates Problem«, wiegelte ich ab, und die Erleichterung stand ihm förmlich ins Gesicht geschrieben. Zumindest kurz. »Ich brauche Geld.«

Rogers schmale Lippen formten ein O. Gerade weil der englische Adelssprössling zu der seltenen Spezies spendabler Millionäre gehörte, wurde er immer wieder ausgenutzt und begegnete seinen potenziellen Kreditnehmern in der Regel skeptisch.

»Wofür?«, erkundigte er sich nach einer Weile.

Ich druckste herum. »Es ist … Na, du weißt schon, die Wirtschaftslage …«

»Wofür?« Seine Stimme schwoll an.

»Für Julia.« Ich stützte den Kopf in die Hände und seufzte. Ich war nicht besonders stolz auf meine finanzielle Lage und noch weniger darauf, dass ich ausgerechnet Roger damit nervte, aber einem musste ich mein Herz ja ausschütten – und bei ihm war ich an der richtigen Adresse. »An meinem aktuellen Fall verdien ich nix, und der letzte Auftraggeber hat noch nicht gezahlt. Langsam wird es echt eng.«

Roger schaufelte ein riesiges Stück Kuchen auf seinen Löffel und schob es sich genüsslich in den Mund. »Und deine Kleine möchte mal wieder ins Kino gehen«, bemerkte er, als er endlich runtergeschluckt hatte.

»Erraten.« Das entsprach zwar nur der halben Wahrheit, doch konnte ich Julias Wunsch nach einem gemeinsamen Abendessen aus offenkundigen Gründen unmöglich zur Sprache bringen.

Roger spülte den Kuchen mit Himbeersaft runter. »Versteh mich nicht falsch, *my friend*, aber ich weiß nicht, ob es eine gute Idee ist, wenn ich dir schon wieder Geld leihe.« Er leckte sich über die Lippen. »Ich denke, du solltest dir eine Nebenjob suchen. Vielleicht zwölf Stunden im Monat, nur für eine sichere Einkommen.«

»Hm«, machte ich. Daran hatte ich auch schon gedacht. Vielleicht sollte ich wieder als Kaufhausdetektiv anheuern oder Onkel Gustavs Leitkuh am Ausbüxen hindern. »Schwebt dir was Spezielles vor?«

Der Hausherr hob die Brauen. »Du könntest es als Beikoch in meine neue Restaurant versuchen.«

Ich rollte mit den Augen. »Oder als Hausbesorger bei Markus und Christina.«

»Davor würde ich mir aber erst mal neue Kleider kaufen.« Lachend deutete Roger auf meine zerschlissenen Jeans.

»Sagst ausgerechnet du mit deiner gelbweißen Kochschürze.«

Roger wirkte beleidigt, weshalb ich mich eilig für seinen Ratschlag bedankte. Im Grunde hatte er ja recht. Ich brauchte ein zweites Einkommen, um mich finanziell ein wenig abzusichern. Außerdem wollte ich niemandem auf der Tasche liegen.

»Sag mal, Rog?«

»Yeah?«

»Darf ich dich was Ernstes fragen?«

»Sure.«

»Was ist für dich Glück?«

Er warf mir einen überraschten Blick zu. »Bist du jetzt unter die Philosophen gegangen?«

»Ich würd's einfach gern wissen.«

»Was für mich Glück ist?« Roger betrachtete seine Fingernägel, als müsste er selbst erst überlegen. Wahrscheinlich hatte er wie Manni noch nie über die Frage nachgedacht.

»Schöne Frau und gute Essen«, kam es nach einigem Zögern.

»Und dein Geld?«

»Die«, sagte Roger, »ist Mittel zum Zweck.«

Ich lächelte, erhob mich und ging zur Tür.

»Hey, aber das Geld für einen Kinobesuch kann ich dir leihen!«, rief Roger mir nach, als ich die Wendeltreppe hinunterging. »*The best* ist, du schaust dir ›Terminator‹ an. Frauen fahren ab auf Arnold Schwarzenegger.«

Klar. Wer, wenn nicht unser Roger, sollte das wissen?

22

Axel Rainer wirkte wie einer dieser Network-Marketing-Apostel, die einen auf seriösen Geschäftsmann machen, bevor sie dich zur Teilnahme an einem schwindligen Schneeballsystem überreden. Mit dem anthrazitfarbenen Hemd unter dem schwarzen Anzug und der rot-weiß gestreiften Seidenkrawatte passte er so gut in die ländliche Umgebung von Arzl wie ein Thaurer Obstbauer auf die Pariser Champs-Élysées. Als ich mich vom Hydranten, auf dem ich saß, erhob, streckte er mir seine rechte Hand entgegen und lächelte mir aufmunternd zu, wobei sein Anzugärmel nach oben rutschte und den Blick auf einen silbernen Armreif freigab.

»Am Waldrand steht eine Bank. Da sind wir ungestört«, flüsterte er, als gälte es, einen geheimen Pakt zu schließen, und führte mich an zwei Häusern vorbei zu einer verwitterten Holzbank.

Trotz der Regenschauer, die heute Morgen übers Land gezogen waren, fühlte sich die Luft mild an, sodass ich meine Jacke ablegte und als Unterlage auf der noch feuchten Sitzfläche benutzte.

Axel verzichtete auf diesen Komfort und ließ sich mit seiner Anzughose auf der halb trockenen Vorderkante der Bank nieder. Die Umrisse seiner schlanken Gestalt glitzerten im Lichtschein der Straßenlaterne in der Regenpfütze auf dem Asphalt, als er sich zu mir herabbeugte.

»Hast du ein Foto mitgebracht?«

»Klar.« Mannis Lieblingsgespielin Carla hatte nach einem kurzen Briefing sofort eingewilligt, als ich ihr die Rolle meiner Ex vorschlug. Auf dem Bild, das sie mir geschickt hatte, trug sie ein modisches Top zu einer beigen Cargohose und linste vor der Kulisse des Trevi-Brunnens in Rom fröhlich in die Kamera. Falls Axel danach fragen sollte, würde ich ihm erzählen, dass das Foto auf unserer ersten gemeinsamen Reise entstanden war.

Gehorsam fischte ich die Aufnahme aus meiner Jackentasche und hielt sie ins Licht.

Axel riss sie mir förmlich aus der Hand. »Gar nicht übel«, befand er schließlich und nickte anerkennend. »Wenn ich nicht wüsste, was sie dir angetan hat, könnte ich mich glatt in sie verlieben.«

»Sie hat mich mit meinem besten Freund betrogen«, erinnerte ich. »Drei Tage nach meinem Geburtstag.«

»Bitter.« Axel schenkte mir ein mitfühlendes Lächeln und starrte auf die trocknende Pfütze auf dem Asphalt. Als er den Kopf hob, sagte er: »Dann lass uns mal sehen, was wir für dich tun können.«

Ich blickte ihn erwartungsfroh an.

Als ich beharrlich schwieg, fuhr er fort: »Du kennst unsere Methoden?«

»Sagen wir: Ich hab die Homepage studiert.«

Axel nickte zufrieden. »Dann weißt du ja, worum es geht.« Er legte seinen Kopf in den Nacken und überkreuzte die Beine. »Unser Ziel ist es, den verlassenen Seelen zu helfen. Nicht mit Psychokram oder so einer schwindligen Ex-zurück-Strategie.« Seine Hände bildeten ein Dreieck. »Wir Racheengel wollen wirklich was für die Trennungsopfer tun, und das funktioniert nun mal nur über Rache.« Er löste die Hände und hob den rechten Zeigefinger. »Im ersten Moment wünscht man sich in seinem Schmerz vielleicht den Ex-Partner zurück. Aber mit der Zeit erkennt auch der Verzweifeltste, dass jemand, der ihn sitzen lässt, kein begehrenswerter Mensch sein kann. Jemand, der dir Schmerz zufügt, hat kein Herz und keine Gefühle.« Er suchte meinen Blick. »Gefühle sind vergänglich, wirst du vielleicht sagen, aber nur, wenn man es zulässt, mein Freund. Wenn man nicht dafür sorgen will, dass sie bleiben. Das entscheidende Wörtchen in diesem Satz heißt ›will‹. Die Menschen, die uns verlassen, wollen das nicht, denn sie denken nur an ihr Ego.« Er schwenkte seinen Zeigefinger in einer Art Drohgebärde. »Solche Menschen verdienen kein Mitleid. Im Gegenteil, sie sollen denselben Schmerz erleiden, den sie dem Verlassenen zugefügt haben, denn Hand aufs Herz: Das Gleichnis mit der rechten und der linken Wange ist doch noch nie aufgegangen, oder?«

Bei dem seltsamen Geschwätz krümmte sich mir der Rücken. Der Typ vertrat ein Weltbild, dem das Auge-um-Auge-Zahn-um-Zahn-Prinzip zugrunde lag. Auf direktem Weg zurück ins Mittelalter. Ein paar solcher Typen auf der Regierungsbank, und schon stünde uns der Dritte Weltkrieg ins Haus. »Sehe ich genauso«, log ich.

»Dann lass uns gemeinsam eine Strategie für dich entwickeln.« Er zupfte an seiner Krawattennadel. »Welche Art der Rache schwebt dir denn vor?«

»Am liebsten würde ich die Schlampe in den Inn werfen.«

»Klar.« Axels Mundwinkel verzogen sich zu einem schiefen Lächeln. »Kann ich verstehen, aber damit würden wir uns strafbar machen.«

»Ist das ein Problem?«, fragte ich unschuldig.

Er lächelte mich gütig an wie ein Vater seinen Sohn und fuhr in einem sachlich belehrenden Tonfall fort: »In gewisser Weise schon, was aber nicht heißt, dass wir uns streng im Rahmen der gesetzlichen Möglichkeiten bewegen müssen.«

Die Aussage war so schwammig, dass sie von einem Politiker hätte stammen können. »Und was heißt das jetzt?«

»Dass wir manchmal einfach andere Kaliber brauchen. In gewissen Fällen zu härteren Mitteln greifen müssen. Bei manchen Typen tun es vielleicht ein paar verfängliche Fotos, eine schmutzige Cyber-Kampagne oder eine Beule im neuen BMW. Aber wenn ich mir deine Geschichte so anhöre …«

»Sie hat mich mit meinem besten Freund betrogen«, wiederholte ich und konnte mir beim Gedanken an Carla ein Schmunzeln nicht verkneifen, wenngleich das hier eine ernste Sache war. Die Delikte, die Axel gerade angeführt hatte, erfüllten die Tatbestände Rufmord und Sachbeschädigung. Kein Wunder, dass die Firma auf ihrer Website kein Impressum angab.

»Was hältst du davon, wenn wir mit einem kleinen Cyber-Attentat starten und uns dann Schritt für Schritt vorarbeiten?«, schlug er vor.

»Ich weiß nicht. Ich will, dass sie leidet.«

»Sie *wird* leiden.«

»Aber ich will, dass sie richtig leidet.«

»Also gut«, sagte er nach einer Weile. »Ich werde mir etwas ganz Spezielles für dich überlegen. Aber eines muss dir klar sein: Wenn wir uns auf der anderen Seite des Gesetzes bewegen, erhöht sich der Preis. Vorkasse, versteht sich.«

Logisch. Im Zweifelsfall konnten sie ja immer noch mir die Schuld geben, wenn etwas schiefging. Aufgrund des fehlenden Impressums und der, wie ich vermutete, falschen Namen, würde es nicht leicht sein, den Verein zur Rechenschaft zu ziehen.

»Wie viel?«

Axel zögerte. »Zweitausend werden's schon sein. Natürlich hört sich das erst mal viel an, aber die Genugtuung, die du spüren wirst, wenn du siehst, wie sie zittert und leidet, ist mit keinem Geld der Welt aufzuwiegen.«

»Sonst gibt's keine Möglichkeit?«

Axel fuhr sich durch sein stoppeliges braunes Haar. »Du bist mir vielleicht ein Spaßvogel!«

»Ich mein, ich tät ihr gern eine Abreibung verpassen. Eine richtige Abreibung. «

Ein Lächeln umspielte seine Lippen. »Da will's aber einer wissen. Na gut, ich werd schauen, was ich für dich tun kann.« Damit nestelte er einen Zettel und einen Kugelschreiber aus seiner Anzugtasche. »Hier. Der Betrag ist auf unser PayPal Konto zu überweisen. Und hier«, er gab mir einen zweiten Zettel, »schreibst du Name und Adresse deiner Ex und deine Daten drauf. Dein persönlicher Racheengel wird sich dann mit dir in Verbindung setzen und den Rachefeldzug starten.« Axel schüttelte mir die Hand und erhob sich. Offenbar erklärte er unsere Unterhaltung für beendet.

»In Ordnung«, sagte ich.

»Bis bald.«

***

Axels Wagen, ein kobaltblauer Citroën, parkte knapp unterhalb der Waldgrenze. Im Schatten der Bäume war ich meinem »Racheengel« bis zu seinem Auto gefolgt, hatte Manni, der im Ortszentrum von Arzl wartete, alle relevanten Infos durchgegeben und war in meinen Käfer gesprungen, den ich einen Straßenzug weiter abgestellt hatte und mit dem ich Axel nun nachsetzte.

Wie nicht anders zu erwarten gewesen war, drückte der Kerl gleich auf die Tube. Im Dorfzentrum hatte ich ihn schon fast aus den Augen verloren, aber Manni nahm die Verfolgung auf. Da meine Klapperkiste über keine Freisprechanlage verfügte, positionierte ich mein Handy auf der Ablage über dem Lenkrad und schaltete auf maximale Lautstärke.

»Der fährt fast wie Rupert!«, brüllte mein Watson, während der Käfer die Trogerstraße hinabbrauste. Am anderen Ende der Leitung quietschte und krachte es. »Wenn er so weitermacht, hat er gleich die Bullen am Hals.«

Mein Käfer hatte bereits aufgegeben, sodass der Erfolg unserer Mission ab sofort allein in Mannis Händen lag.

»Boah, grad hat er einen Porsche überholt.«

Mein Kumpel schien die Verfolgungsjagd richtig auszukosten. »Scheiße, die Ampel!«

Anscheinend waren sie kurz vor der Rumer Ortsdurchfahrt. Dort stand eine Ampel, die in Lichtgeschwindigkeit auf Rot schaltete.

»Was ist, Manni? Bist du noch an ihm dran?«

Das Schweigen am anderen Ende der Leitung ließ meine Befürchtungen zur kläglichen Gewissheit werden. Unser Zielobjekt hatte meinen Kumpel abgehängt.

23

Der Gedanke war mir auf dem Nachhauseweg gekommen. Wenn Ruperts Ex-Freundin Camilla spitzgekriegt hatte, dass Rupert die »Racheengel« auf sie angesetzt hatte, hatte die junge Schlagersängerin doch ein astreines Motiv, um ihren Verflossenen aus dem Weg zu räumen. Also beschloss ich, baldmöglichst mit ihr zu reden.

Die Suche gestaltete sich gar nicht so einfach, denn den Namen Spitz gab es im Burgeler Telefonbuch gezählte dreißig Mal. Camilla Spitz hingegen nur zwei Mal. Nummer eins wohnte in einem renovierten Bauernhaus mit ausladendem Blumenbalkon und dem obligaten »Zimmer frei«-Schild und schied mit ihren geschätzten sechzig Lenzen aus. Nummer zwei lebte in einem Apartmenthaus mit Veranda und Kräutergarten und kam schon eher in Frage. Dem Lippenstift in ihrer Hand nach zu urteilen, war sie im Badezimmer gewesen, bevor sie mir öffnete.

»Ja?« Die Brauen der jungen Frau wölbten sich sanft. Eine Locke des schwarzen Haars fiel ihr ins Gesicht und umspielte ihre Lippen.

»Camilla Spitz?«

»Wer will das wissen?«

»Gerhard Gruber, Privatdetektiv. Ich würde gern mit dir reden.« Wie es in Tirol unter Gleichaltrigen üblich war, erlaubte ich mir, sie zu duzen.

»Worüber?«

»Über Rupert.«

Ein Schatten huschte über das ebenmäßige Gesicht der jungen Frau. »Ich habe der Polizei schon alles gesagt.«

»Zehn Minuten. Bitte.« Ich setzte mein charmantestes George-Clooney-Lächeln auf und trat einen Schritt vor, sodass sie mein Moschus-Deo besser riechen konnte, woraufhin sie mich widerwillig hereinbat. Flugs streifte ich die Schuhe ab und folgte ihr durch einen geräumigen Korridor, der keinen Zweifel am exzentrischen Geschmack seiner Bewohnerin ließ: schneckenförmiger Schirmständer, ovaler Designerspiegel, dazu eine schicke Holzgarderobe. Über dem Spiegel hing ein dunkles Aquarell, dessen Motiv ich nicht erkennen konnte.

»Am besten, wir setzen uns in die Küche.« Camilla Spitz wies auf eine frisch gestrichene Tür. Noch ehe ich einen Blick in das Wohnzimmer erhaschen konnte, war die durchtrainierte Frau schon um die Ecke gebogen und hatte mich in einer süßlichen Parfumwolke zurückgelassen. Ich musste mich beeilen, um hinterherzukommen.

»Da.« Camillas Hand deutete auf die Eichenholzstühle, die sich um den erdfarbenen Tisch gruppierten. Abgesehen davon, dass der Braunton nicht unbedingt meinem Geschmack entsprach, musste ich der Hausherrin einen gewissen Sinn für Ästhetik zugestehen: Edelstahlspüle, Cerankochfeld in dezentem Weiß, dazu Regale aus hochpreisigem Echtholz mit marineblauen Fronten – die Einrichtung stammte jedenfalls nicht vom Discounter.

»Kaffee? Orangensaft?« Als Camilla sich bückte, um den grauweißen Einbaukühlschrank neben der Spüle zu öffnen, rutschte ihr weißes T-Shirt ein Stück nach oben und gab den Blick auf einen makellos gebräunten Rücken frei.

»Gern einen Orangensaft.«

Schweigend nahm sie zwei Gläser aus dem Regal über der Kochinsel, füllte sie mit Saft und stellte sie vor uns auf dem Tisch ab.

»Zehn Minuten, nicht mehr«, mahnte sie, nachdem sie mir gegenüber Platz genommen hatte. Die hautenge Jeans und die bauchfreie Bluse brachten ihre athletische Figur zur Geltung: schlanke Beine, durchtrainierter Oberkörper und Kurven, die wohl nicht nur unserem Rupert den Kopf verdreht hatten. Ihr dunkler Teint ließ auf häufige Solarienbesuche schließen.

»Du scheinst seinen Tod ganz gut weggesteckt zu haben«, provozierte ich.

Camilla Spitz lächelte gequält. »Wie heißt es so schön? Im

Leben muss man stets nach vorn schauen. Davon abgesehen war ich von Rupert getrennt, wie du vielleicht weißt, und eine Trennung hat meistens auch Gründe.« Etwas an ihren Worten störte mich. Ihre Kühle? Ihre Prägnanz? Oder war es der Gleichmut, der in ihnen mitklang?

»Klare Ansage«, konzedierte ich. »Wie lange wart ihr denn zusammen?«

Camilla überlegte kurz, dann neigte sie ihren Kopf und sagte: »Zwei Jahre und ein paar Zerquetschte. So genau weiß ich das nicht mehr. Oft hab ich ihn ohnehin nicht gesehen. Als Star bist du ja selten zu Hause.«

Ich nickte vor mich hin. Unter diesen Umständen konnte keine tragfähige Beziehung entstehen, das war auch mir klar.

Camilla stand auf, holte sich eine Packung Zigaretten von dem Regal über dem Kühlschrank und bot mir eine an. Ich lehnte dankend ab, woraufhin sie nach dem Feuerzeug auf der Ablage neben der Spüle griff und sich eine ansteckte.

»Hättest du denn gern mehr Zeit mit ihm verbracht?«

Sie streckte sich nach dem blauen Aschenbecher auf dem Tisch, zog an der Fluppe und blies den Rauch aus. »Ja und nein. Ich meine, am Anfang war ich begeistert von seinem Charme und seiner einnehmenden Art. Rupert war ja ein echter Star. Nicht umsonst hat er jeden Tag Fanpost bekommen. Und dann wählt er ausgerechnet mich als Freundin, das kleine Nachwuchstalent aus dem Nachbarort. Wo er alle möglichen Ausländerinnen hätte haben können.« Sie zog ein weiteres Mal an ihrer Kippe und schickte den Rauch gen Decke. »Ich muss zugeben, dass mir das geschmeichelt hat. Schlechter Liebhaber ist er ja auch keiner gewesen.« Ein flüchtiges Lächeln stahl sich auf ihre Lippen, während die Asche geräuschlos in den Becher rieselte. »Aber irgendwann ist ihm der Erfolg wohl zu Kopf gestiegen, sonst hätte er nicht angefangen, mich wie ein lästiges Anhängsel zu behandeln. ›Camilla, ich muss dahin, Camilla, ich muss dorthin. Ich muss mal dies, ich muss mal jenes.‹ Wie eine Diva hat er sich benommen und den ganzen Tag von seinen Casinofreunden und seiner Jacht geträumt. Alles andere hat ihn nicht mehr gejuckt. Richtige Starallüren hat der entwickelt. Dazu die Fernsehinterviews, die dauernde Nabelschau …« Ihre Augen wanderten zu der apricotfarbenen Deckenlampe.

»Warst du neidisch?«

»Was heißt schon neidisch? Ein wenig mehr Aufmerksamkeit hätte ich mir gewünscht, das ist alles.« Hastig stieß sie den Rauch aus und verscheuchte ihn mit einer fahrigen Armbewegung.

Mein Blick fiel auf die Bildergalerie an der gegenüberliegenden Wand. Die Aufnahmen zeigten Camilla mit ein paar anderen Frauen im Sommer beim Beachvolleyballspielen und auf diversen Showbühnen.

»Wenn man ehrgeizige Ziele verfolgt, kann man schon mal an der starken Konkurrenz zerbrechen. Vor allem, wenn die aus dem eigenen Freund besteht.«

»Als ob der Rupert so stark g'wesen wär! Seine Grenzen hat er nicht gekannt, der Aff. Den Mund nicht vollgekriegt. Ich hab kein Problem damit, die zweite Geige zu spielen, wenn ich stolz auf meinen Mann sein kann. Aber auf den Rupert hast ja nicht stolz sein können. Der Kerl hat unser ganzes Geld verspielt.«

Sie nahm einen letzten Zug und drückte die Kippe im Aschenbecher aus.

»Deines auch?«

Sie antwortete mit einem bitteren Lächeln. »Verstehst du jetzt, warum ich nicht mit ihm zusammenbleiben hab können? Der Kerl hätte mich ruiniert.«

Immer noch zogen mich die Fotos in ihren Bann. Auf den oberen dreien wirkte Camilla beinahe ein wenig schüchtern, in der unteren Bilderreihe, die die Sängerin bei ihren Auftritten zeigte, strahlte sie, als wäre sie frisch verliebt.

»Bist du dir sicher, dass du dir das antun willst?« Ich deutete auf die Bilder. »Ich meine, die Singerei und den ganzen Kram?«

Camilla folgte meinem Blick und nickte stolz. »Ich lebe dafür.«

Ich ließ die Fotos noch einmal auf mich wirken. Zweifelsohne schien Camilla große Hoffnungen in ihre Karriere zu setzen.

»Als du mit Rupert Schluss gemacht hast, hat er da versucht, dich umzustimmen?«

Sie kramte ein Gummiband hervor und zwirbelte ihr Haar zu einem Knoten, den sie befestigte. Deutete ich ihre Miene richtig, schien sie unsere Unterhaltung zu nerven. »Klar hat er ein paarmal angerufen, aber ich hab nicht reagiert. Wozu auch? Vorbei ist vorbei, da gibt's nichts rumzudeuteln.«

»Verfolgt oder bedroht hat er dich aber nicht?«

Ihr Mund klappte auf. Die Frage schien sie nicht erwartet zu haben. »Wie kommst du darauf?«

»Nur so.«

Camilla schüttelte den Kopf. »Rupert nicht.«

»Was soll das heißen?«

»Na ja, es gab da tatsächlich so einen Kerl, der mir nachgeschlichen ist. Dunkler Typ mit Sonnenbrille. Ein ziemlicher Bulle.« Sie deutete zwei wuchtige Oberarme an. »Richtig unheimlich war der. Aber das war bestimmt nicht der Rupert.«

»Kannst du dich an seine Kleidung erinnern?«, fragte ich und rief mir Axel in Erinnerung.

»Eine Kapuzenjacke hat er getragen.« Sie hielt kurz inne. »Ja, eine helle Kapuzenjacke war's, und dazu schwarze Jeans. Hat ein bisschen ausgesehen wie ein anabolikasüchtiger Totengräber.«

Ich nickte. »Und weiter?«

Camilla hob die Hände. »Was heißt da ›Und weiter?‹? Was hätte ich denn tun sollen? Anzeige erstatten? Der Typ hat mich doch nicht einmal direkt bedroht. Er ist mir nur ein-, zweimal nachgegangen. Wenn die Beamten mir am Ende noch einen Verfolgungswahn angedichtet hätten, hätte ich meine Karriere begraben können.«

»Warum hast du keinen Polizeischutz beantragt?«

»Um mich zum Gespött der Leute zu machen?«

»Um deine Sicherheit zu gewährleisten.«

»Hast du eine Ahnung!« Mit einer abfälligen Geste rutschte sie in ihrem Sessel zurück. »Hast wohl noch nie in einem Dorf gelebt.«

Natürlich hatte ich in einem Dorf gelebt. Ich war sogar in

einem groß geworden. Aber wenn es um eine ernsthafte Bedrohung ging, kannte ich keinen Kompromiss. »Bei wem bist du unter Vertrag?«, wechselte ich das Thema.

»Du meinst die Plattenfirma?«

»Ja.«

»Unising, aber mein Manager verhandelt grad. Vielleicht steht demnächst ein Wechsel an.«

»Tatsächlich?«

»Ja. Ist aber noch nicht spruchreif.« Camilla warf einen nervösen Blick auf die Uhr. »Nichts für ungut, aber ich glaub, es ist jetzt schon eine Viertelstunde geworden.«

»Klar.« Ich stand auf, bedankte mich und folgte ihr durch den Flur, nicht ohne die Bilder und den geschmackvoll eingerichteten Raum ein letztes Mal auf mich wirken zu lassen.

»Versteh mich bitte nicht falsch«, sagte Camilla, als ich bereits vor ihrer Wohnungstür stand. »Das alles geht nicht spurlos an mir vorbei. Vor allem für Ruperts Familie tut es mir leid. Nicht auszudenken, was die Ärmsten gerade durchmachen … Aber ich muss mich auch vor der Presse schützen, vor den Leichenfledderern, der Gerüchteküche und den Nachbarn mit ihren neugierigen Blicken.«

Ich nickte verständnisvoll und reichte ihr meine Visitenkarte. »Hier. Falls der komische Typ noch einmal auftaucht.«

Ihre Lippen formten ein stummes Dankeschön.

24

Reinhard Schreiers Anruf erreichte mich exakt eine Woche, nachdem Peter Friedrich in mein Büro gestolpert war. Das Wertkartenhandy hatte ich für den Fall, dass der Venter Briefträger zu den Frühaufstehern gehörte, auf meinem Nachttisch deponiert gehabt, doch der Kerl meldete sich erst knapp vor Mittag.

»Was verlangst du?«, röhrte er mit einem Bass, tiefer als der des Sängers Tim Storm.

»Für die Fotos?«

»Wofür sonst?«

»Das dreifache Jahresgehalt unseres Bundespräsidenten.« Stille verstopfte die Leitung, bleiern und biestig. »Hallo, bist du noch dran?«

»Kein Mensch weiß, wo die Fotos aufgenommen wurden«, bellte die Stimme.

»Wer sagt denn, dass wir nur die Fotos haben?«

Geräuschvolles Atmen. »Was willst du?«

»Eine freundschaftliche Unterhaltung mit dir.«

»Worüber?«

»Sag ich dir, wenn's so weit ist.«

»Wann und wo?«

»Heut um sieben am Sportplatz Zwieselstein. Allein und unbewaffnet.« Das letzte Wort betonte ich.

»Und wenn ich nicht komm?«

»Gibt's morgen 'nen interessanten Zeitungsartikel.«

Entrüstetes Schnauben, dann machte es »Klick«, und die Leitung war tot.

***

Als Manni und ich gegen sieben Uhr abends in Zwieselstein eintrafen, überzog eine geschlossene Wolkendecke den Nachthimmel, und ein unangenehm starker Wind blies. Rund tausendfünfhundert Meter über dem Meer fühlte sich der Föhn kalt und ruppig an. Ich schlug den Mantelkragen hoch und rieb mir fröstelnd die Hände, während ich mit Manni, der seinen Chevrolet im Dorfzentrum geparkt hatte, im Schutz einer Lärche wartete.

Um diese Zeit im Herbst war hier keine Menschenseele unterwegs, nur ein paar Waldtiere raschelten im Unterholz. Während wir die Umgebung mit einem Feldstecher im Auge behielten, ließ ich das Telefongespräch, das ich auf der Hinfahrt mit Bernd geführt hatte, im Geist noch einmal Revue passieren.

Die Polizei ging gegenwärtig die Anrufliste von Ruperts Handy durch. Anscheinend hatte unser Schlagerstar in der Nacht seines Verschwindens mit Camilla, seinem Manager und einer weiteren Person, deren Identität noch nicht geklärt war, telefoniert. Ob sie die entscheidende Rolle spielte?

Zähe Minuten des Wartens verstrichen, bis sich endlich die Umrisse einer Gestalt aus dem Dunkel schälten.

Ich trat aus meinem Versteck und leuchtete mit meiner Taschenlampe einem vierschrötigen Mann mit verfilztem grauen Haar und buschigen Augenbrauen entgegen. Er trug Jeans zu einer grauen Kapuzenjacke, unter der ein blauer Hemdkragen hervorlugte. Sein Kopf ruhte auf einem kurzen, kräftigen Hals, und mit seinen breiten Schultern und muskulösen Oberarmen sah er aus, als könnte er schlaksigere Typen wie mich mit einem Schlag aus dem Handgelenk niederstrecken. Instinktiv sah ich mich nach Manni um.

»Was willst du?«, herrschte Reinhard Schreier – *nomen est omen?* – mich an, noch bevor wir uns gegenüberstanden.

»Ein paar Infos über den Rupert.«

Seine Brauen schnellten nach oben. »Rupert Sonnholz?«

»Genau.«

»Wieso?«

»Erzähl mir einfach von ihm.«

Schreier kratzte sich am Kopf, schien seine Möglichkeiten abzuwägen. Ein Windstoß fuhr durch die Wipfel der Bäume. »Was soll ich sagen? Tragische Geschichte.«

»Wie gut hast du ihn gekannt?«

»Den Rupert? Der war ein Freund der Familie. Bin ja schon mit seinen Eltern in d' Schul 'gangen. Wir waren ganz dick. Ein Riesenglück, was die mit dem Burschen hatten. So ein Naturtalent find'st nit alle Tag. Der Ärmste hätt ja noch sein ganzes Leben vor sich g'habt.« Schreier wischte sich mit der Hand über das Kinn, bevor wieder sein Bass ertönte. »Ich weiß nur nit, was das mit meinen Fotos zu tun haben soll.«

»Und ich bin der Nikolaus.«

Er grinste mich schief an.

War der Kerl wirklich so doof oder nur zu oft bei der Laienbühne aufgetreten? »Denk mal scharf nach: Was verbindet denn wohl den Rupert mit deinen hübschen Damen?«

Schreier starrte mich an, als wäre ich eine übernatürliche Erscheinung.

»Der Kandidat hat drei Möglichkeiten. Erstens: Rupert hat eine ganze Menge Zeit mit deinen Damen verbracht. Zweitens: Rupert hat eine ganze Menge Zeit mit deinen Damen verbracht, oder hat Rupert, drittens, vielleicht eine ganze Menge Zeit mit deinen Damen verbracht?«

Wenn mein Vorstoß Schreier nervös machte, ließ er es sich nicht anmerken. Im Gegenteil, er wirkte sogar gefasster als zu Beginn unseres Gesprächs. »Ja mei, er ist halt ein Freund der Familie g'wesen. Klar, dass er von meinen Angeboten profitiert hat.«

»Sagst du.«

»Sag ich.«

»Die Presse wird das anders sehen.«

»Soll das eine Drohung sein?« Er sog die Luft ein.

»Eine Feststellung.«

»Pass auf! Ich weiß nicht, was du von mir willst, ich kann dir nur sagen, dass wir nichts Schlechtes tun.« Reinhard Schreier machte einen Schritt auf mich zu. Ich blieb stehen, und seine Finger tasteten meine Jackentaschen ab. »Zeichnest du kleiner Schlawiner unsere Unterhaltung vielleicht auf?«

»Nicht nötig«, wiegelte ich ab. »Die Beweismittel, die ich brauch, hab ich längst.«

Schreiers Brust hob und senkte sich. »Diese Doppelmoral ist doch einfach zum Kotzen«, platzte es aus ihm heraus. »Da locken sie den Gast mit allen möglichen und unmöglichen Versprechen ins Tal, und dann weigern sie sich, ihm ein bissel Unterhaltung zu bieten. Wie sollen wir in Burgel denn so jemals mit Salding mithalten? Zwei Mal hab ich den Antrag eingereicht, zwei Mal haben die Deppen vom Gemeinderat ihn abgelehnt. ›Brauch ma nit‹, haben sie gesagt. Ein Puff in der Gegend muss reichen. Wenn die wüssten! Rappelvoll wär's bei uns jeden Tag. Sogar mit den Einheimischen tät ich meine Bude noch vollkriegen. Spielt sich ja nix mehr ab in unseren Betten.«

»Was man von deinen zwei Separees nicht gerade behaupten kann.«

»Und? Wer gibt dir das Recht, darüber zu urteilen? Der Pfarrer?«

Ich ignorierte sein Ablenkungsmanöver. »Fakt ist, dass der Schuppen nicht genehmigt ist.«

»Wegen Leuten wie dir!«

»Wegen der politischen Mehrheit.«

»Wegen der politischen Mehrheit«, äffte er mich nach, und seine Jacke flatterte im Wind. »Eine einzige Packelei ist das. Ich stimme dagegen, wenn du mir den Estrich verlegst. Ich helf dir mit der Baugenehmigung, wenn du den Puff verhinderst. Verlogenes Pack! Hotels bauen wie die Weltmeister, dass man die Berge vor lauter Betten schon nimmer sieht, aber wehe, du richtest dir ein kleines Hinterzimmer her. Da hast keine Chance! Ich kenn den Zirkus doch, bin lang genug in der Politik gewesen.«

»Also hast du dich um die Genehmigungen nix g'schissen.«

»Einer muss ja was tun.«

Wie er so vor mir stand, breitbeinig und mit vor Stolz geschwellter Brust, hätte man glatt denken können, der Typ hielt sich für den Retter alpiner Mannesfreuden.

»Dann hast du ja bestimmt nichts dagegen, dass auch der Bürgermeister von deinem Heldenmut erfährt«, sagte ich und steckte lässig meine Hände in die Jackentasche.

Einen Moment lang schluckte der Wind alle Geräusche, dann zischte mir Schreier mit zusammengekniffenen Lippen entgegen: »Zum zweiten und letzten Mal: Was willst du?«

»Von deinem Deal mit Rupert hören.«

Er hustete. »Was für ein Deal? Der Rupert hat sich halt ein paar schöne Stunden bei mir g'macht, das war's. Der Sippe kannst vertrauen. Das sind Ehrenleute.«

»Da hab ich aber was anderes gehört.«

»Nämlich?«

»Zum Beispiel, dass dein Rupert dich erpresst haben soll.«

»Wer hat dir denn einen solchen Stuss erzählt?« Reinhard Schreier wedelte mit den Armen, als müsste er eine Fliege verscheuchen.

»Muss ich dir seine Kontoauszüge zeigen?«, bluffte ich.

Der Barbesitzer ballte seine Hände zu Fäusten. »Woher …?«

»Hat er, oder hat er nicht?«

Sichtlich verärgert biss er die Zähne zusammen. »Kann man denn jetzt niemandem mehr über den Weg trauen?« Er schnappte nach Luft. »Und alles nur wegen der verdammten Spielschulden. Das hätt der Rupert doch gar nit nötig g'habt.« Weiße Atemwölkchen dampften aus seinem Mund, während mich eine heftige Windbö frösteln ließ. So selbstherrlich der Typ auftrat, er schien Rupert Sonnholz wirklich gemocht zu haben. Aus seinen Worten war eine gewisse Sympathie herauszuhören, eine Art väterliches Wohlwollen, das mir nun in einem wütenden Ausbruch entgegenschlug. »Ich hab ihm nichts getan«, sagte er, ohne dass ich danach gefragt hatte. »Der Rupert ist doch wie ein Sohn für mich g'wesen. Wie hätt ich ihm denn da was antun sollen?«

»Hat auch keiner behauptet. Mich würd nur interessieren, wie du mit seinem Erpressungsversuch umgegangen bist.«

Schreier zögerte. »Ich dachte, du hast den Kontoauszug?«, sagte er schließlich schnippisch.

»Schon, aber ich will es aus deinem Mund hören«, bluffte ich. Aus dem Augenwinkel heraus glaubte ich zu erkennen, wie sich seine Brauen zusammenzogen.

»Was hätt ich denn tun sollen, hm? Was ist mir denn anderes übrig geblieben, außer zu zahlen? Oder hätte ich meine Goldgrube in den Sand setzen sollen?«

»Du hättest ihn zum Beispiel vergiften können.«

»Na klar. Weil ich ausseh wie ein Mörder!« Schreier wandte sich demonstrativ von mir ab.

Ich dachte nach. Besaß der Bordellbetreiber die Kaltblütigkeit, dass er seinen Nachbarn gezielt über die Klinge hatte springen lassen? Über seine Finanzreserven war ich nicht im Bild, aber tiefgehende Existenzängste wären definitiv ein Motiv.

»Ich hab den Rupert nicht getötet«, wiederholte mein Gegenüber. »Ich kann's nicht beweisen, aber ich war's nicht.«

»Wann hast du ihn zum letzten Mal gesehen?«

Abermals ging ein Zögern seiner Antwort voran. »Letzten Dienstag, glaub ich. Zwei Tage, bevor er verschwunden ist. Da hat er bei mir an der Bar gestanden. Das muss der Dienstag gewesen sein, ja.« Der Nachsatz war mehr an sich selbst als an mich gerichtet.

»Worüber habt ihr an dem Abend gesprochen?«

Schreier rieb sich die Hände. »Können wir ein bissel gehen? Langsam frieren mir nämlich die Haxen an.«

Ich willigte ein, woraufhin wir der Fahrstraße ein Stück in den Wald folgten.

»Viel haben wir nach seinen Drohanrufen nicht mehr miteinander g'redt. Das ist ein ziemlicher Schock für mich g'wesen. Ich mein, er hätt mich ja auch normal nach Geld fragen können – so wie man das unter Freunden so macht.«

»Hat er aber nicht.«

»Nein.« Nachdenklich sah Reinhard Schreier zum Nachthimmel auf, wo ein paar Sterne durch eine Lücke in der Wolkendecke schimmerten.

»Am Vortag hab ich ihm eine Tranche dafür überwiesen, dass er in der Bar nix sagt. Was glaubst du, wie's mir da 'gangen is? An dem Abend haben wir nur über Wald-und-Wiesen-Themen g'redt. Über Sport und Wetter und so an Scheiß.«

So plausibel seine Geschichte auch klang, etwas störte mich

daran. Etwas, das ich noch nicht näher benennen konnte. »Welche Automarke fährst du?«

»Einen Peugeot. Warum?«

»Nur so.«

Schreier blieb im Schatten einer alten Lärche stehen. »Hör zu, ich weiß nicht, was du von mir willst. Ich hab ihn nicht umgebracht. Aber ich sag dir jetzt einmal was: Ich weiß, wer's gewesen sein könnte.« Ein verschmitztes Grinsen stahl sich auf seine Lippen. Wahrscheinlich hatte er bemerkt, dass sein unvermittelter Vorstoß die gewünschte Wirkung erzielte und mich einen Augenblick lang sprachlos machte. »Zumindest hab ich ihn in der Nacht, in der er aus seinem Hotelzimmer verschwunden ist, noch gesehen.«

»Aha. Und mit wem?«

Schreier beugte sich zu mir herab, als müsste er flüstern. »Das bleibt aber unter uns, okay?«

»Mal sehen.«

»In der Nacht von Freitag auf Samstag haben sich Rupert und Paul, sein bester Freund, immer hier unten am Sportplatz getroffen. Ich weiß nicht, was sie da zu schaffen hatten, aber ich hab sie ein paarmal gesehen, weil ich nachts gern draußen bin. Ich glaub, die haben da ein paar Sackerl ausgetauscht, so geheimnisvoll, wie sie getan haben.« Er unterbrach sich selbst. »Am letzten Freitag waren sie auch dort, ich hab sie aus der Ferne beobachtet. Der Rupert ist mir ziemlich aufgeregt vorgekommen. Ich glaube, dass sie sich gestritten haben. Jedenfalls ist der Rupert plötzlich über die Wiese gerannt und der Paul ihm hinterher. Mehr hab ich nicht sehen können. Vielleicht hat es auch gar nichts zu bedeuten, aber ich wollt's halt mal erwähnt haben, weil die Polizei doch noch immer von einer Entführung ausgeht.«

Ich ließ Luft durch meine Nase entweichen. Das war ja mal ein Ding. Weshalb hatte Paul mir nichts von dem geheimen Treffen erzählt? Oder hatte Schreier sich die Geschichte nur ausgedacht? »Warum hast du die beiden beobachtet?«

Schreier stemmte sich einer Windbö entgegen. »Eigentlich

hab ich das gar nicht vorg'habt«, sagte er schließlich. »Die zwei sind ja Stammgäste in meiner Disko. Aber die Neugier ist ein Luder. Und nachdem ich da unten in Zwieselstein wohn …«

»Hm«, machte ich, unschlüssig, ob ich ihm danken oder ihn schütteln sollte. »Wehe, wenn das nicht stimmt.«

»Wieso sollt ich lügen?«

»Was weiß ich.«

»Kann ich jetzt gehen?«

»Für heute.«

»Und was wird aus den Bildern?«

»Wenn du mir die Wahrheit gesagt hast, nichts. Wenn du gelogen hast, dann gnade dir Gott.«

25

Die Scheinwerfer von Mannis Chevy funkelten mir schon von Weitem entgegen. Ich erzählte ihm, was mein Gespräch mit dem Bordellbetreiber ergeben hatte, und schloss mit den Worten: »Irgendwie traue ich ihm nicht über den Weg.«

»Du meinst, wir sollen uns vorsichtshalber an ihn dranhängen?«

»Allerdings.«

»Roger?«

»Roger. Und ich werde mir morgen das liebe Paulchen vorknöpfen.«

***

Als ich meinen Käfer am nächsten Tag bei der Bushaltestelle in Winterstall abstellte, hatte sich der Föhnsturm zu einem regelrechten Orkan ausgewachsen. Wie ein zorniger Stier stürzte er in grimmigen Böen den Bergkamm herab, rüttelte an Hinweistafeln und Fenstern, wirbelte Staub vom Boden auf und ließ da und dort sogar ganze Bäume umknicken, als würde der Mensch nicht schon genug von ihnen roden.

Ich weiß nicht, was mich geritten hatte, Paul an diesen verlassenen Ort zu bestellen, jedenfalls bereute ich mein Unterfangen schon nach den ersten Metern. Der Wind schlug mir so heftig entgegen, dass ich kaum aufrecht gehen konnte. Am Patscherkofel, Tirols Föhnberg Nummer eins, waren laut Radio Hundertachtzig-Stundenkilometer-Böen gemessen worden, und auch hier oben waren es wohl über hundert Sachen. Ich schloss den letzten Jackenknopf, zog mir die Kapuze über den Kopf und hielt nach einer Erdmulde Ausschau. Ein paar Meter weiter wurde ich fündig. Mit dem Ziel vor Augen kämpfte ich mich voran, während der Wind an meiner Jacke zerrte und mir die Riemen ins Gesicht schlugen, als wollten sie ihr Profil in meine eiskalten Wangen brennen. Kurz vor dem Ziel warf mich eine Bö in die Vertiefung, wo der Wind augenblicklich nachließ. Ich rappelte mich auf, schnappte nach Luft, wischte mir übers Gesicht und hob den Kopf.

Die mächtigen Berggipfel über mir verschanzten sich hinter einer Nebelwand. Wie eine still stehende Walze hing die Föhnmauer über dem Tal und spuckte von Zeit zu Zeit ein paar Regentropfen aus, während weiter nördlich, Richtung Inntal, die Sonne wahrscheinlich zwischen linsenförmigen weißen Wolken hindurchblinzelte. Ich überlegte schon, das Treffen auf den letzten Drücker abzusagen, als Paul Acker in einem dicken blauen Anorak aufkreuzte, die föhnbedingten Straßensperren als Ausrede für seine Verspätung im Gepäck. Am Telefon hatte ich ihm nichts von Schreiers Beobachtung erzählt und stattdessen eine fehlende Information den Bordellbetreiber betreffend vorgetäuscht.

»Na, du hast dir ja ein Wetter ausgesucht«, sagte er und rieb sich die Augen. »Ein paar Stundenkilometer mehr, und wir fliegen durch die Luft!«

»Ich weiß, aber ich muss unter vier Augen mit dir reden. Und drunten im Wald ist's bei dem Sturm noch gefährlicher.«

Pauls Gesicht verriet nicht die geringste Regung.

»Gestern hab ich den Sack in die Mangel genommen«, erklärte ich, als wir beide auf einem Stein in der Mulde Platz genommen hatten. »Du hattest recht. Der Typ hat alles zugegeben.«

Pauls Pupillen weiteten sich, für die Dauer eines gefühlten Herzschlags blitzte so etwas wie Angst in ihnen auf.

»Ich mein die Sache mit dem Bordell«, erklärte ich rasch und bemerkte, wie die Anspannung wieder von ihm abfiel.

»Welche Info brauchst du noch?« Paul wirkte nervös, beinahe gehetzt. Ich wartete, bis eine weitere Bö über unsere Köpfe hinweggefegt war, und versuchte, in seinem Gesicht zu lesen. War es möglich, dass ein so arglos dreinblickender Bursche, der aussah, als wäre er noch keine zwanzig, seinen älteren Kumpel um die Ecke gebracht hatte? Und wenn ja, aus welchem Grund?

Die angestrengte Ruhe in seinem Blick war mir bisher nicht aufgefallen. Ob er Verdacht geschöpft hatte und die durchwachten Nächte, die man ihm deutlich ansah, in seinem schlechten Gewissen wurzelten?

»Wir haben uns als Gäste der ›Alpensonne‹ ausgegeben und ein paar Bilder gemacht«, erklärte ich.

»Cool.« Pauls Mundwinkel zuckten nach oben, doch seine Augen lachten nicht mit, als ahnten sie, dass ich wie eine Katze um den heißen Brei herumschlich.

»Das war's auch. Aber warum hast du letztens erzählt, du würdest nicht glauben, dass Rupert entführt wurde?«, bemerkte ich nach einer Weile.

»Ich weiß nicht, wer hätte denn so etwas tun sollen?«

»Reinhard Schreier zum Beispiel.«

»Na ja, aber eine Entführung …« Er stockte. »Hat Schreier Rupert etwa entführt?« Die Frage kam schnell. Erneut schien Paul meine Gedanken gelesen zu haben und entschied sich für einen Rückzieher. »Das kann ich mir beim besten Willen nicht vorstellen.«

»Gibt es vielleicht einen speziellen Grund dafür?«

Eine Windbö brauste über uns hinweg und blähte Pauls Kapuze.

»Hör zu, ich weiß nicht, worauf du hinauswillst und warum du mich bei dem Wetter hierherbestellt hast, aber wenn es nicht wirklich wichtig ist, würde ich jetzt lieber wieder gehen.« Pauls Stimme zitterte, doch ich zweifelte daran, dass das nur an Wind und Kälte lag.

»Reinhard Schreier hat beobachtet, wie du dich mit Rupert am Sportplatz Zwieselstein getroffen hast. In der Nacht, als er verschwunden ist.«

Eine seltsame Blässe überzog mit einem Mal Pauls Gesicht, als wäre er vierzig Runden Achterbahn gefahren. »Tatsächlich? Hat er das?«

»Hat er, ja. Was habt ihr dort gemacht?« Ich sah ihm in die Augen.

Da nahm der Typ ohne Vorwarnung Reißaus und rannte los.

Es dauerte ein paar Atemzüge, bis ich begriff. »Paul!« Der Sturm peitschte mir Regentropfen ins Gesicht, die mir die Sicht vernebelten. Den Kopf mit den Händen abgeschirmt, stemmte ich mich den Naturgewalten entgegen und setzte ihm nach. Paul hielt auf einen überhängenden Steilhang zu.

»Paul!«, schrie ich gegen das ohrenbetäubende Tosen an, stolperte und ging mehrmals in die Knie, um der Wucht der stärksten Böen auszuweichen. Wirre Gedanken steppten in meinem Hirn, allen voran die beklemmende Frage, was der Bursche mit seinem Himmelfahrtskommando bezwecken wollte. In den Felsen würde er bei dem Sturm niemals Halt finden.

»Paul!« Ein letztes Mal brüllte ich gegen den Wind an, als der Kerl schon über die erste Steilstufe kletterte. Knapp unterhalb des Bergrückens blieb ich stehen und hielt mich an den Brettern einer kleinen Holzhütte fest, von der aus ich das Gelände gerade noch im Auge hatte. Paul schien von allen guten Geistern verlassen. Verbissen trotzte er den anrollenden Windböen und suchte Halt im lockeren Gestein.

»Komm runter! Das ist doch Wahnsinn, was du da machst!« Meine Stimme war schon heiser vom vielen Schreien. Verzweifelt beschwor ich ihn immer wieder, kehrtzumachen, als sich ein dumpfes Grollen unter das Tosen des Windes mischte. Eine düstere Vorahnung keimte in mir auf und trieb mich instinktiv hinter die Hütte. Das Geräusch schwoll an, und ich richtete mich, befeuert von meiner Neugier, kurz auf und spähte zum Bergrücken. An seiner Westflanke stürzte eine Geröllawine mit einem Affenzahn den Berg hinab.

»PASS AUF!«

Einen Atemzug lang verharrte Paul wie vom Donner gerührt im Gelände, sodass ich mich schon auf das Schlimmste gefasst machte, doch dann schien Leben in den jungen Mann zu kommen. Er duckte sich in eine Nische unterhalb eines großen Felsblocks und vergrub den Kopf in seinen Händen.

Zitternd verschwand auch ich wieder in meinem Versteck, schloss die Augen und wartete, bis das Grollen verstummt war.

Dann blinzelte ich gegen die Staubpartikel in der Luft an und wagte vorsichtig, mich zu strecken. Die Steinlawine war gut zehn Meter über mir zum Stillstand gekommen. Ich rang nach Luft und wagte erst nicht, zum Bergrücken emporzusehen. Als ich mir schließlich doch einen Ruck gab, stellte ich zu meiner Erleichterung fest, dass die Geröllmassen Paul verfehlt hatten. Er kauerte noch immer in seiner Nische, die Arme wie einen Schutzpanzer um seinen Oberkörper geschlungen.

»Und jetzt?«, brüllte ich. »Muss ich die Bergrettung rufen?«

Ich weiß nicht, ob es an der Spannung lag, die von ihm abfiel, oder ob er meine Worte gehört hatte, jedenfalls rutschte Paul Acker ein paar Meter zurück, schlug seine Hacken in den glatten Fels und zog sich mit der rechten Hand an einem überhängenden Steinblock empor. Unschlüssig blieb er darauf stehen und blickte zum Berg hinauf, als realisierte er den Wahnsinn, der passiert war, erst jetzt. Dann drehte er sich im Schneckentempo um und kletterte vorsichtig wie ein Schulbub, der zum ersten Mal in seinen Eislaufschuhen auf dem zugefrorenen See steht, den Berg hinunter. Erleichtert über seine Einsicht rannte ich ihm entgegen, streckte die Hand nach ihm aus und half ihm über die letzte Steilstufe.

Paul stand vor mir wie ein begossener Pudel. Seine Wimpern zuckten, als wollten sie mir etwas mitteilen, doch keine Worte kamen über seine Lippen.

»Bist du übergeschnappt?«, fuhr ich ihn an und packte ihn am Arm. Mit der freien Hand krallte ich mich an allem fest, das unseren Weg säumte, und schleifte ihn wortlos durch den Sturm zurück zu meinem Auto.

»Und jetzt erzählst du mir, worüber du dich in der Nacht vor seinem Verschwinden mit Rupert gestritten hast«, befahl ich, als wir im Innern des Käfers in Sicherheit waren.

26

»Es waren keine harten Dinger. Nur Gras und Speed. Danach waren wir echt gut drauf.« Wir saßen in der hintersten Ecke des »Café s'Rimele«, die durchgefrorenen Hände um unsere Teetassen gelegt und den Schrecken der Todgeweihten, die im letzten Moment der Katastrophe entgangen waren, im Nacken. Auf dem Weg in den Ort hatte Paul seine Abwehrhaltung schrittweise aufgegeben, doch begann sich seine Zunge erst im Café zu lösen.

»Ihr habt also Drogen genommen. Wie lange schon?«

»Bestimmt ein halbes Jahr.« Er hob seine Tasse und kippte einen Schluck der dunklen Flüssigkeit hinunter. »Wahrscheinlich war es eine Art Flucht. Dem Rupert ist alles über den Kopf gewachsen. Er hat was gebraucht, um sich wegzuschießen. Da kamen die Drogen gerade recht.«

Ich unterdrückte ein missbilligendes Grunzen, immerhin hörte ich solch gequirlte Scheiße nicht zum ersten Mal. »Von wem hattet ihr das Zeug?«

»Das kann ich dir nicht verraten. Wenn die mich erwischen, bin ich dran.«

»Professionelle Dealer?«

Paul bejahte. »Rupert hatte Kontakte. Ich glaub, er kannte die Typen aus dem Casino. Die haben so viel Stoff dabeigehabt, dass man die ganze ›Rumpelkammer‹ damit versorgen hätte können.«

Ich überging seine Bemerkung und ließ meinen Blick durch den Raum schweifen. Am anderen Ende des Cafés saßen zwei ältere Herren in Lederhose und Karohemd, an der Bar blätterte ein grauhaariger Brillenträger in einer regennassen Zeitung. Keiner der drei Gäste nahm Notiz von uns.

»Und du hast mitgespielt, weil du cool sein wolltest.«

»Das Zeug schmeckt nicht übel, Mann. Außerdem macht's dich voll locker. Nach zwei, drei Tüten hab ich jede Frau angequatscht.« Ich musste an Manni denken, der die Frauen schon in nüchternem Zustand verschreckte, und erinnerte mich mit Entsetzen daran, welche Wirkung er auf sie hatte, wenn er zugedröhnt war.

»Der Sportplatz war also euer persönlicher Drogenumschlagplatz«, fasste ich zusammen.

»Wenn du meinst.« Paul wirkte beleidigt, als hätte ich gerade seinen Traum zerstört. »Wir haben das Zeug ja nicht weiterverkauft«, sagte er trotzig. »Nur selbst eingeworfen.«

»In der Nacht, in der Rupert aus seinem Hotelzimmer getürmt ist, habt ihr da auch was geraucht?«

Paul beugte sich über seine Teetasse, als würde sie die Antwort auf meine Frage kennen. »Nein, da haben wir keinen Stoff bekommen«, sagte er schließlich. »Eigentlich wollten wir uns in dieser Nacht gar nicht treffen, aber der Rupert hat angerufen und gesagt, dass er mit mir reden will.« Er rührte mit dem Löffel in seiner Tasse, als die Kaffeehaustür aufschwang und zwei Frauen mittleren Alters den Raum betraten. Paul wartete, bis sie sich an einen der entfernteren Tische gesetzt hatten, ehe er fortfuhr: »In der Nacht war der Rupert irgendwie komisch drauf. Das heißt, eigentlich war er das schon am Vorabend. Du hast es ja selber gemerkt. Ich glaub, dass er Schiss vor seinem Outing hatte.«

»Vor welchem Outing?«

»Ich weiß auch nicht, was ihn geritten hat, aber er hat gemeint, er will das mit den Drogen ausplaudern. Keine Ahnung. Jedenfalls hat er mich an dem Abend gefragt, ob ich damit einverstanden bin, dass er bei seinem Auftritt davon erzählt.«

»Vor den Konzertbesuchern?«, fragte ich ungläubig.

»Ich hab auch erst gedacht, er spinnt. Aber er hat's ernst gemeint.«

»Und weil du damit nicht einverstanden warst, hast du dich mit ihm gestritten.«

»So ungefähr.«

»Der Streit ist eskaliert, du bist Rupert nachgerannt und dann? Was ist dann passiert?«

Diesmal verstrich etwa eine halbe Minute, bis Paul antwortete. »Dann hab ich ihn aus den Augen verloren.«

Ich stürzte den restlichen Tee in einem Schluck hinunter. »Aus den Augen verloren«, murmelte ich ungläubig. »Und warum hast du mir das alles nicht gleich erzählt?«

Röte schoss in sein Gesicht, und seine Hände zitterten, als er sagte: »Ich bin, scheint's, der Letzte, der den Rupert lebend gesehen hat. Ich hab mit ihm gestritten, bevor es ihm an den Kragen gegangen ist. Wenn die Bullen davon erfahren ...« Er seufzte.

Ich verschränkte die Hände hinter dem Kopf. Hatte Paul mich belogen? Immerhin hatte er mir die Drogengeschichte bei unserem ersten Treffen verschwiegen. Und gerade war er vor mir geflohen. Andererseits wirkte das, was er erzählte, glaubhaft. Ich dachte an Rupert und daran, was ihn kurz vor seinem Tod wohl beschäftigt haben mochte. Was hatte ihn so fahrig gemacht, dass er uns mit dem waghalsigen Bremsmanöver auf dem Rückweg von der »Rumpelkammer« beinahe ins Grab gebracht hätte? Und warum hatte er den Konzertbesuchern plötzlich von seiner Drogensucht erzählen wollen? War ihm einfach nur alles über den Kopf gewachsen, oder hatte noch mehr dahintergesteckt? Hatte er mit seinen sprunghaften Handlungen ein bestimmtes Ziel verfolgt, und weshalb hatte er sich so vehement gegen die Bewachung gesträubt? Plante er, komplett abzutauchen, und war von jemandem daran gehindert worden? Vielleicht hatte es eine offene Rechnung zu begleichen gegeben, deren Adressaten wir noch nicht kannten. Auf einmal fielen mir die Typen aus dem Casino wieder ein, die hinter Ruperts Geld her waren. Was hatten sie mit der Geschichte zu tun?

»Wie sahen die Kerle aus, die euch mit den Drogen versorgt haben?«

»Wie Snobs. Zwei Studenten in Anzug und Krawatte.«

»Waren sie schlank?«

»Doch, ja. Vor allem einer. Und käsig sind die gewesen.«

»Danke, mehr muss ich nicht wissen.« Ich rief den Kellner und beglich die Rechnung.

27

Ich hatte Manni, dem alten Umverteilungsapostel, eine Freikarte für die nächsten Wrestling-Meisterschaften, ein Abonnement im Hinterzimmer der »Rumpelkammer« und eine Verjüngungskur für seine Kawasaki versprechen müssen, um ihn ins Innsbrucker Casino, den Hort des Bösen, wie er meinte, zu locken, doch er war meine einzige Möglichkeit, wollte ich Schlaksi und seinen Freund mal so richtig aufrütteln. Zugleich graute mir ein wenig vor dem Russen, der mich vor einigen Nächten gegen die Hausmauer gedrückt hatte.

Das Casino war brechend voll, sodass wir nicht auffielen, als wir in unseren schlecht sitzenden Fracks an Anzugträgern und Laufsteg-Girls vorbeimarschierten.

»Die Plätze dort drüben sind belegt«, sagte ein Mitarbeiter, der uns entgegenkam, und wies auf den Roulettetisch vor uns.

»Wenigstens einer, dem wir auffallen«, sagte ich zu Manni und lehnte mich an eine Säule. Keine Spur von Schlaksi und seinem Kompagnon. Hinter einem Croupier erkannte ich ein paar Lokalpolitiker, Großindustrielle und Banker, die Vizebürgermeisterin und Innsbrucks Stararchitekten, aber niemanden, der an unsere Freunde erinnerte. Vielleicht war ja heute Promitag. Mit welchen Geldern die Politiker wohl spielten? Ein paar von ihnen warfen mit den Jetons nur so um sich. Ich ließ die dekadente Szenerie eine Zeitlang auf mich wirken, ehe ich mich abwandte und zum Treppenaufgang blickte. Enttäuscht stellte ich fest, dass sich mir auch dort kein bekanntes Gesicht zeigte. Eine innere Unruhe begann an mir zu nagen, als Manni auf den Gang wies, der zu den Toiletten führte. »Da drüben staut sich's.«

»Und?«

»Vielleicht sollten wir mal nachschauen.«

Zögernd folgte ich ihm zur Herrentoilette, vor der sich eine Menschentraube gebildet hatte. Zwei kräftige Männerstimmen drangen durch gespiegeltes Türglas, begleitet von einem dumpfen Geräusch, das sich anhörte, als würde jemand mit der Faust gegen die Tür trommeln.

»Jetzt machen Sie schon auf! Wir wissen, dass Sie da drin sind!«

»Was geht denn hier ab?« Manni hatte einen Mittfünfziger in grauem Anzug angestupst.

»Ein Typ hat sich auf dem Klo eingesperrt. Die Security versucht grad, die Tür aufzubrechen.«

Kaum hatte er ausgeredet, zerriss ein ohrenbetäubender Knall die Stille, gefolgt von einem erstickten Schrei. In den vorderen Reihen der Gaffer brach Tumult aus. Arme wurden in die Luft gerissen, Ellenbogen flogen, Männerstimmen fluchten. Ich reckte meinen Kopf und konnte gerade noch eine drahtige Gestalt erkennen, da geriet ich auch schon ins Torkeln. Schlaksi, der tolldreist durch die Menge pflügte, einen wütenden Security-Beamten und einen finster stierenden Anzugträger hinter sich, hätte mich um ein Haar umgerannt.

»Ist er das?«, orakelte Manni und deutete auf den Flüchtenden.

Ich blinzelte noch einmal, um eine mögliche Täuschung auszuschließen, und bejahte. Manni und ich verstanden uns ohne Worte. Mein Kumpel stürmte voraus und ich hinterher, während der Security-Typ und der Anzugträger schon nach den ersten Metern die Waffen streckten. Schlaksi streckte etwas anderes, nämlich seinen Ellenbogen, aus, walzte eine aufgebrezelte Mieze um, mischte die Jungs von der Blackjack-Fraktion auf und hinterließ eine Handvoll empörter Gesichter neben dem Kaffeeautomaten, dessen Becher er mit einem beherzten Stoß vom Tisch fegte.

Ich kam mir vor wie der Aufräumdienst, der nur noch den Tod des Inventars feststellen konnte, als ich ihm über den roten Teppich die Treppe hinunter zur Casinobar folgte. Vielleicht hatte er ja auch einfach nur Durst.

Einen Wimpernschlag lang sah es tatsächlich so aus, dann platzte mein frommer Wunsch wie eine Seifenblase, und unser Freund verschwand im einem Gang, der nach unten führte.

Allmählich drohte mir die Pumpe zu versagen. Kaum hatte ich bis drei gezählt, war die Tür schon wieder ins Schloss gefallen. Fluchend stieß ich sie mit dem Handrücken auf, wunderte mich, in welchem Schacht ich wohl nun wieder gelandet war, und quälte mich die verwinkelte Treppe hinab, deren Stufen in ihrem früheren Leben zu einer Feuerleiter gehört haben mussten. Auf halber Höhe gellte ein empörter Schrei zu mir empor. Ich füllte meine Lungen mit Luft, ehe ich mich über die nächste Etage kämpfte, getragen von einer unbändigen Gier nach Rache.

Schlaksi machte seinem Spitznamen alle Ehre. Seine langen Beine forderten sogar Manni, dessen Silhouette bereits hinter der nächsten Tür verschwand. Im letzten Moment gelang es mir, einer geifernden Pelzmantelträgerin auszustellen, als die Tür vor meiner Nase zufiel. Trotzig schnappte ich nach dem Griff und riss sie auf. Diesmal spuckte mich das Teil in der Tiefgarage aus.

Der starke Ölgeruch ließ mich würgen. Ein kurzer Seitenblick, und schon hatte ich unser Ausreißerchen entdeckt. Zwischen einem weißen Ford und einem blauen Kadett trieb er sich herum, meinen Kumpel Manni wie ein drohendes Ungetüm im Genick. Sackgasse, dachte ich siegesgewiss, denn die beiden Autos standen vor einer Wand. Keuchend legte ich den restlichen Weg im Schritttempo zurück.

»Mir war schlecht, Mann!«, rechtfertigte sich Schlaksi wie ein verschüchterter Bub, den man beim Klauen erwischt hat.

»Warum bist du ausgebüxt?« Als ich neben ihm stand, hatte Manni ihn schon am Krawattel gepackt. Aus der Ferne sah mein Kumpel gar nicht so bedrohlich aus, doch wenn man ihm gegenüberstand, auf seine kräftigen Arme, in sein grimmiges Gesicht oder auf sein Tattoo blickte, hatte er diese – nun, sagen wir mal – einschüchternde Wirkung.

»Wenn ich's dir doch sag. Ich hab mich versehentlich aufm Häusel eing'sperrt …«

»*Bullshit!*« Den Schlag hätte wohl niemand kommen sehen. Treffsicher versenkte Manni seine Rechte in Schlaksis Magengrube, und ich erzitterte ob des spitzen Schreis.

»Wie heißt du?«

»Hm?«

»Dein Name?«

»Mike.« Schlaksi zitterte wie Espenlaub.

»Schau mal in seine Hosentaschen«, empfahl ich, als er sich ein wenig beruhigt hatte.

Grob drückte Manni ihn an die Wand und klopfte ihm die Taschen ab. Sein kantiges Gesicht strahlte, als er einen Beutel mit weißem Pulver hervorzog. »Ja, was haben wir denn da?«

Schlaksi erblasste.

»Täusche ich mich, oder wolltest du das Zeug grad verticken?«

»Das? Ich weiß gar nicht, wie das in meine Tasche kommt.« Dicke Schweißperlen sammelten sich auf seiner Stirn.

»Verarsch mich nicht!« Manni festigte seinen Griff.

Der Lärm einer zuschlagenden Tür ließ mich herumwirbeln. Im Schein der Neonröhren erkannte ich den Security-Onkel. Die Zeit drängte. »Was hast du mit Rupert Sonnholz angestellt?«, zischte ich Schlaksi zu, der seine Arme noch immer aus Mannis Griff zu befreien versuchte. »Spuck's aus, und wir halten dir die Bullen vom Leib.«

Schlaksi zögerte nicht eine Sekunde. »Ich hab ihm Stoff geliefert. Einmal die Woche. Aber der Sauhund hat mich nicht bezahlt. So wie die Russen. Also hab ich denen gesteckt, dass du ihn kennst. Du weißt schon, den drei Jungs, die letztens am Roulettetisch standen. Sie haben dir doch nicht wehgetan?« Er sah mich an wie ein besorgter Bruder, während nackte Angst in seinen Pupillen flackerte und ihm Schweiß aus allen Poren rann.

»Hast du ihn umgelegt?« Ein letztes Mal festigte Manni seinen Griff, während ich aus dem Augenwinkel heraus sah, wie der Security-Typ auf uns zukam.

»Nein, ich schwör's bei allen heiligen Geistern. Ich hab dem Rupert kein Härchen gekrümmt.«

»Und die Russen?«

»Keine Ahnung, Mann.« Er schenkte uns ein belämmertes Grinsen.

»Das reicht«, entschied ich. »Der Typ ist viel zu feig, um zu lügen.«

Schlaksi wirkte wie ein verängstigter Junge, der gerade noch mal Onkel Doktors Spritze entgangen ist, als Manni ihn losließ.

»Bitte, er gehört Ihnen.« Mit einer ausladenden Handbewegung übergab ich ihn dem Security-Onkel und schwenkte den Beutel mit dem weißen Pulver in der Luft. »Wir kennen ihn nicht.«

Schlaksis Zähne mahlten, Verzweiflung schrie aus seinem Gesicht, gepaart mit einem Schuss trotziger Wut. »Aber ihr habt doch … Habt ihr nicht gesagt, ihr würdet mich vor den Bullen …?« Mitten im Satz brach er ab.

»Haben wir was gesagt, Manni?«

»Nicht, dass ich wüsste.«

»Eben.«

Damit überließen wir Schlaksi dem aufgebrachten Ordnungshüter. Sein jämmerliches Schluchzen war bis auf den Casino-Vorplatz zu hören.

28

Manni und Frauen, das war so ein Thema. Böse Zungen behaupteten, der Typ schleppe alles ab, was zwei Beine und einen entsprechenden Vorbau habe. Ich hingegen glaubte, schon eine gewisse Präferenz für Blondinen mit Madonnenlächeln und beängstigend unechten Silikon-Geräten zu erkennen, aber ich kannte ihn inzwischen auch ziemlich gut.

Wovon gottlob nur die wenigsten wussten, war sein Faible für Frauen wie Carla, eine Kreuzung aus Claudia Schiffer und Arnold Schwarzenegger. Wäre ich seiner jüngsten Gespielin auf der Straße begegnet, hätte ich sie wahrscheinlich für einen Dragking gehalten: stoppelkurzes blondes Haar, auffälliger Nasenring und pastellfarbenes Männer-Shirt, auf dem Unterarm ein tätowierter Dreizack, dazu eine graue Army-Hose, sprich genau das Outfit, das in der Innsbrucker Straßenbahn die Ordnungshüter auf den Plan rief, während man im »Couch Club« damit zur Stilikone gekrönt wurde.

»Ich muss sagen, es macht mir sogar Spaß«, flötete sie, als ich auf dem Barhocker neben ihr Platz genommen und ein kühles Blondes bestellt hatte. Carla mimte den Lockvogel für meinen »Racheengel«, eine Rolle, in der sie voll aufging, wie ich ihren leuchtend roten Wangen entnahm. Sie klatschte in die Hände, woraufhin der Barkeeper herbeischoss und einen Daiquiri brachte. Der Typ, mit dem sie geflirtet hatte, als ich hereingekommen war, hatte sich auf einen Wink von ihr widerstandslos an einen der hinteren Tische verzogen. »Geile Location. Echt coole Typen hier«, urteilte sie.

»Also, was ist jetzt? Du hast mich doch sicher nicht herbestellt, um über die Location zu schwärmen.« Nach unserem Schlagabtausch mit Schlaksi war ich müde und hatte keinen Nerv für Vorgeplänkel.

Aber Carla ließ mich geschlagene zehn Minuten warten, bis sie endlich loslegte: »Gestern gegen zwei, als ich mit meinen

Freundinnen aus dem ›Babalon‹ kam, ist plötzlich so ein Kerl aufgetaucht.« Sie deutete durch das Fenster hinaus auf den Schuppen nebenan. »Um die Zeit ist meistens gut was los. Außerdem waren wir auch schon ziemlich abgefüllt.« Sie warf den Kopf in den Nacken und betrachtete ihre spitzen Fingernägel. »Kein Wunder, dass wir den Typen beinahe übersehen hätten. Erst beim Auto haben wir den Schatten hinter uns bemerkt.« Carla legte eine kurze Spannungspause ein und nippte an ihrem Getränk. »Meine Freundinnen wussten natürlich längst von der Geschichte und haben sich nichts dabei gedacht, als er uns verfolgt hat.« Wieder nuckelte sie an ihrem Strohhalm, diesmal etwas kräftiger, während hinter uns jemand in Gelächter ausbrach. Aus den Boxen wummerte Soft Cell. »Ich sag dir, der Typ ist manchmal schon verdammt knapp aufgefahren.« Sie grinste. »Echt lustig. Ich weiß nicht, wann wir das letzte Mal so über die Bundesstraße gebrettert sind.«

»Und sonst?«

Sie warf mir einen beleidigten Blick zu. »Was soll das heißen?«

»Was ist sonst noch passiert?«

Diesmal formten sich ihre Lippen zu einem Schmollmund.

Und dafür hast du mich spätnachts in diese verqualmte Bar bestellt?, lag mir schon auf der Zunge, als mein Wertkartenhandy bimmelte. Ohne auf das Display zu schauen, ging ich ran.

»Gustav?«

Ich fühlte mich ertappt, hatte nicht damit gerechnet, dass Axel Rainer mich noch so spät anrufen würde. Immerhin war der »Couch Club« nicht gerade der Ort, an dem man einen verzweifelten Jüngling mit gebrochenem Herzen vermuten würde. Ich hoffte, dass der »Racheengel« sich von den Hintergrundgeräuschen nicht beirren ließ, nuschelte ein eiliges »Moment« in den Hörer, riss mich von Carla los und floh ins Freie. »Ich hab mir die Kante gegeben«, lallte ich schuldbewusst, als ich auf der Ingenieur-Etzel-Straße stand. »Es tut so weh.«

»Das verstehe ich«, beruhigte Axel. »Trotzdem würde ich dich gern sehen, um dir unseren Schlachtplan zu erläutern.«

Ich befragte meine Armbanduhr. Es war Viertel nach elf. »Heute noch?«

»Na, du willst ja, dass wir ihr eine Abreibung verpassen, oder?«

»Klar, doch. Natürlich«, stammelte ich, bevor er es sich noch anders überlegte, und kämpfte gegen das aufbrandende Schwindelgefühl an. Die stickige Luft im Club hatte mir mehr zugesetzt als vermutet.

»Gut, dann komm bitte zur Steinbockallee. Ich warte unten an den Feldern am Innufer auf dich.«

Mein Magen rebellierte. Der Vorschlag behagte mir nicht. Was wollte der Typ mitten in der Nacht an einem so gottverlassenen Ort von mir?

»Dein Partner, den du dort treffen wirst, heißt Bobo. Ein echtes Juwel. Bestimmt werdet ihr euch sehr gut verstehen.«

»Klar doch«, sagte ich, doch Axel hatte das Gespräch bereits beendet.

***

Das Gebiet um die Steinbockallee zählte zu den Gegenden, die mir nachts ein wenig unheimlich waren. Nur einen Steinwurf vom Baggersee entfernt, verkroch sich die Wohnsiedlung unter dem schwarzen Mantel der Finsternis, der so nahe am Friedhof stets ein beklemmendes Gefühl in mir nährte.

Als ich meinen Käfer an der Ecke Mielestraße verließ, peitschte mir eine Windbö entgegen. Mechanisch betätigte ich die Zentralverriegelung und setzte mich, die rechte Hand in der Jackentasche, in Richtung unseres Treffpunkts in Bewegung, während mein Blick über die einförmigen Häuserzeilen glitt, lieblos errichtete Betonblöcke, wie sie inzwischen in so vielen Teilen Innsbrucks standen. Hinter dem Wohnbereich lagen Gemüse-, Mais- und Kartoffelfelder. Mit einem nervösen Gefühl im Bauch folgte ich der Straße, die alsbald in einen Feldweg mündete. Im freien Gelände tobte der Föhn noch stärker, riss an meiner Kappe und schleuderte mir Staub ins Gesicht. Zitternd schlang ich meine Arme um die Brust. Aber nicht nur der

Wind, auch der Gedanke an ein mitternächtliches Rendezvous mit Axel und seinem Kompagnon ließ mich frösteln. Was führte der Typ bloß im Schilde, und weshalb bestellte er mich an diesen entlegenen Ort?

Keine Menschenseele weit und breit, nur Bäume, Felder und Sträucher. Kurz war mir der Gedanke gekommen, Manni am Kugelfangweg zu postieren, doch das wäre zu auffällig gewesen. Die Typen hatten mit der Wahl der Treffpunkte und ihrer Verschleierungstaktik inzwischen ja schon unter Beweis gestellt, dass sie kein Risiko eingingen. Zwei Scheinwerfer, grell wie riesige Katzenaugen, begrüßten mich am Flussufer. Ich rang das Ziehen in meiner Magengrube nieder, knipste meine Handytaschenlampe an und bewegte mich bedächtig auf die Gestalt neben dem Fahrzeug zu. Axel Rainer empfing mich in schwarzer Jacke und Jeans.

»Schön, dass du so schnell gekommen bist«, säuselte er. »Wenn du willst, nehme ich dich nachher mit in die Stadt.« Er deutete auf den grauen Minivan, der auf einem abgeernteten Maisfeld parkte.

»Danke, sehr freundlich.«

»Wolltest dich wohl ein wenig ablenken in der Bar?«

»Ja, ich musste einfach raus. Hätt den Schmerz sonst nicht ertragen.«

Verständnisvolles Nicken. »Wir haben uns etwas ganz Spezielles für dich ausgedacht, Gustav.« Die nächste Windbö rollte über unsere Köpfe hinweg, rüttelte an den hinter uns stehenden Sträuchern, deren Äste unruhige Schatten warfen. Zwischen den Wolken schimmerte der Mond hindurch.

Axel wich einen Schritt zurück, und eine massige Gestalt trat wie aus dem Nichts aus der Dunkelheit.

»Darf ich vorstellen: Bobo.«

Schockschwerenot! Den Kerl hatte ich überhaupt nicht bemerkt. Bobo war einen Kopf größer als Axel und stämmig, verdammt stämmig. Fast war ich geneigt zu sagen, ein wandelnder Kleiderschrank. In seinem Blick lag etwas Bedrohliches, das mich instinktiv zurückweichen ließ.

»Bobo, schüttel unserem Freund doch mal die Hand.«

Der Hüne tat wie ihm geheißen und streckte mir seine Pranke entgegen. Jeder Ziegelstein fühlte sich wärmer und weicher an.

»Bobo ist unser Mann fürs Grobe«, erklärte mir Axel. »Wer ihm begegnet, wird ihn so schnell nicht wieder vergessen. Hab ich recht, mein Freund?« Ein tiefes, höhnisches Lachen entrang sich seiner Kehle, eines von der Sorte, die man normalerweise mit wahnwitzigen Psychopathen verbindet. Mein Kopf fühlte sich an, als hätte man ihn in eine Gefriertruhe gesteckt. Alles in mir schrie nach Flucht.

»So, nachdem ich euch nun bekannt gemacht hab und du das Geld überwiesen hast, können wir ja endlich loslegen«, bemerkte Axel, dem die Situation sichtlich behagte. Seine Stimme klang irgendwie seltsam, anders als beim letzten Mal. »Deine Carla hat dich also verlassen und mit deinem besten Kumpel betrogen, diese Schlampe.«

Den Blick noch immer auf den Koloss gerichtet, der schweigend neben Axel stand, nickte ich mechanisch.

»Und soll ich dir was sagen?«, fuhr mein Berater fort. »Diese Hure treibt's noch mit anderen. Bobo ist ihr gestern Nacht gefolgt.«

»Ist nicht wahr!« Ich bemühte mich um Entsetzen in meiner Stimme, doch die wachsende Unruhe machte mir einen Strich durch die Rechnung.

»Sie wohnt sehr abgeschieden.«

»Ja?«

»Hat nicht gerade viele Freundinnen …«

Ich stutzte. Hatte Carla mir nicht erzählt, sie wäre mit ihrer Clique unterwegs gewesen? »Tatsächlich? Also ein paar hat sie schon.«

»Hat sie, ja?« Axel beugte sich zu mir vor. Sein Atem roch nach Pfefferminzbonbon.

»Drei oder vier.«

Der »Racheengel« verschränkte die Arme hinter dem Rücken. »Drei oder vier?«

Mich fröstelte. Der Verlauf, den dieses Gespräch nahm, gefiel mir nicht. Ganz und gar nicht. »Am häufigsten war sie mit Julia und Lisa unterwegs. Und mit Sabine.«

»Mit Sabiiiiiiine.« Axel zog den Namen in die Länge, als fiele ihm eine besondere Bedeutung zu, und verständigte sich nickend mit seinem Freund. »Die Sabine, die dabei war, als ihr euch beim Tanzen kennengelernt habt?«

Schweiß trat aus meinen Poren. Davon hatte ich nichts erwähnt. In dem Formular auf der Website hatte ich nur geschrieben, dass ich Carla beim Tanzen im ehemaligen »Stadtcafé« kennengelernt hatte, so wie ich es vorher mit ihr abgesprochen hatte. Von einer Sabine war keine Rede gewesen. »Nicht, dass ich wüsste«, blieb ich hart bei meiner Linie.

»Dann weißt du bestimmt auch nicht, dass in Innsbruck kein einziger Gustav Meier gemeldet ist.« Unvermittelt packte Axel mich am Kragen und warf mich grob auf das Heck des Vans.

Adrenalin schoss durch meinen Körper. Die Typen hatten meine Identität überprüft. Zwar hatte ich mir ein paar Fake-Adressen und eine getürkte Homepage zugelegt, doch im Melderegister tauchte der fiktive Name natürlich nicht auf.

»Hast du Spinner wirklich geglaubt, wir fallen auf diese Masche rein?« Dem Druck nach zu urteilen, packte Bobo jetzt auch mit an.

»Ich dachte … Ich mein …«

»Wer bist du wirklich, und was willst du?« Axel presste so fest, dass ich zu röcheln begann.

»Meine Freundin hat mich verlassen. Es ist …« Der Schlag ließ mich zusammenklappen. Eine gigantische Schmerzwelle rollte durch meinen Körper, peitschte mir das Blut durch die Adern.

»Schluss jetzt mit dem Theater! Du verrätst uns auf der Stelle, wer du bist, oder Bobo wickelt dir deine Eier um den Hals!«

Das Portemonnaie mit meinem Ausweis, schoss es mir durch den Kopf. Gott sei Dank hatte ich es im Käfer gelassen. »Ich wollt euch testen, mal schauen, wie weit ihr geht. Und …«

»Tatsächlich?« Axels Stimme verschmolz mit dem Tosen des

Windes. »Na, das kann ich dir zeigen, wie weit wir gehen!« Der nächste Schlag traf mich im Rücken.

»Bobo, such nach seinem Portemonnaie!«

Ich war zu schwach, um ihnen etwas entgegenzusetzen. Zwei gegen einen, ein ungleicher Kampf. Wehrlos fügte ich mich in mein Schicksal, spürte, wie der Koloss meine Taschen durchwühlte.

»Verdammt, da is nix!«

»Wie heißt du?« Axel festigte seinen Griff um meinen Hals, während eine Faust in meinen Solarplexus krachte.

Ein klägliches Wimmern kroch über meine Lippen. »Ich wollt einem Freund einen Streich spielen«, japste ich. »Dem Typen mit der Sonnenbrille. Den müsst ihr doch gesehen haben. Aber deswegen braucht ihr mich nicht gleich umzulegen.« Ich hatte Manni gebeten, Carla am Abend ihrer Beschattung durch die »Racheengel« zu begleiten, ein Umstand, der sich jetzt womöglich als Rettungsanker erwies.

»Er meint den Typen mit der Sonnenbrille«, sagte Axel zu seinem Begleiter, der verständnislos grunzte.

»Soso …«

Erleichtert stellte ich fest, dass sich sein Griff lockerte.

»Und wie heißt du jetzt?«

»Hans.«

»Wie noch?«

»Rauch.«

Jäh ließ Axel von mir ab. »Wenn das nicht stimmt«, sagte er, »möchte ich nicht du sein. Du kannst dir nicht vorstellen, was unser Bobo aufführt, wenn er erst mal rotsieht.«

Und ob ich das konnte! Nur erleben wollte ich es ehrlich gesagt nicht. Wie einen nassen Mehlsack ließen mich die Hände zu Boden gleiten. Schritte entfernten sich, und ich wiegte mich schon in Sicherheit, als mich ein weiterer Schlag direkt aufs Nasenbein traf. Blut tropfte zu Boden, und mein Kopf fühlte sich an, als würden Metallica darin spielen.

»Das war ein Warnschuss, okay? Wenn du uns noch einmal verarschst, schlitzen wir dir die Eier auf!«, blaffte Axel. »Dann geht’s aber erst richtig los. Ach ja: Und Finger weg von den Bullen! Wenn einer von denen bei uns aufkreuzt, wissen wir, dass du es warst, und dann spielt’s Granada, Schätzchen! Das verspreche ich dir.« Axels Stimme mischte sich mit dem Heulen des Windes zu einem dissonant klingenden Konzert. Kurz darauf wurde eine Tür zugeschlagen, und der Motor sprang an. Ich wartete, bis der Van in einer Staubwolke verschwunden war, und rappelte mich auf. Mein Körper brannte vor Schmerz, mein Rücken fühlte sich an, als hätte ihn jemand mit einem Vorschlaghammer traktiert, und in meinem Kopf surrten tausend Bienen, als ich mich zurück zu meinem Käfer schleppte. Dort angekommen, übergab ich mich an einem Laternenpfahl, hämmerte wie ein Wilder auf die Zentralverriegelung ein und fischte schließlich mein Handy von der Rückbank.

»Ich glaub, ich brauch einen Chauffeur«, hauchte ich in den Hörer, nachdem Manni abgehoben hatte.

29

Zwei Tage und zwei Nächte dauerte es, bis die Schmerzen halbwegs nachließen. In einer solchen Situation war es von unschätzbarem Vorteil, mit einer Ärztin befreundet zu sein. Nicht, dass Julias Stimmung, die zwischen übertriebener Sorge, Wut und Entsetzen schwankte, zu einer rascheren Genesung beigetragen hätte – als Medizinerin wusste sie einfach, was zu tun war, um meine Wunden zu versorgen und den stärksten Schmerz zu lindern, und das war Gold wert.

Um den Doc war ich diesmal nicht herumgekommen, der Befund attestierte mir mehrere Blutergüsse und einen ausgerenkten Rückenwirbel. Letzterer zwang mich schmerztechnisch so sehr in die Knie, dass ich an den ersten beiden Tagen nach dem Vorfall Mühe hatte, aufzustehen. Aber die jämmerliche Figur, die ich vor dem Badspiegel abgab, hätte auch bestenfalls noch in Elizabeth T. Spiras »Alltagsgeschichten« gepasst. Dazu die Schmach über meine Niederlage. Mit einem billigen Trick hatte der »Racheengel« mich hinters Licht und in eine Sackgasse geführt, aus der es kein Entrinnen gab. Dabei konnte ich noch von Glück reden, dass er den Schmäh mit Manni geschluckt hatte. Nicht auszudenken, was passiert wäre, wenn die beiden Männer mich so lange gegeißelt hätten, bis ich meine wahre Identität preisgegeben hätte. Wenigstens hatte ich Rupert Sonnholz nicht erwähnt, sodass Axel in dieser Hinsicht nicht misstrauisch werden konnte. Das war's dann aber auch schon mit den rosigen Neuigkeiten, denn im Übrigen konnte ich mir noch immer keinen Reim auf die Geschichte machen.

Reinhard Schreier schien, wie Roger hatte verlauten lassen, sauber zu sein, zumindest verhielt er sich abseits seines illegalen Freudenhauses sehr unauffällig. Camilla Spitz hatte Ruperts Tod zwar nicht sonderlich berührt, von den »Racheengeln« hatte sie sich aber wohl nicht bedroht gefühlt, sodass ein Motiv fehlte. An die »Alpenklingonen« als Täter glaubte ich schon lange nicht mehr. Der Typ, der mich nach dem Konzert verprügelt hatte, war vermutlich hinter Ruperts Geld her gewesen und dürfte seinem russischen Akzent nach zu den finsteren Gestalten aus dem Casino gehören. Er hätte allen Grund gehabt, Rupert zu überfallen, auszurauben und womöglich um die Ecke zu bringen, aber warum hätte er dann diesen Zirkus veranstalten und mich nach seinem Verbleib fragen sollen? Schließlich wusste niemand im Casino von meiner Mission. Oder hatten sie Rupert nach dem Überfall aufgespürt und umgebracht? Meine Gedanken wanderten zu Patrizia. Irgendwie wurde ich das Gefühl nicht los, dass sie mir etwas verschwiegen hatte. Nur was? Hatte Rupert ihr mehr anvertraut, als sie hatte preisgeben wollen? Es drängte mich, noch einmal mit ihr zu reden, auch wenn ich Julia versprochen hatte, den unglückseligen Fall ein für alle Mal ruhen zu lassen.

***

Fünf Tage nach dem Überfall wagte ich mich zum ersten Mal wieder vor die Haustür. Mit der Angst hatte ich inzwischen leben gelernt. Spätestens nach meinem Zusammenstoß mit Laura Richters Revolver war sie zu meinem ständigen Begleiter geworden, mit dem ich morgens aufstand und abends schlafen ging. Dafür genoss ich die schönen Augenblicke meines Daseins nun viel bewusster, regte mich seltener über Kleinigkeiten auf und erfreute mich bisweilen sogar an Rogers Gesellschaft, eine Gabe, die mir noch bis vor Kurzem verwehrt geblieben war.

Der Küchenchef hatte sich während meines Krankenstands nicht blicken lassen, dafür kümmerte sich Manni schon beinahe rührend um mich. Jeden zweiten Tag brachte er mir ein Sixpack vorbei und schleppte, sehr zu Julias Leidwesen, sogar Carla an, die im Türsteher der »Rumpelkammer«, von der Manni so geschwärmt hatte, mittlerweile einen neuen Freund gefunden hatte.

Am Mittwoch, als Manni mit einer Zeitung bei mir aufkreuzte, schüttete es in Strömen. Das Oktoberhoch, das uns einen wunderschönen Herbst beschert hatte, hatte sich pünktlich zu Allerheiligen verabschiedet und einer nasskalten Witterung Platz gemacht, die in den Bergen für den lang ersehnten Schnee sorgte.

»Wir haben uns doch geirrt«, trompetete Manni mir entgegen.

»Worin?«

»Guckst du hier.«

Das Papier des »Tiroler Anzeigers« troff vor Nässe, sodass ich Mühe hatte, das Teil zu entfalten.

»Seite zwei«, ergänzte Manni.

BEWEISMATERIAL IN DER WOHNUNG DER LORÜNSERS AUFGETAUCHT

Innsbruck (apa). Die Ermittlungen im Fall des Schlagersängers Rupert Sonnholz stehen möglicherweise vor dem entscheidenden Durchbruch. Wie dem »Tiroler Anzeiger« zugetragen wurde, ist in der Ferienwohnung der Gebrüder Lorünser eine Schüssel mit Blättern der Herbstzeitlose gefunden worden, auf der sich Manfred L.s Fingerabdrücke, nicht jedoch die des Opfers befinden. Wie berichtet ist Rupert an einer Colchicinvergiftung gestorben. Der Beschuldigte erklärt, nicht zu wissen, wie die giftigen Blätter in die Wohnung gelangt seien. Doch die Schlinge um den Hals des Schlagerstars zieht sich immer weiter zu. Nachdem Sonnholz' Leiche unter dem Bus seiner Band gefunden wurde, ist mit der giftigen Substanz ein neues Beweismittel aufgetaucht. Verwandte und Freunde des beliebten Sängers sind entsetzt. »Das kann nicht sein! Manfred ist der freundlichste und liebenswerteste Mensch, den man sich vorstellen kann. Der bringt nicht einfach jemanden um«, gibt ein Schulfreund zu Protokoll. Die Eltern des Verdächtigen wollen zu den Anschuldigungen nicht Stellung nehmen. Sie stehen seit Bekanntwerden der neuesten Informationen unter Schock und bedürfen psychotherapeutischer Behandlung. Manfred Lorünser wurde in Untersuchungshaft genommen. Es gilt die Unschuldsvermutung.

»Starker Tobak, was?« Wahrscheinlich hatte Manni an meinem Mienenspiel erkannt, dass ich mit dem Artikel fertig war.

»Ich glaub's nicht«, sagte ich. »Ich kann mir nicht vorstellen, dass die so bescheuert sind.«

»Nun, wie mir zu Ohren gekommen ist, hast du ja Ermittlungsverbot.«

Typisch Manni. Immer zielsicher den Finger in die Wunde legen.

»Scheiß drauf! Wir müssen mit den Bekannten der ›Alpenklingonen‹ in Ischgl reden und Patrizia noch einmal in die Mangel nehmen. Und zwar besser heute als morgen.«

30

Ischgl im Tiroler Paznauntal war so etwas wie Saldings großer Bruder. Hier wie dort hatte man sich mit Leib und Seele dem Tourismus verschrieben. Dem Wintertourismus, um genau zu sein, denn in den Sommermonaten glichen beide Orte einer verwaisten Betonwüste.

Jetzt, Mitte November, knapp zwei Wochen vor Saisonbeginn, hatten Planierraupen und Bagger ihren Platz für Schneelanzen und Pistenbullys geräumt, die die Talabfahrt bis zum Opening am ersten Adventswochenende in Schuss bringen sollten. Passend dazu stoben mir ein paar weiße Flocken entgegen, als ich an den Bettenburgen entlanglief.

Für einen Novembertag wirkte das Dorf ziemlich belebt, ein paar Hotels hatten bereits geöffnet. Vor der Abfahrt aus Innsbruck hatte ich mir die Adressen der Bewohner mit Nachnamen Lorünser ausgedruckt, stolze zwanzig Einträge lieferte mir der »Herold«. Ich hatte keine Ahnung, ob einer von ihnen bereit sein würde, mit mir über die »Alpenklingonen« zu reden, aber einen Versuch war es wert.

Die ersten beiden Lorünsers meiner Liste ließen mich vor verschlossenen Türen stehen. Eintrag Nummer drei, Ewald Lorünser, der die Pension »Bergblick« in der Nähe der Silvrettabahn besaß, erbarmte sich nach dem zweiten Klingeln. Er paffte eine Pfeife und musterte mich misstrauisch.

»Gerhard Gruber«, stellte ich mich vor.

Ohne die Pfeife aus dem Mund zu nehmen, murmelte er: »Wir haben noch zu.«

»Ich will nicht nächtigen, ich würde nur gern ein paar Worte über Manfred mit Ihnen wechseln.«

Schlagartig legte sich ein Schatten auf sein Gesicht, und Ewald Lorünser machte eine abwehrende Handbewegung. »Keine Zeit.« Schnell schloss er die Tür und ließ mich allein im Schneetreiben zurück.

Bei der nächsten Adresse, einem erkerlosen zweistöckigen Bau, öffnete niemand, und auch Nummer fünf und sechs bescherten mir kein Erfolgserlebnis. Erst mit der siebten Adresse auf meiner Liste landete ich einen Treffer. Die Frau stellte sich mir überaus freundlich als Rosa Lorünser vor und musterte mich mit wachen grünen Augen. Ihr ergrautes Haar hatte sie zu einem Dutt gebunden, und trotz der Kälte schien sie in ihrem knielangen, dünnen Blümchenkleid nicht zu frieren, denn sie trat sogar ein paar Schritte auf mich zu, als sie mich vor ihrer Haustür erblickte. »Ja?«

»Privatdetektiv Gerhard Gruber. Ich würde gern über den Fall Manfred Lorünser mit Ihnen sprechen.«

Ihre Miene verdunkelte sich. »Tarnts ihr euch jetzt schon als Privatdetektive?«

Ich wusste nicht, für wen oder was sie mich hielt, zückte aber prophylaktisch meinen Ausweis und schwenkte ihn vor ihr auf Augenhöhe, woraufhin sie mich zögernd ins Haus ließ. Ich schüttelte den nassen Schnee von meiner Jacke, streifte meine Schuhe ab und folgte ihr durch eine schmale Diele in den Wohnbereich. Die Stube war mit Eichenholzmöbeln eingerichtet, im Kamin prasselte ein Feuer.

»Bitte, setzen Sie sich.« Rosa Lorünser wies auf die Ofenbank, und ich nahm Platz. Auf dem Tisch vor mir stand eine Blumenvase auf einer vermutlich selbst gehäkelten Decke. An den Wänden hingen Bären- und Hirschfelle. »Verzeihen Sie, aber in den letzten Tagen haben sich hier so viele Journalisten eingeschlichen, dass ich langsam misstrauisch werd.«

»Eingeschlichen?«

»Ganz recht. Weil niemand mit ihnen reden will. Einer hat sich sogar als Steuerprüfer ausgegeben. Die Typen gehen im wahrsten Sinne des Wortes über Leichen, um an Informationen zu gelangen.« Rosa Lorünser holte zwei Tassen aus dem Schrank gegenüber. »Darf ich Ihnen einen Kaffee anbieten?«

Ich nahm dankend an, und sie verschwand in der benachbarten Küche.

Ein paar Minuten später erfüllte das Geräusch einer gurgelnden Kaffeemaschine den Raum, kurz darauf kam meine Gastgeberin mit einer vollen Kanne zurück und goss ein wenig der braunen Flüssigkeit in die beiden Tassen. »Ich wusste gar nicht, dass Manfred einen Detektiv beauftragt hat«, sagte sie.

»Hat er auch nicht. Ich ermittle aus persönlichen Gründen.«

Ihre Brauen hoben sich. »Sie kennen ihn?«

»Nur flüchtig. Trotzdem möchte ich ihm helfen.«

Misstrauen spiegelte sich in Rosa Lorünsers Augen, man konnte ihnen deutlich ansehen, dass sie mich nicht einschätzen konnten.

»Sie sind seine Tante, nicht wahr?«, riet ich ins Blaue hinein.

»Seine Patentante.«

Na, wenn das mal kein Volltreffer war.

Sie setzte sich mir gegenüber auf einen Stuhl und nippte an ihrem Kaffee. »Schlimm, was der Manfred zurzeit durchmachen muss, aber die Gerechtigkeit wird siegen.« Rosa hörte sich an, als hätte sie nicht den geringsten Zweifel an ihren Worten.

»Was macht Sie da so sicher?«

Ihr Lächeln verrutschte. »Na, wer ihn kennt, weiß, dass er nie und nimmer etwas Unrechtes tun würde. Der ist doch der Anstand in Person. Früher, als er noch im Betrieb seiner Eltern geholfen hat, hat er sogar das Trinkgeld abgegeben. Das muss man sich einmal vorstellen! Ein anderer hätte es noch am gleichen Abend versoffen, aber der Manfred hat es pflichtschuldig zu seinen Eltern getragen. Und jetzt wollen sie ihn einsperren, diese Verbrecher.« Ihre Stimme verlor ein wenig an Beherrschung, doch Rosa fing sich rasch wieder und fuhr fort: »Als Burschen haben der Manfred und der Walter bei mir im Keller geprobt. Bevor wir mit dem Vermieten angefangen haben, hatten wir dort einen großen Hobbyraum, in dem sie Lärm machen durften. Nach ihrer Schicht sind sie da unten zusammengehockt und haben gespielt. Haben ja damals schon von der großen Musikerkarriere geträumt.«

»War Rupert auch dabei?«

Rosa nippte wieder an ihrem Kaffee, bevor sie antwortete: »Nicht immer. Er hat ja nicht in Ischgl gewohnt.«

»Manfred behauptet, er hätte das Lied, um das es geht – ›Die Schwarze Madonna‹ –, damals gemeinsam mit seinem Bruder und Rupert geprobt.«

»Wenn er es sagt.«

»Aber Sie haben nichts davon mitbekommen?«

Ihre Zunge fuhr über die Mundwinkel, bevor sie sagte: »Beim Musizieren bin ich nicht dabei gewesen. Ich weiß nur, dass sich die zwei Burschen und der Rupert gut vertragen haben.«

Ich rührte mit dem Löffel in meiner Kaffeetasse und trank einen Schluck. Ohne Zucker schmeckte er bitter. »Woher kannten sie sich?«

Rosa Lorünser legte den Zeigefinger auf den Mund, während ihr Daumen auf dem Kinn ruhte. »Sie sind sogar über vier Ecken miteinander verwandt«, sagte sie. »Die Heidi, die Mutter vom Manfred und vom Walter, ist die Cousine vom Sonnholz Bert, einem Saldinger. Und Bert ist Ruperts Großcousin.« Sie nickte selbstzufrieden.

Mir fiel ein, dass ich noch gar nicht mit Ruperts Eltern gesprochen hatte. Die Polizei hatte sie bestimmt schon verhört, also beschloss ich, bald bei Bernd nachzufragen. »Anscheinend ist der Rupert als Bursche ja sogar mit den Lorünsers aufgetreten.«

»Zwei, drei Mal. Als ›Die Gipfelstecher‹ und ›Das Lorünser-Duo‹ noch zusammengehört haben.«

»Wann ist es zum Zerwürfnis gekommen?«

Rosa blickte mich entgeistert an. »Zu welchem Zerwürfnis?«

»Manfred hat mir erzählt, Rupert hätte sich als Musiker nicht selbstständig machen dürfen.«

»Das hat er gesagt?«

Ich nickte.

»Nun, wahrscheinlich hat er damit auf seine Karriere angespielt. Der Rupert hatte mit seinen Schnulzen schon Erfolg, aber durch die Abkehr von den ›Alpenklingonen‹ hat er die Jungen verloren. Mit den Kitsch-Liedern sprichst ja nur rührselige Weiber an. Die ›Alpenklingonen‹ haben mehr auf Spaßmusik gesetzt. Das taugt den jüngeren Leuten.«

Besonders viele Besucher unter vierzig hatte ich auf dem Konzert in Salding zwar nicht entdeckt, doch mir war klar, dass jetzt nicht der richtige Augenblick für eine Grundsatzdebatte war. »Also haben die Lorünser-Brüder dem Rupert angeboten, bei den ›Alpenklingonen‹ mitzuspielen?«

»Zum Bandleader hätten sie ihn sogar gemacht.«

Ich trank ein paar Schlucke. »Aber stattdessen hat er es nach einiger Zeit lieber mit einer Solokarriere versucht.«

Rosa schwieg.

»Ich hab mir die zwei Fassungen der ›Schwarzen Madonna‹ angehört. Sie klingen wirklich sehr ähnlich«, sagte ich nach einer Weile.

»Es ist dasselbe Lied. Die ›Alpenklingonen‹ singen es in einer Pop-Version, der Rupert hat eine Schnulze draus gemacht. Melodie und Text hat er geklaut.« Rosas feste Stimme ließ keinen Zweifel aufkommen. Ging es nach ihr, hatte sich Rupert Sonnholz der Urheberrechtsverletzung schuldig gemacht.

»Und wie erklären Sie sich die giftigen Blütenblätter in Manfreds Wohnung und die Leiche unter seinem Bus?«

Rosa fuhr sich durch ihr schütteres graues Haar. »Eine Intrige. Ein gezielter Versuch, den Manfred fertigzumachen.« Sie stützte den Kopf in die Hände. »Sie können sich nicht vorstellen, wie schlimm das für den Bert und die Heidi ist. Die sind am Ende. Einen Psychologen haben sie gebraucht.«

Doch, ich konnte mir vorstellen, wie schlimm die Geschichte für Manfreds Eltern sein musste, trotzdem wollte ich nicht so schnell klein beigeben. »Und wer sollte ihnen einen solchen Strick drehen?«

Rosa bettete ihre Hände in den Schoß. »Wenn da mal nicht dieses Gör dahintersteckt.« Sie wich zurück, als wäre sie über ihre eigenen Worte erschrocken.

»Welches Gör?«

»Na, dem Manfred seine neue Flamme.«

Ich warf ihr einen fragenden Blick zu.

Rosa machte eine unwirsche Handbewegung. »Na, seine Freundin. Was weiß denn ich, wie die heißt. Jedenfalls hat sie keinen guten Einfluss auf ihn. Redet dauernd von irgendwelchen Jachten und Kleidern. Eine richtige Tussi, sag ich Ihnen. Gut möglich, dass sie ihm das Hackl reinhauen will.«

»Aus welchem Grund?«

»Tja, wenn ich das wüsste.« Rosa blickte gedankenverloren an mir vorbei.

Ich überdachte ihre Worte. Wer war Manfred Lorünsers neue Flamme, und weshalb sollte sie ihrem Verehrer einen Mord in die Schuhe schieben wollen? Ich beschloss, der Sache nachzugehen.

Rosa Lorünser neigte den Kopf und seufzte. »Ich hoffe, dass sich noch alles zum Guten wendet.«

»Das wird es«, beruhigte ich sie, trank den letzten Schluck des bitteren Kaffees und machte mich langsam wieder auf die Socken.

Draußen klapperte ich noch alle weiteren Adressen von meinem »Herold«-Ausdruck ab, aber von den restlichen Lorünsers wollte keiner mit mir reden.

31

Tags darauf besuchte ich Jakob. Der weit gereiste Einsiedler lebte in einer Holzhütte in der Hinterriss auf tausendfünfhundert Metern Seehöhe und war so etwas wie ein Ersatzvater für mich. Die Tatsache, dass er die Tage damit verbrachte, Pilze und Beeren zu sammeln, den Kühen beim Weiden zuzusehen und jahrhundertealte Wälzer zu studieren, hatte ihm unter den Bewohnern der Hinterriss einen Ruf als Sonderling eingebracht. Doch Jakob scherte sich weder um den Tratsch noch um die Gerüchte, er hätte den frühen Tod seiner Frau nicht verkraftet und verhielte sich deshalb so seltsam.

Seine Hütte lag eingebettet in grüne Almmatten und wirkte wie eine Perle in einer nahezu unberührten Landschaft, eine vom Aussterben bedrohte Spezies in einer Zeit, in der man in jedem noch so entlegenen Tal im Internet surfen konnte. Im Sommer plätscherte Wasser aus einem Holzbrunnen vor der Hütte, in dem Jakob sein morgendliches Bad nahm. Elektrischer Strom und Abwasser fehlten, ein Umstand, den man sich in Zeiten von Smartphones, WhatsApp und Google Earth kaum vorstellen konnte. Doch hatte man sich erst einmal darauf eingelassen, ließ es sich auch ohne diese Annehmlichkeiten prächtig leben, vorausgesetzt, man liebte Natur und Einsamkeit und deckte sich wie Jakob mit geistiger Nahrung ein. Apropos Nahrung: Einmal pro Woche stieg mein Freund zur Engalm ab, um einzukaufen, der Großteil seines Essens bestand aber aus selbst erlegten Wildtieren.

Es schneite wie im tiefsten Winter. Mitte November zog sich Jakob normalerweise in das leer stehende Haus seiner Eltern in Mittenwald zurück, doch dieses Jahr wollte er noch ein paar Tage bleiben, um die frühwinterliche Stille zu genießen, wie er mir tags zuvor, als er im Tal war, am Telefon verraten hatte.

Ich hatte Mühe, mir einen Weg durch die angewehten kniehohen Schneeberge zu bahnen, verlor im schroffen Gelände mehrmals den Halt und wäre fast über den Steilhang gerutscht, den man queren musste, um von der Waldgrenze zu Jakobs Behausung zu gelangen. Schlotternd und durchnässt bis auf die Haut klopfte ich an deren Tür. Dicke Rauchschwaden quollen aus dem Kamin.

»Da schau einer an! Unser Gerhard.« Jakob steckte sein rundes, runzeliges Gesicht heraus und winkte mich mit seinem Holzstock herein. »Deine Nasenspitze verrät mir, dass du mal wieder in Schwierigkeiten steckst.« Obwohl wir uns nicht öfter als zwei- oder dreimal im Jahr sahen, hatte ich manchmal das Gefühl, dass Jakob mich besser kannte als meine Freundin Julia. Wie kein anderer war er in der Lage, Stimmungen zu erfassen, ohne dass es dafür erklärender Worte bedurft hätte. Diese seltene Gabe, seine ausgereifte Menschenkenntnis und die herausragende Qualität als Zuhörer machten ihn für mich zu einem unschätzbaren Ratgeber. Oft nahm er Dinge wahr, die oberflächlicheren Zeitgenossen verborgen blieben.

»Und deine Nasenspitze verrät mir, dass du mit deiner Vermutung mal wieder einen Volltreffer gelandet hast. Hier, aus der Markthalle.«

Jakob nahm meinen Gemüsekorb entgegen, lachte und schloss die Tür hinter uns. »Jetzt leg erst mal deine Jacke ab und wärm dich am Feuer.«

»Bei dem Sauwetter würde ich mich am liebsten in den Kamin setzen«, erwiderte ich, noch immer fröstelnd.

Jakob schüttelte seine lange weiße Mähne und zog sich mit einem Lächeln in sein Reich zurück. Die Hütte war nicht groß, es gab eine schmale Stube mit Ofenbank, eine Feuerstelle mit Gaskocher und zwei Polstersessel. Anders als die Retortenbauernstuben aus den Fremdenverkehrsprospekten verströmte sie eine urige Atmosphäre.

»Was hätten wir denn gern? Tee oder Kaffee?«

»Was grad da ist.«

Lachend hängte mein Gastgeber einen Kessel Wasser über die Glut.

In der Hütte fiel die Kälte rascher von mir ab als erwartet. Ich setzte mich neben den Ofen und beobachtete das Funkenspiel, während mein Freund einige Kräuter mit heißem Teewasser aufgoss. Für jeden Handgriff benötigte er etwas länger als Otto Normalverbraucher, was einerseits seinem Alter geschuldet war, andererseits aber auch seiner bedächtigen Art, die ihn zu einem exzellenten Analytiker machte.

»Kekse hab ich leider keine mehr, dafür kann ich uns ein paar Kastanien braten.«

Dankend trug ich meine Hilfe an, doch stur, wie der liebe Jakob nun mal war, bestand er darauf, dass ich sitzen blieb.

Draußen wirbelten ganze Heerscharen von Schneeflocken durch die Luft, begleitet von dünnen Nebelschleiern. An der Nebeluntergrenze ließ sich in den Bergen oft die Schneefallgrenze festmachen – im Augenblick lag sie auf rund tausend Meter Seehöhe.

»Also?«, wollte Jakob wissen, nachdem er zwei Teller voll gerösteter Kastanien und zwei Tassen Kräutertee auf den Tisch gestellt hatte.

Die Hände abwechselnd über dem Feuer und am Henkel meiner Teetasse, erzählte ich von meinem Fall, während Jakob schweigend zuhörte, geduldig die Kastanien schälte und sich ab und an seinen wolligen Bart kraulte. »Hört sich nach einer vertrackten Geschichte an«, sagte er, nachdem ich geendet hatte.

»Und?«

Er neigte den Kopf, eine Geste, in der sich seine intensive Gedankenarbeit widerspiegelte. »Ich glaube, es geht um Scheinwahrheiten. Um Dinge, die auf den ersten Blick einen Eindruck erwecken, der sich bei genauerem Hinsehen als trügerische Fassade entpuppt.«

Ich gab viel auf Jakobs Meinung. Der gelernte Fotograf versuchte stets, alle Seiten einer Fragestellung zu beleuchten, gab sich nie mit nur einer Perspektive zufrieden. Auf diese Weise hatte er mir bei meinen Fällen schon mehr als nur eine brauchbare Anregung geliefert. Leider sprach er aber auch oft in Rätseln.

»Kannst du das ein bissel genauer erklären?«

Jakob schob sich eine Kastanie in den Mund und legte seine Stirn in Falten. Eine gefühlte Ewigkeit verging, bis er sagte: »Denk nur mal an Patrizia. Ihre Lieder erwecken bei den Fans den Eindruck, sie wäre der glücklichste Mensch auf Erden. Eine kommerzielle Lüge, denn in Wahrheit ist sie ein seelisches Wrack. Und genau darum geht es. Um den äußeren Schein, hinter dem sich oft tiefes Leid verbirgt, um die kleinen und großen Lebenslügen.«

Ich ließ mir seine Worte durch den Kopf gehen. Tatsächlich spielte in dieser Geschichte so manch einer mit verdeckten Karten. Reinhard Schreier, der heimlich ein kleines Freudenhaus betrieb, Patrizia und Rupert, die ihrem Publikum eine Rolle vorgaukelten, und nicht zuletzt die unseligen »Racheengel«, die vorgaben, verletzte Seelen zu trösten, um sich in Wahrheit rücksichtslos an ihren Schmerzen zu bereichern.

»Das Problem ist, dass in diesem Fall alle Lügner entweder Opfer sind oder kein klar erkennbares Motiv haben«, sagte ich. »Warum sollte der Verein von Axel Rainer jemanden umbringen, der ihm das Geld in den Rachen steckt? Die ›Engel‹ arbeiten mit Vorkasse auf Basis einer falschen Identität. Dass Rupert die aufgespürt und erpresst hat, kann ich mir nicht so recht vorstellen. Der war total durch den Wind, als ich ihm das letzte Mal begegnet bin. Und Patrizia … Weshalb sollte sie, die ihr Schicksal mit Rupert geteilt hat, ihren Leidensgenossen umbringen?«

»Vielleicht liegt die Lösung genau dort, wo du sie am wenigsten vermutest.«

Aber wo wäre das? Wem war der Mord am wenigsten zuzutrauen? Ich sinnierte darüber, wer mir von allen Akteuren am sympathischsten war, und kam zu einem Schluss: Es waren Paul und Patrizia. Also doch Patrizia? Nachdenklich kaute ich an einer Kastanie. Jakob hatte nicht von Lügen, er hatte von Lebenslügen gesprochen. »Was verstehst du unter Lebenslügen?«

Der Einsiedler runzelte die Stirn. Der Schein des Feuers, das im Kamin hinter mir knisterte, tanzte in seinem Gesicht, als er sich zu mir über den Tisch beugte. »Weißt du, was die größte Lebenslüge von allen ist?«

»Dass wir Jungen in diesem Leben noch in Pension gehen werden?«

Lachend schüttelte er den Kopf. »Sieh mich an«, sagte er nach einer Weile. »Und sieh dich um, wie ich hier oben in der Einsamkeit hause. Ohne Strom, ohne elektrisches Licht und ohne Bad.«

»Und?«, fragte ich, als nichts weiter kam.

»Bin ich unglücklich?«

»Siehst nicht so aus.«

»Und die schwerreichen Superstars, die Hollywoodschauspieler, die sich mit Drogen zudröhnen?«

»Ich verstehe nicht, worauf du hinauswillst.«

»Ganz einfach«, sagte Jakob und breitete seine Hände aus. »Die größte Lebenslüge unserer Gesellschaft ist der kausale Zusammenhang von Geld und Glück. Denk darüber nach, mein Sohn.«

32

Jakobs Worte hallten noch in mir nach, als ich schon wieder ins Tal abgestiegen war.

Die größte Lebenslüge unserer Gesellschaft ist der kausale Zusammenhang von Geld und Glück.

Treffender hätte man Ruperts Schicksal nicht benennen können. Aber wie viele Ruperts gab es in unserer Welt, in der Ansehen mit Besitz und Glück mit der Höhe des Kontostandes gemessen wurde? War in einer solchen Gesellschaft überhaupt noch Platz für Menschen wie Jakob?

Wieder dachte ich an Patrizia, an ihren erschütternden Auftritt beim Konzert in Salding und an die anschließenden Worte des Moderators. »Ein kleiner Zwischenfall, aber keine Sorge, meine Damen und Herren! Unserer Patrizia geht es bestimmt gleich wieder besser.« Die heile Welt des Schlagers hatte die Lebenslüge, von der Jakob sprach, bis zur Vollendung perfektioniert. In kaum einer anderen Branche klafften Schein und Wirklichkeit so weit auseinander, floss so viel Geld in die Kassen der Produzenten und Manager. Stürzte uns der schnöde Mammon tatsächlich ins Unglück? Sollten wir uns an die Franziskaner halten und unser Leben wieder stärker nach den christlichen Werten ausrichten? Wahrscheinlich lag die Wahrheit irgendwo dazwischen. Fest stand jedenfalls, dass der Lebenswandel, den Jakob führte, heute nicht mehr gesellschaftsfähig war. Und an kaum einem Ort wurde das deutlicher als in Salding, dem Bergdorf, das sich der Jagd nach dem großen Geld verschrieben hatte.

***

Patrizia Steiner, das gefallene Schlagersternchen, wohnte seit ihrer Scheidung in einem Einfamilienhaus im vorderen Pitztal.

Als ich sie am Morgen nach meinem Besuch bei Jakob auf

dem Handy anrief, hatte sie nicht abgenommen, ein Umstand, der ein diffuses Gefühl der Unruhe in mir nährte.

Von außen wirkte das Haus recht unscheinbar, ein wenig ansprechender als die unzähligen Apartmenthäuser im Dorfzentrum, aber nicht gerade stilvoll. Ein etwas besseres Tiroler Haus aus Massivholz, mit weiß gekalkter Fassade, Blumenbalkon, breiter Fensterfront und einer Thujenhecke, die den Garten vor unerwünschten Blicken schützte. Manni schien meine Sorge nicht zu teilen, denn er pfiff vergnügt vor sich hin, als wir vor die Haustür traten. Als auch nach dem fünften Klingeln niemand öffnete, beschlossen wir, in einem dem Haus gegenüberliegenden Café zu warten. Minuten und Stunden verstrichen, ohne dass die Hausherrin auftauchte. Auf dem Handy ging immer wieder nur die Mailbox ran.

»Vielleicht hat sie sich eine Auszeit genommen«, mutmaßte ich.

Manni zuckte mit den Schultern. »Aber ihr Auto steht in der Einfahrt.«

»Dann sollten wir wohl nach dem Rechten sehen.« Mit einem mulmigen Gefühl im Bauch folgte ich meinem Kumpel. Warum hob die Schlagersängerin nicht ab? Im Gespräch hatte sie keinen besonders gefestigten Eindruck gemacht. Hatte sie sich am Ende etwas angetan? Ich verdrängte den Gedanken und klingelte ein weiteres Mal. Der Schneefall hatte inzwischen aufgehört, doch spannte sich noch immer eine geschlossene Wolkendecke über den Himmel.

Niemand öffnete. Ich nickte Manni zu, gab ihm Sichtschutz, sodass er ungestört mit seinem Dietrich zu Werke gehen konnte, und behielt das Geschehen auf der Straße im Auge, so gut es mir durch die Thujenhecke möglich war. Die Massivholztür wehrte sich lange Sekunden, doch schließlich trug mein Kumpel den Sieg davon, und wir fanden uns in einem schmalen Flur wieder, von dem aus eine Treppe ins obere Stockwerk führte.

»Patrizia?«, rief ich in die Stille hinein. »Ich bin's, Gerhard!«

Niemand rührte sich. Mein Blick glitt über die kahlen Wände. Die Atmosphäre war beinahe klinisch, so als wollte die

Bewohnerin alles Leben aussperren. Sofort fielen mir Jakobs Worte ein. Die Herzschmerz-Sängerin wohnte tatsächlich in einem leblosen Holzwürfel. Kein Bild, kein Dekoartikel, ja nicht einmal ein Spiegel neben der Garderobe. Mit wachsendem Unwohlsein arbeiteten wir uns bis zum düsteren Wohnzimmer vor. Dunkle Vorhänge, dunkle Holzmöbel, dazu ein braunes Ledersofa vor einem rot gestrichenen Regal, auf dem Tisch drei heruntergebrannte Kerzen.

»Patrizia!« Die Wände warfen das Echo meiner zitternden Stimme zurück. Ich spürte, wie meine Pumpe auf Touren kam.

»Ich geh mal hoch!«, verkündete Manni und ließ mir kaum die Zeit für ein kurzes »Ist gut«. Interessiert wandte ich mich dem Regal zu. Die Bücher offenbarten Patrizias Faible fürs Esoterische. »Lichtwesen begegnen und erkennen«, »Kraftorte aufsuchen«, »Die Macht des Schicksals« und ähnliche Schwarten weckten Erinnerungen an den ermordeten Geistheiler Wurzer aus Risswald. Passend dazu war ein Fach mit Psychoratgebern vollgestopft. »Anleitung zum Unglücklichsein«, »Depressionen erkennen und bekämpfen«, »Von der Kunst des Loslassens«; kein noch so moderner Lifestyle-Schinken fehlte. Die Psycho-Industrie gehorchte im Grunde doch demselben Gesetz wie die Jodelbranche, ging es mir durch den Kopf. Die Bücher sollten beim Leser die Hoffnung auf ein glücklicheres Leben wecken und dabei möglichst viel Umsatz lukrieren. Ähnliches Prinzip, unterschiedliche Mittel. Wem es half … Ich für meinen Teil zog das Gespräch mit Freunden vor.

Vorsichtig nahm ich das einzige Foto im Raum von der Stellage. Es zeigte Patrizia in jungen Jahren vor dem Hintergrund einer Almhütte. Auf dem Bild trug die Sängerin ein weißes Dirndlkleid und die Haare zu Zöpfen gebunden. Ein Strahlen lag in ihren Augen, das sie inzwischen längst verloren zu haben schien. Ich drehte das Bild in meinen Händen und wischte die Staubschicht weg. Wie alt Patrizia damals wohl gewesen sein mochte? Siebzehn? Achtzehn? Schwer zu sagen, jedenfalls lachte sie direkt in die Kamera, als hätte sie sich wochenlang auf die Aufnahme gefreut. Behutsam stellte ich das Foto zurück auf die Stellage und ging zum Resopaltisch vor dem Sofa, als ich einen Luftzug im Nacken spürte.

Blitzartig schnellte ich herum, doch da war nichts. Mit wachsendem Unbehagen hielt ich auf den Aufgang in den ersten Stock zu. Noch immer lastete eine beklemmende Stille auf den Räumen, als würden sie alle Geräusche schlucken. Das Treppenhaus mit den kahlen Wänden wirkte wie ein bedrohlicher Schlund. »Manni?« Das Echo hallte wie in einem Schacht. Auf Zehenspitzen schlich ich ins Obergeschoss, stoppte immer wieder, um die Luft anzuhalten und zu horchen. Was, wenn doch jemand mit uns im Haus war?

Meine Schläfen pochten immer lauter, als ich mich Stufe um Stufe vorwärtskämpfte. Was mich wohl erwartete? Weshalb antwortete mein Kumpel nicht? Der Holzboden knackte unter der Last meiner Schritte, von draußen drang milchig graues Novemberlicht durch das schmale Fenster in der Wand. Noch zwei Stufen, dann hatte ich es geschafft. Ich bündelte meine letzten Kräfte, zwang mich zur Ruhe und schärfte meine Sinne.

Im Obergeschoss starrten mich Flur und weiße Wände an wie leblose Fratzen. Instinktiv tastete ich nach einem Lichtschalter, konnte in der Finsternis aber nichts erkennen. Also kramte ich mein Handy aus der Tasche und aktivierte die Taschenlampen-App. Vom schmalen Gang zweigten drei Türen ab, ein blutroter Teppichläufer bedeckte den Boden. Auf einmal bereute ich, keine Waffe mitgenommen zu haben. Sollte mir ein Angreifer auflauern, wäre ich ihm hilflos ausgeliefert. Ich zögerte einen Augenblick, dann rang ich meine Angst nieder und steuerte aufs Geratewohl die erste Tür an. Auf halbem Weg drang ein ersticktes Röcheln an mein Ohr. Mein Herzschlag begann zu stottern. Eine Eishand legte sich auf meine Brust, raubte mir die Luft zum Atmen.

»Scheiße!« Mannis hohle Stimme kam aus dem mittleren Zimmer. Ich versuchte, mich zu sammeln, bevor ich zur Tür rannte und sie aufstieß. Schwärze umfing mich wie ein dunkles Tuch, düster und durchdringend. Meine Hand ertastete den Lichtschalter, doch es blieb finster, als ich ihn drückte. In einer Mischung aus Angst und Wut leuchtete ich den Raum mit meiner Handytaschenlampe aus. Keine Spur von Manni, dafür erkannte ich unzählige Kisten- und Kartonstapel, einen ausrangierten Schreibtisch und an der Wand eine Kuckucksuhr.

»Wo bist du?«, fragte ich in die Dunkelheit hinein.

»Hier hinten.« Seine Stimme klang, als käme sie aus einem finsteren Loch. Der zitternde Kegel meiner Handylampe glitt durch den Raum, bevor er auf einem Arm zu ruhen kam, der wie eine Speerspitze aus dem Boden ragte.

»Manni?«, rief ich entsetzt.

»Da ist so 'ne Art Falltür eingebaut.« Der Arm meines Kumpels bekam eine massive Holztruhe zu fassen, die in einer leichten Vertiefung stand, wenig später tauchte sein Gesicht auf. Mit Hilfe seiner bloßen Armkraft zog er sich an der Truhe empor.

Ein Gefühl der Erleichterung durchströmte mich wie eine warme Welle.

»Pass auf, hier hat's ein paar lose Bretter. Ich wollt grad einen Karton hochheben, da bin ich eingebrochen.«

Sofort leuchtete ich den Boden vor mir ab. Inzwischen hatte Manni sich aus seiner Falle befreit und klopfte sich den Staub von der Hose.

»Bist du in Ordnung?«

»Mir geht's gut.« Im Schein der Lampe schloss er zu mir auf und deutete auf die Kisten. »Rat mal, was da drin ist.«

Achselzuckend schüttelte ich den Kopf. »Keine Ahnung.«

»Schau rein.«

Ich bückte mich und hob den Deckel der erstbesten Kiste an, die in Anbetracht der Holzwürmer schon ein paar Jahre auf dem Buckel haben musste. Meine Hände bekamen etwas Rechteckiges zu fassen, womöglich einen Bilderrahmen. Ich zog den Gegenstand heraus, hielt ihn in den Lichtschein meiner Handytaschenlampe und staunte.

»Nicht schlecht, was? Die sind in allen Kisten drin, und in dem Loch, in das ich gestolpert bin, liegen Fanartikel. Jetzt wissen wir wenigstens, warum hier alles so kahl ist«, sagte Manni. »Weil alle Fotos hier drin sind.«

Ich zog ein paar weitere gerahmte Bilder aus der Kiste. Alle zeigten dasselbe Motiv. Die Kiste war vollgestopft mit Fotos von Rupert Sonnholz. Rupert beim Faulenzen. Rupert beim Singen. Rupert vor dem Auftritt. Rupert nach dem Auftritt. Rupert beim Schreiben von Autogrammkarten, beim Tennisspielen, im Casino. Rupert, Rupert, Rupert. Fassungslos öffnete und schloss ich den Mund. Was wir hier sahen, ließ nur einen Schluss zu: Patrizia Steiner musste in Rupert vernarrt gewesen sein, und zwar mächtig. »Ich hätte es wissen müssen … Ihre Reaktion auf sein Verschwinden war einfach zu heftig.«

»Hm.« Manni breitete den Inhalt eines weiteren Kartons vor mir aus. Es waren Aufnahmen aus Kindertagen. Ein kleiner Junge auf einer Schaukel, ein Mädel in Tracht und ein Bub in Lederhose beim Beerensammeln. Ein paar Bilder, die im Innsbrucker Alpenzoo entstanden waren. Mit ein wenig Phantasie konnte man in dem schmächtigen Bub Rupert und in dem zierlichen Mädchen Patrizia erkennen. Die beiden hatten sich seit Kindertagen gekannt. Ich legte die Bilder beiseite. »Was die bloß an ihm gefunden hat?«

»Frag mich was Leichteres.« Manni schnaubte verächtlich. »Jedenfalls kann man das schon fast als Besessenheit bezeichnen. Auf mich wirkt es wie ein Verzweiflungsakt. Ihr stressiges Berufsleben, die vielen Tourneen und das ständige Leben aus dem Koffer lassen erst ihre Beziehung zerbrechen, und später verliert sie auch noch ihre Freunde, die der Futterneid gepackt hat. Da beginnt Rupert, der an der Spitze seines Erfolgs steht, ein Auge auf sie zu werfen. Eine bessere Projektionsfläche für ungestillte Sehnsüchte hätte es kaum geben können.«

»Aber Rupert hatte doch selbst die Nase voll«, widersprach ich.

»Vielleicht wollten sie ja gemeinsam durchbrennen.«

»Die Frage ist, ob die beiden ein Verhältnis miteinander hatten.«

»Von dem Camilla erfuhr«, spann Manni meinen Gedanken weiter.

»Aber Camilla hat Rupert doch verlassen«, gab ich zu bedenken.

»Schon, aber du weißt ja, wie das mit den Frauen so ist. Die machen Schluss und werden trotzdem eifersüchtig, sobald eine Neue auftaucht.«

»Hm«, machte ich.

»Oder Camilla hat Rupert in Wahrheit verlassen, weil er schon was mit Patrizia am Laufen hatte, und ist jetzt mächtig sauer auf sie.«

Die Theorie hatte was. Und wenn sie stimmte, wäre Patrizia in Gefahr. »Wir müssen nach ihr suchen«, sagte ich.

»Aber erst möchte ich dir noch etwas zeigen.«

Ich spitzte die Ohren, doch mein Watson, dieser Dramaturg, machte es wie immer spannend.

»Die nächste Tür rechts führt zu ihrem Arbeitszimmer.«

33

Im Gegensatz zu den leblosen Räumen im Erdgeschoss wirkte Patrizia Steiners Arbeitszimmer beinahe freundlich. Hellgelbe Tapeten, zwei karierte Läufer auf dem Boden, mehrere großzügige Fenster mit Blick ins Grüne. Fast wäre ich geneigt gewesen, den Raum als wohnlich zu bezeichnen. Aber nur fast, denn der Schreibtisch neben dem Mischpult wirkte zu aufgeräumt, die Stellage an der Wand zu farblos. Auf der Tischplatte surrte ein Computer mit Flachbildschirm friedlich vor sich hin. Manni hatte ihn wahrscheinlich auf Stand-by geschaltet. Zwei Kinderzeichnungen hingen an der Wand rechts davon, links vom Mischpult stand ein Zirbenholzschrank. Ich überlegte, was mein Watson hier wohl gefunden haben könnte, kam aber auf keine plausible Antwort.

»Links vom Bildschirm«, eilte er mir zu Hilfe.

Ich entfaltete die Papierrollen, die dort lagen. »Vertragsentwurf zwischen Camilla Spitz und Serve Media«, stand auf dem ersten Blatt. »Und?«

»Lies!«

Hastig überflog ich den Vertragsentwurf zwischen der Plattenfirma Serve Media und Camilla, ohne aus ihm schlau zu werden. »Sorry, aber ich check nicht, was du mir sagen willst.«

»Nimm das zweite Papier.« Manni stand neben mir.

Mechanisch griff ich danach, der Kopfzeile nach zu urteilen, handelte es sich um den Ausdruck einer Mail.

Sehr geehrte Frau Spitz!

Gern teile ich Ihnen mit, dass wir Sie unter Vertrag nehmen und als Ruperts Nachfolger aufbauen wollen. Ein entsprechendes Marketingkonzept arbeiten wir gerade mit Ihrem Manager aus. Ihre Trennung von Rupert sollten Sie als Fehlentscheidung kommunizieren, sein Tod hat Ihnen bewusst gemacht, welch

starke Gefühle Sie noch für ihn hatten. Er ist eine Ikone, an der wir nicht rütteln wollen. Gleichzeitig ergibt sich damit die Möglichkeit, Sie, die Sie in seine Fußstapfen treten möchten, als eigene Marke aufzubauen. Allerdings wird eine gewisse Trauerphase vonnöten sein, damit die Botschaft beim Publikum auch richtig ankommt.
Wir raten Ihnen also, im Umgang mit den Medien in nächster Zeit Betroffenheit und Bestürzung über Ruperts tragischen Tod zu zeigen. Gleichzeitig sollten Sie erklären, dass Sie beschlossen haben, Rupert Sonnholz' Erbe fortzuführen, und fest daran glauben, dass seine Seele in den Herzen der Fans weiterlebt. Die Auftritte können ruhig ein wenig pathetisch sein, wir wollen damit vor allem Emotionen wecken. Die monetären Punkte besprechen wir am nächsten Montag gemeinsam mit Ihrem Manager.

Hochachtungsvoll
R. F. Brause, Serve Media

Ich brauchte ein paar Minuten, um mich zu fangen. Die Mail enthielt eine ziemlich genaue Anleitung, wie sich aus Rupert Sonnholz' Tod mittels geschickter Inszenierung Profit schlagen ließ. Eiskalt und berechnend erklärte die Plattenfirma Camilla Spitz, was sie zu tun und zu unterlassen habe, um das tragische Ereignis als Karrieresprungbrett für sich zu nutzen. Mir blieb die Spucke weg.

»Es kommt aber noch dicker«, sagte Manni, der mein Entsetzen bemerkt zu haben schien. »In einer zweiten Mail stellen sie unserer lieben Camilla eine Monstergage in Aussicht, wenn sie einen rührseligen Auftritt im ›Schlagergarten‹ hinlegt. Du weißt schon, in dieser Fernsehsendung.«

»Wie krank ist das denn?« Noch immer tanzten die Buchstaben vor meinem inneren Auge, jeder einzelne ein Verrat an Respekt und Menschenwürde.

»Haben wir jetzt unser Motiv, oder nicht?«

»Du glaubst wirklich, dass sie ihren Ex vergiftet hat, um ihre Karriere zu pushen?«

»Möglich wär's.«

»Und wie soll sie sich das Gift besorgt haben?«

»Das müssen wir noch herausfinden.«

Ich kniff meine Lippen zusammen. Etwas an der Geschichte störte mich, wenngleich Mannis Theorie nicht von der Hand zu weisen war. Camilla liebt Rupert nicht mehr und trennt sich von ihm. Trotzdem will sie weiter an ihrer Karriere basteln, also nimmt ihr Manager Kontakt mit Serve Media auf. Gleichzeitig wird Rupert sauer. Er hetzt ihr die »Racheengel« auf den Hals, und ihr kommt die Idee, zwei Fliegen mit einer Klappe zu schlagen: Sie bringt Rupert um, ist die »Racheengel« los, da Rupert sie nicht mehr bezahlt, und profitiert karrieretechnisch von seinem Tod. Vorausgesetzt, sie hatte von den »Racheengeln« gewusst. Oder reichte der mögliche Karrieresprung als Motiv? Wenn Rupert sie noch geliebt hatte, wäre es ein Leichtes für sie gewesen, ihn zu einem Treffen zu überreden. Sie hätte nur einen unbeobachteten Moment abwarten, ihm die giftigen Blätter in den Salat mischen und seine Leiche anschließend unter dem Mannschaftsbus der »Alpenklingonen« deponieren müssen. Kräftig genug dafür war sie. Nur: Wie hatte sie dann den »Klingonen« die Blätter der Herbstzeitlose untergejubelt?

Rosa Lorünsers Worte kamen mir wieder in den Sinn. *Wenn da mal nicht dieses Gör dahintersteckt.* Ob Camilla Manfred Lorünsers neue Flamme war? Doch die zweite, noch offensichtlichere Frage, die sich nach unserem Fund aufdrängte, lautete: Wie war Patrizia in den Besitz der Mail gekommen? Es war kaum anzunehmen, dass Camilla sie ihr geschickt hatte. Oder vielleicht doch? Steckten die beiden womöglich sogar unter einer Decke?

»Patrizia ist bestimmt nicht zufällig von der Bildfläche verschwunden«, griff Manni meine Überlegung auf.

»Aber wo könnte sie sein?«

»Tja, wenn wir das wüssten.«

Ich fuhr mir durchs Haar. »Und was machen wir jetzt?«

»Wir versuchen, sie aufzuspüren.«

»Und wie sollen wir das anstellen?«

»Ganz einfach. Mit dem einzigen Anhaltspunkt, den wir haben.«

»Und der wäre?«

»Camilla.«

34

Unser Plan sah vor, Camilla drei Tage lang zu beobachten, um herauszufinden, in welchem Verhältnis sie zu den Brüdern Lorünser stand, und sie anschließend mit den Erkenntnissen, die wir in Patrizias Wohnung gewonnen hatten, zu konfrontieren. Wir würden sie anonym auf die ausgedruckten Mails ansprechen, die wir bei Patrizia gefunden hatten, ihr unsere Theorie unterbreiten und um ein Treffen bitten. Sollte sich unser Verdacht erhärten, würde sie dem Date wohl zustimmen. Und bei der Gelegenheit würden wir versuchen, aus ihr herauszupressen, ob sie etwas über Patrizias Verbleib wusste.

***

»Was macht die eigentlich so lang im Badezimmer?«, murrte Manni am zweiten Tag unserer Beschattung, den Blick auf das erleuchtete und beschlagene Fenster gerichtet, hinter dem verschwommen ein Duschvorhang zu erkennen war.

»Du weißt doch: Frauen.«

»Schon, aber die scheint darin zu übernachten.«

Manni und seine Geduld. Würde er meine Detektei leiten, ich glaube, wir müssten betteln gehen. Gottlob hatte mein Kumpel keine karrieretechnischen Ambitionen in dieser Richtung.

Den ersten Tag unserer Überwachung hatte Camilla fernab von Mikrofonen, Aufnahmestudios und Plattenfirma mit ein paar Freundinnen in Salding verbracht. Am zweiten Tag verließ sie ihr Haus nur, um Brot zu kaufen, sodass wir schon Beschattungstag Nummer drei schrieben, als die Sängerin unter unseren neugierigen Blicken gegen zehn Uhr vormittags ihr Haus verließ – zu einer Zeit, wo andere längst im Schweiße ihres Angesichts schufteten. Wir zum Beispiel.

»Die hat garantiert einen Stecher. Die muss einfach einen haben.« Aufgeregt deutete Manni auf den roten Minirock, unter dem Camilla eine weiße Nylonstrumpfhose trug.

Ich nickte zustimmend. Wer im Spätherbst so dünn bekleidet vor die Haustür ging, hatte definitiv etwas vor, vor allem wenn zum auffallenden Outfit und zur perfekt sitzenden Frisur noch eine Ladung Make-up hinzukam. Davon abgesehen war Camilla aber auch einfach nicht der Typ Frau, der wochenlang Trübsal blies.

Leichtfüßig wie eine Gazelle trippelte sie zu ihrem Wagen, einem roten Opel Corsa, betätigte die Zentralverriegelung, öffnete die Fahrertür und ließ den Motor an. Zwei Minuten später rollte ihr unser Chevy auf der Landstraße hinterher.

Wir fuhren taleinwärts über die uns inzwischen bekannte Serpentinenstraße nach Salding, vorbei an steilen Berghängen und weiß gezuckerten Wiesen. Vereinzelte Sonnenstrahlen blinzelten schüchtern durch die dicken grauen Wolken.

Hinter dem Ortsschild von Salding drosselte Camilla das Tempo. Als würde sie ahnen, dass wir ihr folgten, blickte sie ein paarmal besorgt in den Rückspiegel und entschied sich für eine wenig befahrene Seitenstraße hinter dem Dorfbrunnen, um den Wagen anschließend wieder zur Hauptstraße zurückzulenken.

Das Manöver machte uns stutzig. Vorsichtshalber vergrößerte ich die Distanz zum Opel auf acht Wagenlängen, ließ mir an der Kreuzung extralang Zeit und winkte sogar einen grünen Toyota vor uns durch, um nur ja keinen Verdacht zu erregen. Auf Höhe der Dorfbäckerei setzte Camilla den Blinker und bog auf die Zubringerstraße zum »Apartmenthaus Sonne« ein. Bingo!

Ich parkte den Chevy am Straßenrand unter einer meterhohen Lärche. Wenn wir mit unserer Vermutung richtiglagen, stattete die Gute Walter Lorünser einen Besuch ab. Ich nickte Manni zu, setzte meine Sonnenbrille auf, öffnete die Wagentür und pirschte mich im Schutz einer brüchigen Steinmauer an. Alles war ruhig, vor der Einfahrt konnte ich Camillas Opel erspähen. Vorsichtig linste ich um die Ecke. Nichts. Offenbar hatte der »Alpenklingone« die Sängerin schon eingelassen.

Ich wartete, bis Manni in meinem Windschatten auftauchte, zögerte kurz, bog die überhängenden Zweige einer Esche zur Seite und näherte mich dem Haus so leise wie möglich über die gekieste Einfahrt.

Vor dem untersten Erkerfenster bat ich Manni mit einem Handzeichen, die Straße im Auge zu behalten. Den Kopf an die weiße Kalksteinmauer gepresst, ging ich in Deckung und spähte durch das Fenster ins Innere.

Camilla hatte sich die Schuhe abgestreift und stand, soweit ich erkennen konnte, mit Walter Lorünser im Korridor. Ihre Gesten wirkten fahrig, als hätte sie sich mit den Schuhen auch ihrer inneren Ruhe entledigt. Ohne die beiden aus den Augen zu lassen, wagte ich mich Millimeter um Millimeter vor und lauschte.

»...age mich, w... ihr gera... aufgekommen sind.«

»...ann. ... mir ...as ...icht ... erklären. Je... wi...ei... au...en.« Walter Lorünser klang aufgebracht.

»Je... wi... ei... au...en.«

Ich schärfte meine Sinne, doch die gut isolierenden Fenster ließen nur wenige Geräusche durch. Vorsichtig hob ich den Kopf und nahm die Diele in Augenschein. Obwohl es noch nicht einmal Mittag war, brannte Licht. Verglichen mit meinem ersten Besuch wirkte die Garderobe leer, woraus ich schloss, dass sich Manfred Lorünser, dessen Fingerabdrücke auf der Schüssel mit den giftigen Blättern gefunden worden waren, noch in Polizeigewahrsam befand. Vor der blau-weißen Wand bewegte sich Walter auf den schwarzen Frisiertisch zu.

»...ie ... ihn D... ka... lo...ge.«

Klingonisch. So könnte es klingen. Ich presste den Kopf so nah wie möglich ans Fenster. Etwas schien Camilla Spitz mit den Gebrüdern Lorünser zu verbinden, etwas, das gerade für ziemliche Aufregung sorgte. Ob sie mit einem der beiden ein Verhältnis hatte? Ich vergewisserte mich kurz, dass mich von der Straße aus niemand sehen konnte, dann bewegte ich mich, teils auf allen vieren, teils in der Hocke, unter dem Fenster vorbei zur Haustür. Vielleicht konnte ich dort mehr hören.

»...eht so nicht!« Walter Lorünsers Stimme schwoll an.

Etwas schien da drin nicht rundzulaufen, ganz und gar nicht rund. Ich schlich mich zurück zum Fenster, rappelte mich auf und spähte durch das Glas, als Camilla Spitz wieder in ihre schwarzen Stiefel schlüpfte. Abrupt stieß ich mich von der Wand ab und rannte wild gestikulierend vom Grundstück.

Noch bevor ich den roten Corsa erreicht hatte, glaubte ich zu hören, wie sich die Haustür öffnete. Mit Riesenschritten hechtete ich an Camillas Wagen vorbei und suchte hinter dem weißen Bandbus Deckung. Das Geräusch der zuschlagenden Tür spülte Adrenalin durch meinen Körper. Ohne mich noch einmal umzudrehen, sprintete ich am Fahrzeug vorbei auf die Straße zu Manni, der bereits im Chevy saß. Als ich die Wagentür öffnete, stieg Camilla in den Opel.

»Das war knapp«, keuchte ich.

»Allerdings.«

»Sie muss sich mit ihm gestritten haben.«

»Weil Manfred hinter Gittern sitzt?«

»Du meinst, es handelt sich um ein Mordkomplott?« Ich starrte ihn ungläubig an.

»Warum nicht? Camilla und Manfred haben ein Verhältnis. Rupert kriegt Wind davon, wird sauer und stellt die Sängerin zur Rede, woraufhin sie ihn um die Ecke bringt. Als sie merkt, was sie getan hat, geht ihr der Reis, und sie lenkt den Verdacht von sich ab, indem sie Zeitungsschnipsel und die giftigen Blätter der Herbstzeitlose in Manfreds Schlafzimmer und die Leiche unter dem Bandbus der ›Alpenklingonen‹ deponiert. Manfred, der wohl ahnt, was gespielt wird, schweigt aber, als er von der Polizei befragt wird, weil er Camilla liebt und sie schützen will. Im Gegensatz zu seinem Bruder, der vielleicht sogar etwas beobachtet hat und die Gute nun erpresst. Deshalb der Streit gerade eben.« Zufrieden verschränkte Manni die Arme vor dem Lenkrad.

Spontan betrachtet klang seine Theorie in meinen Ohren

sogar schlüssig. Trotzdem fehlte mir etwas. Ein Bindeglied. Aber noch etwas anderes störte mich. »So wie du es schilderst, klingt es nach einem Affektmord.«

»Und weiter?«

»Rupert wurde vergiftet, sprich vorsätzlich ermordet.«

»Da ist was dran«, räumte Manni ein, auf dessen Stirn sich hauchdünne Fältchen gebildet hatten.

»Außerdem wäre Camilla auch gar nicht der Typ für überhastete Aktionen. Die hat doch ihre Karriere im Auge.«

»Trotzdem müssen wir was unternehmen«, drängte mein Kumpel. »Patrizia ist seit drei Tagen verschollen, ihre Eltern haben schon eine Vermisstenanzeige aufgegeben. Lass uns endlich versuchen, ein Date mit Camilla zu arrangieren. Wenn sie was weiß, wird sie anbeißen.«

»Also schön«, sagte ich, wohl wissend, dass jeder Widerstand zwecklos war. Manni war entschlossen, unseren Plan in die Tat umzusetzen, auch wenn ich das ungute Gefühl nicht loswurde, dass er uns damit ziemlich in die Scheiße reiten würde.

35

Das Waldstück, das wir für unser Treffen auserkoren hatten, lag unterhalb der Brunnenbergalm bei Salding. Da mein Käfer wahrscheinlich nicht einmal die ersten zehn Meter des Anstiegs geschafft hätte und Mannis Chevy beim Service war, blieb uns nichts anderes übrig, als den Weg zu Fuß in Angriff zu nehmen, ein mühsames Unterfangen an diesem aschgrauen Novembernachmittag.

Immer wieder rutschte ich auf dem dünnen Eisfilm unter dem frischen Schnee aus, zugefrorene Bäche konnten wir nur queren, indem wir im Zickzack über rutschige Steine sprangen. Das Licht war trüb, die Stimmung am Arsch, und obwohl es erst drei Uhr nachmittags war, wäre der Einsatz von Taschenlampen nicht ganz verkehrt gewesen, denn über Nacht hatten sich wieder mehr dunkle Wolken über den Bergkamm geschoben, die nur darauf warteten, ihre schwere Fracht abzuladen.

Während des Aufstiegs sprachen wir nur wenig, hingen unseren Gedanken nach. Ich fragte mich, ob Manni mit seiner Theorie richtiglag, ob Camilla und Manfred wirklich ein Verhältnis miteinander hatten und worum es in Camillas Auseinandersetzung mit Walter gegangen war. Wenn alles nach Plan lief, würden wir es in Kürze erfahren. Auf dem letzten Streckenabschnitt erhöhte Manni das Tempo. Er hatte Camilla eine anonyme Mail mit folgendem Text geschickt: »Ich weiß alles. Brunnenbergalm morgen um 16:00 Uhr. Unbewaffnet, dann können wir reden.« Laut Bestätigung war sie gestern Abend zwar gelesen, aber nicht beantwortet worden.

»Was, wenn sie nicht aufkreuzt?«, fragte ich.

»Dann wissen wir, dass sie nichts mit der Sache zu tun hat.«

»Und wenn sie sich nicht an die Abmachung hält?«

»Du meinst, wenn sie mit einer Knarre antanzt?«

»Zum Beispiel.«

»Dann müssen wir davon ausgehen, dass sie Rupert auf dem Gewissen hat.«

Manchmal war mein Kumpel echt komisch. Würde mir der Arsch nicht so auf Grundeis gehen, hätte ich ihm vielleicht einen Auftritt in »Willkommen Österreich« organisiert. So verkniff ich mir eine Antwort und betete, dass Camilla keinen Waffenschein besaß. Je höher wir kamen, desto kompakter wurde die Neuschneedecke über dem Eis, untrügliches Zeichen dafür, dass wir das Reich der Minusgrade betraten.

Auf Höhe der Brunnenbergalm türmten sich schließlich sogar Schneehaufen am Wegrand. Beim Aufstieg war uns keine Menschenseele begegnet, was einerseits den widrigen Wetterverhältnissen, andererseits aber auch der abgeschiedenen Lage geschuldet war. Die Hütte war im Winterhalbjahr nicht bewirtschaftet und hatte schon im September dichtgemacht. Als wir das oberhalb von ihr gelegene Waldstück erreichten, zeigte meine Armbanduhr bereits zehn vor vier.

»So eine Plackerei.« Manni wischte sich den Schweiß von der Stirn. »Irgendwann werde ich die Berge noch in die Luft jagen.«

Obwohl die letzten Meter fast senkrecht durch den Wald führten, spürte ich weder körperliche Hitze noch Erschöpfung. Stattdessen nagte eine innere Unruhe an mir, dieselbe Spannung, die mich vor meinem Zusammenstoß mit Axel Rainer gequält hatte. »Hoffentlich stellt sie uns keine Falle«, sagte ich, als wir die Hügelkuppe überschritten hatten.

»Wenn's drauf ankommt, kriegt die bestimmt Arschflattern. Außerdem haben wir von hier aus das gesamte Gelände im Blick.«

»Trotzdem hab ich kein gutes Gefühl.«

Manni schlug meine Bedenken in den Wind und wandte sich stattdessen dem Gebirgsmassiv hinter uns zu. Bizarre Spitzen und Zacken, die wie stramme Soldaten in den dunklen Himmel ragten, wild entschlossen, die Talsohle zu ihren Füßen vor den rauen Winden zu schützen. Meistens gelang es ihnen auch. Meistens. Ich stemmte mich gegen eine anrollende Windbö, schlang mir meinen Schal enger um den Hals und zog mein Stirnband zurecht, das beim Aufstieg verrutscht war. Mannis Arglosigkeit zum Trotz hatte ich meine Waffe, eine Beretta M12, eingesteckt, obwohl das Teil quälende Erinnerungen an die Geschichte mit Laura in mir weckte. Das Gefühl von kaltem Metall an meiner Schläfe verfolgte mich noch immer bis in meine Träume, ließ mich nachts zitternd aufschrecken und aus Räumen fliehen, die mich an Patrick Jungs Arbeitszimmer erinnerten. Nach diesem Zusammenstoß war ich ängstlicher, vielleicht auch vorsichtiger geworden, keine Frage, doch mit der Angst war auch mein Drang gewachsen, den Bösewichten das Handwerk zu legen. Die Flamme der Hoffnung auf eine friedlichere Welt loderte der Furcht zum Trotz stärker in mir als je zuvor.

Manni ahnte nichts von meinen Gedanken. Zweifellos war er der Abgebrühtere von uns beiden, und doch fragte ich mich ab und zu, ob unter seiner rauen Schale nicht doch auch ein verletzlicher Kern steckte, verborgen unter einer dicken Schicht aus Kampfgeist, Muskeln und Durchsetzungswillen. Ich rieb die Handflächen aneinander, um sie zu wärmen. Inzwischen hatte es zu schneien begonnen. Dünne Flocken, weich wie Puder, rieselten gleichmäßig vom Himmel, ließen die Landschaft hinter einem milchigen Film verschwimmen.

»Niemand«, sagte Manni, der angestrengt den schneebedeckten Bergpfad im Blick behielt.

»Ich hab dir ja gesagt, dass sie's nicht war.« Plötzlich bereute ich, bei dem Wetter zur Hütte emporgestiegen zu sein. Das alles passte nach meinem Geschmack schon wieder zu gut. Camillas mögliches Verhältnis mit Manfred Lorünser, der unterschwellige Hass auf den erfolgreichen Ex-Freund, ihr unbändiger Karrierewunsch und das Bestreben, als Schlagerstar in Ruperts Fußstapfen zu treten. Außerdem besaß sie einen Kräutergarten, konnte also auch über Pflanzengifte Bescheid wissen.

»Da ist sie!«, katapultierte Manni mich aus meinen Gedanken.

Am unteren Ende des Trampelpfads zeichneten sich die Umrisse einer Gestalt ab.

Die Hände sanken tiefer in meine Tasche, krallten sich um den Griff der Beretta. Im dichten Schneetreiben war die Gestalt erst nicht zu erkennen, doch mit jedem ihrer Schritte fielen die Zweifel von mir ab: Die Frau, die uns auf dem verschneiten Pfad entgegenkam, war tatsächlich Camilla Spitz. Ich spürte, wie sich mir die Nackenhaare sträubten.

»Los!« Auf Mannis Zeichen verließen wir unser Versteck und hielten auf sie zu.

»Na also«, begrüßte Manni die Sängerin, als wir vor der Hütte standen.

Bei meinem Anblick weiteten sich ihre Augen. »Du?« Verdutzt blieb sie einen Meter vor mir stehen. Nasse Schneeflocken klebten in ihren Haaren, deren Spitzen ihr strähnig ins Gesicht hingen.

»Tja, so sieht man sich wieder.«

Wenn sie mein Anblick wirklich überrascht hatte, fing sich Camilla erstaunlich rasch.

»Was wollt ihr?« Sie blinzelte gegen den dichter werdenden Schneefall an.

»Erst mal ein Geständnis.« Manni hatte sich vor ihr aufgebaut wie der fleischgewordene Yeti, breitbeinig und mit vorgestreckter Brust.

»Was für ein Geständnis?«

»Beginnen wir doch mal mit dem Mord an deinem Ex-Freund.«

Camilla verzog keine Miene. »Lächerlich! Weshalb hätte ich den Versager denn umbringen sollen?«

»Vielleicht um deine Karriere zu beschleunigen«, schlug Manni vor.

Camilla lachte laut auf. Es war ein düsteres und kehliges Lachen, das so schnell erstarb, wie es erklungen war. »Schmarren!« Die Entschlossenheit in ihrer Stimme hatte etwas Absolutes, als würde sie eine unumstößliche Wahrheit verkünden.

Reglos wie eine Säule verharrte ich zwischen Camilla und der Hütte. »Weshalb bist du dann gekommen, wenn du nichts zu befürchten hast?«

Einen Moment lang verschwand ihr Gesicht hinter dem dichten Flockenvorhang, und ich glaubte schon, sie würde sich wie ein Geist in Luft auflösen, doch dann kam auf einmal Bewegung in sie, und ihre Lippen verzogen sich zu einem schiefen Grinsen. »Um euch zu verraten, wer's wirklich war.«

Mein Hirn war noch damit beschäftigt, die Bedeutung ihrer Worte zu erfassen, als ich den Stoß im Rücken spürte. Jäh taumelte ich vornüber in den Schnee. Feuchte Kälte floss mir in den Mund, ließ meine Zähne brennen. Kurz darauf flutete die Kälte auch meinen restlichen Körper. Ich spürte einen zweiten, kräftigeren Schlag, Millionen Sterne prasselten auf mich ein, dann hörte ich einen ohrenbetäubenden Knall. Er war das Letzte, woran ich mich später würde erinnern können, bevor es dunkel um mich herum wurde.

36

»Hallo?«

Die Stimme drang wie aus einer fremden Sphäre zu mir. Ich blinzelte gegen die grellen Lichtpunkte vor meinen Augen an, drehte mich zur Seite und tastete nach dem Schalter meiner Nachttischlampe, doch da war nichts. Im selben Augenblick explodierte ein gigantischer Schmerz in meinem Kopf. Benommen befühlte ich meine Schläfen, wehrte mich gegen den aufkeimenden Drehschwindel. Es dauerte eine Weile, bis ich mich an das dumpfe Pochen in meinem Schädel gewöhnt hatte, dann sperrte ich langsam die Augen auf.

Dunkelheit, durchbrochen nur von einem winzigen Lichtpunkt an der Decke, begrüßte mich.

»Hallo? Hörst du mich?«

Ich drehte mich in Richtung der Stimme und erkannte die Umrisse einer Gestalt am anderen Ende des Raums. Auch die Informationszentrale in meinem Hirn hatte die Stimme erfasst, konnte sie aber nicht zuordnen. Mechanisch hob ich meine Beine an und befreite mich aus der Horizontalen. Dem harten Untergrund nach zu urteilen, lag ich auf einer Pritsche. Das Licht einer Deckenfunzel gab den Blick auf feuchte, kahle Steinwände frei.

»Hallo?«

Meine Beine glitten über den Rand der Liege, meine Füße berührten den Boden, und es machte »Klick!« wie ein Schließmechanismus, der endlich einrastet. »Patrizia«, sagte ich und zog mich an der kalten Wand links von meinem Lager empor. Reflexartig tastete ich an meinem Körper entlang und merkte, dass ich nur noch Hose und Pullover trug. Portemonnaie und Handy hatte man mir abgenommen. Erste Erinnerungsfetzen blitzten in meinem Gehirn auf. Der Waldweg. Die Hütte. Camilla. Aber in dem Raum lag ich mit Patrizia. Warum?

»Wo sind wir?« Meine Frage mochte seltsam anmuten, doch

das Glühbirnchen an der Decke spendete so wenig Licht, dass ich das Gefühl hatte, in einem Vakuum zu schweben. Langsam arbeiteten sich meine Füße auf dem unebenen, nackten Steinboden vor, und nasse Kälte fuhr mir in die Glieder. Vorsichtshalber ging ich in die Knie und kroch auf allen vieren weiter.

»Ich weiß nicht. Ich weiß nur, dass ich Hunger und Durst hab.«

Auf dem harten Untergrund kam ich mir vor wie eine Maus in einem schlecht beleuchteten Hamsterkäfig.

»Man hat uns hier eingesperrt.«

»Wen meinst du?« Bildfragmente mogelten sich in meinen Kopf. Sie zeigten Camilla im Schnee, ihr süffisantes Lächeln und Manni. Ich zuckte zusammen. »Wo ist Manni?«, platzte es aus mir heraus.

Patrizia schien nicht zu verstehen. Ein leises Schluchzen entwich ihrer Kehle.

Langsam bewegte ich mich in die Richtung, aus der es kam. Der Boden unter mir war nass und rissig wie der eines Bunkers oder einer Höhle. Höhle, das richtige Wort für einen Raum mit einer Höhe von geschätzten zwei Metern. Nach einer gefühlten Ewigkeit stieß ich gegen einen harten Gegenstand. Sofort brandete der Schmerz wieder in mir auf. Ich beugte mich über die Pritsche und tastete nach Patrizia, die unentwegt wimmerte. Im schwachen Lichtschein konnte ich ihre Umrisse erkennen. Behutsam nahm ich ihre Hand. »Alles wird gut«, sagte ich so, als müsste ich mich selbst erst davon überzeugen. »Wir werden hier wieder rauskommen.« Eine zuversichtliche Prognose, wenn man bedachte, dass ich bisher weder Fenster noch Türen entdeckt hatte. Von einem Hinweis auf Manni und Camilla ganz zu schweigen. Mit Schaudern erinnerte ich mich an den Knall, kurz bevor ich das Bewusstsein verloren haben musste.

»Wo sind wir, und wie sind wir hierhergekommen?«, fragte ich Patrizia wieder, die sich mit der freien Hand über die Stirn strich. Dann entzog sie mir die andere und vergrub den Kopf in den Händen.

»Ich weiß es nicht«, sagte sie zwischen zwei Schluchzern. »Das Letzte, woran ich mich erinnern kann, ist, dass ich in Camillas Wohnung war, und dann … dann ist alles finster.« Ein Heulkrampf schüttelte sie, spülte ihre ganze Verzweiflung an die Oberfläche. Offenbar litt sie an einer partiellen Amnesie, ein Phänomen, das bei traumatisierten Menschen nicht selten auftritt.

»Gibt es hier noch eine andere Lichtquelle?«

»Keine Ahnung.«

Ich wartete, bis sie ruhiger wurde, bückte mich und tastete den Boden ab. Die scharfen Kanten und Rillen ließen auf Felsplatten schließen, von denen manche lose herumlagen. Ich hob eine davon auf und hielt sie ins Licht: Ränder aus Opal und eine Chalzedonoberfläche. Ein Feuerstein.

Hoffnung flackerte in mir auf, pflanzte eine Idee in meinen Kopf. Ich hob einen danebenliegenden Pyrit auf, legte beide Steine auf den Boden und schlug sie ein paarmal kräftig aneinander. Es dauerte etwas, bis die frei werdenden Kräfte ihre Wirkung entfalteten, doch schließlich stob ein schwacher Funke empor. Ich legte die Steine wieder ab und angelte mir eines der vielen Hölzer, die überall herumlagen. Zerknirscht stellte ich fest, dass sie ziemlich feucht waren. Skepsis machte sich in mir breit, als ich in die Hocke ging und das Spielchen mit den Steinen wiederholte. Wie befürchtet sprang der Funke nicht auf das Holzstück über. Frustriert ließ ich Steine und Holz zu Boden fallen. Wie sollten wir hier jemals einen Ausgang finden, wenn wir noch nicht einmal eine vernünftige Lichtquelle hatten? Ich wollte mich gerade wieder aufrichten, als mich ein Klappern aufmerken ließ. Es hörte sich an, als wäre etwas aus meiner Jeans gefallen. Hatte ich die Taschen vorhin nicht durchsucht? Mechanisch tasteten meine Hände den Steinboden ab und bekamen Sekunden später einen kleinen, eckigen Gegenstand mit Rillen zu fassen. Das Feuerzeug! Ja, aber natürlich. Das musste mein Feuerzeug sein. In meiner Aufregung hatte ich vergessen, dass das Teil ja immer in meiner Gesäßtasche steckte. Ein Gefühl der Zuversicht nahm mich in

Besitz, als mein Daumen über das Reibrad strich und eine spitze Flamme aufzüngeln ließ.

In ihrem Licht machte ich vier Steinwände aus, die unseren Käfig begrenzten. Auf dem schlammigen Boden lag allerlei Unrat. Die beiden Pritschen in zwei Raumecken wirkten so verkommen wie die Betten eines Gefangenenlagers. Tief über unseren Köpfen wölbten sich feuchte Mauern, und die einzige Öffnung, der Holzverschlag links von meinem Lager, sah nicht so aus, als gäbe es ein Durchkommen. Der Mut, den das Licht in mir entfacht hatte, schwand. Wir saßen in der Falle. Genau wie befürchtet.

Ich sah mich nach Patrizia um, deren Weinen verstummt war. Ihr Gesicht war blutleer, die Lider schwer, und doch glaubte ich, einen schwachen Lebenswillen in ihren Zügen zu erkennen.

»Versuch dich daran zu erinnern, was passiert ist«, drängte ich sie. »Vielleicht hilft es uns.«

Die Sängerin runzelte die Stirn und blickte verzweifelt zur Decke. »Keine Ahnung, warum ich zu Camilla gegangen bin. Ich glaube, es hatte etwas mit den Mails zu tun.«

»Mit dem Plattenvertrag?«

»Ja. Woher weißt du …?« Sie brach ab.

Kurzerhand entschied ich, die Geschichte mit dem Einbruch vorerst lieber für mich zu behalten, und ermunterte sie stattdessen, weiterzusprechen.

»Sie wollte berühmt werden.« Patrizia kämpfte, ich konnte förmlich fühlen, wie sie ihre kleinen grauen Zellen anstrengte, doch irgendwo in ihrem Kopf schien eine Barriere zu sein.

»Lass dir Zeit«, beruhigte ich sie und ging zum Holzverschlag. Beherzt stemmte ich mich ein paarmal dagegen, doch wie erwartet gab das Teil nicht nach. Wir saßen in einem klassischen Verlies, in einer Falle, in der uns wahrscheinlich so schnell niemand entdecken würde. Eine eiskalte Faust packte mich im Nacken. Das hatte ich nun also vom Weiterermitteln. Und ich wusste noch nicht einmal, wie ich hierhergekommen war. Panik und Verzweiflung sprangen mich an wie ein riesiger

Hund. In meinem Frust trat ich ein paarmal gegen die Wand, doch alles, was ich damit auslöste, war ein feiner Staubregen. Mein Blick irrte zur Decke. Vielleicht war das Gestein dort ja irgendwo lose. Wenn Luft zu uns drang, musste es auch einen Ausgang geben. Vorsichtig streckte ich mich und klopfte mit dem Finger gegen den Fels. Eine Handvoll Kiesel rieselte zu Boden.

»An dem Abend, an dem er verschwunden ist, hab ich noch einmal mit Rupert telefoniert«, philosophierte Patrizia vor sich hin. »Er wollte aussteigen.«

»Was meinst du damit?«

»Raus aus dem Zirkus. Für immer.«

Ich versuchte, ihre Worte zu verarbeiten, und musste an die unzähligen Fotos in den Kartons in ihrer Abstellkammer denken. »Du hast ihn geliebt, nicht wahr?«, entfuhr es mir.

Schweigen. Ein verräterisches Schweigen, das den Schluss nahelegte, dass ich ins Schwarze getroffen hatte.

»Er wollte mit allem brechen. Sein bisheriges Leben hinter sich lassen«, sagte sie nach einer Weile. »Ein Teil davon war ich.«

Wieder schluchzte sie, doch ich empfand kein Mitleid mehr. Am Ende hing sie tiefer in der Geschichte drin, als ich mir gerade vorstellen mochte. Zitternd hob ich einen Stein vom Boden auf und schmetterte ihn gegen die Wand. Der brüchige Fels sprang ein Stück weit heraus.

Wenn man uns hier reingeworfen hatte, musste es auch einen Weg heraus geben, wiederholte ich wie ein Mantra, obwohl die Kunst der Autosuggestion nicht gerade zu meinen Stärken zählte. Wilde Entschlossenheit vortäuschend, hangelte ich mich an der Wand entlang bis zu einer Einbuchtung und hieb ein paarmal dagegen, als mir der Riss ins Auge sprang. In einer zarten Linie verlief er durch den Fels, reichte vom Boden bis auf Kopfhöhe. Ich fuhr ihn mit dem Zeigefinger nach und stieß auf eine raue Oberfläche. Vorsichtig kratzte ich ein wenig von dem porösen Material ab und klopfte dann mit dem Fingerknöchel dagegen. Das Geräusch klang hohl, als bestünde die Wand in diesem Abschnitt aus Kalk. Ich griff in den schmalen Spalt, doch der Fels war zu hart – nichts löste sich.

Entmutigt ging ich in die Knie und ließ meinen Blick durch den Raum schweifen, als ich an die Holzstöcke dachte, die ich vorhin als Zunder verwenden hatte wollen. Ob sich damit etwas anfangen ließ? Hastig richtete ich mich noch einmal auf, steckte den dünneren der beiden in den Spalt, schob meine Hände nach und zog mit aller Kraft nach links. Tatsächlich, diesmal bewegte sich die Wand ein wenig. Beflügelt von dem Etappensieg, erhöhte ich den Druck, mobilisierte meine letzten Kraftreserven, und siehe da: Der Fels teilte sich und gab den Blick auf eine Art Tür frei. Ich hatte unseren Ausgang gefunden.

37

Zwei Minuten später standen wir in einem verwinkelten, schwarzen Gang, der wie ein Tunnel aussah und vermutlich Teil eines unterirdischen Stollensystems war. Mein wiedererstarkter Optimismus erlosch.

»Das ist ein Scheißlabyrinth ohne Ende«, sprach Patrizia, die sich nach ihrem Zusammenbruch wieder gefangen hatte, meinen Gedanken aus.

»Man hat uns hier eingesperrt, also muss es auch einen Ausgang geben«, wiederholte ich, um mir Mut zu machen, und tastete mich im Lichtschein des Feuerzeugs Schritt für Schritt weiter in den Stollen vor, die freie Hand über dem Kopf, um mich notdürftig vor herabfallenden Steinen zu schützen. Die Wände um uns herum waren feucht, von Zeit zu Zeit tropfte es von der Decke.

»Hallo!«, rief ich in die Finsternis, doch zurück kam nur mein Echo. An der ersten Abzweigung überlegte ich, ob wir uns aufteilen sollten, kam dann aber zum Schluss, dass es besser wäre, zusammenzubleiben. »Links oder rechts?«

»Links«, sagte Patrizia sofort, und ich folgte ihr, mein Zippo fest umklammernd, in die Dunkelheit.

Schier endlos verlief der Stollen unter der Erde. Von Zeit zu Zeit klopfte ich die Felswände auf einen Spalt oder eine Öffnung hin ab, konnte aber nichts davon entdecken. Patrizia hatte recht: Wir waren Gefangene in einem unterirdischen Labyrinth, dessen Größe wir noch nicht abschätzen konnten. Wie sollten wir jemals den Ausgang finden? Weit und breit keine Öffnung, nichts als Steine und Geröll, Tausende und Abertausende, in allen erdenklichen Grautönen und Größen. Kraftlos schleppten wir uns weiter, bis wir erneut vor einer Abzweigung landeten.

»Ich hab das Gefühl, wir rennen im Kreis«, bemerkte Patrizia mit zitternder Stimme.

Gedanklich stimmte ich ihr zu, aber welche Alternative hatten wir? Mit Schaudern dachte ich an die Geschichte der Familie Fritzl, an das Kellerverlies, in dem der Psychopath seine Töchter jahrelang gefangen gehalten hatte. Ich ertrug die Enge hier schon nach wenigen Stunden nicht mehr. Und hatte Hunger – woran mich mein Magen in jedem Moment schmerzhaft erinnerte.

»Wie lang bist du schon in diesem Loch?«, versuchte ich, ein Gespräch in Gang zu bringen.

»Ein, zwei Tage. Oder drei? Irgendwie hab ich das Zeitgefühl schon ganz verloren. Ich weiß nur, dass ich schrecklichen Hunger hab.«

Ich konnte allzu gut nachempfinden, wie es ihr ging. Trotzdem zwang ich mich, Stärke zu zeigen. Würden wir beide schwächeln, wären wir verloren. »Wenigstens haben wir Wasser«, erwiderte ich und wies zur tropfenden Decke. »Vielleicht gelingt es uns ja, ein Gefäß zu basteln und die Flüssigkeit aufzufangen.«

Patrizia erwiderte nichts, und wir bogen in den linken Gang ein, als vor mir ein Schatten über den Boden huschte. Reflexartig zuckte ich zusammen, richtete mein Zippo auf den glitschigen Grund. Drei Ratten jagten auf der Suche nach einer Öffnung über den nassen Fels.

Der Ausdruck von Ekel in Patrizias Gesicht war selbst in der relativen Dunkelheit nicht zu übersehen. »Ich geh keinen Schritt weiter«, protestierte sie.

»Jetzt komm schon, die beißen nicht.« Mein Ton klang harsch, doch jetzt war nicht die Zeit für Feingefühl. Nun galt es, einen Ausweg zu finden, und vier Augen sahen besser als zwei. Entschlossen nahm ich Patrizia an die Hand und führte sie weiter. Wieder ein Abzweig, wieder dasselbe Grau, noch immer nackter Fels. An der vierten Weggabelung stoppte ich.

»Was ist?«

»Pst!« War da nicht ein Geräusch gewesen? Aufgeregt presste ich mein Ohr gegen die Wand, hielt den Atem an und lauschte.

»Chrr … chrrt …«

Diesmal vernahm ich es ganz deutlich. Ein Schaben, als würde jemand an der Wand kratzen. Mein Puls raste. »Warte«, sagte ich zu meiner Gefährtin und lauschte, wie das Geräusch in regelmäßigen Intervallen an- und abschwoll. In gespannter Erwartung verharrte ich dicht an der Wand, als sich ein zweiter Laut in das Schaben mischte.

»Hörst du das auch?« Patrizia tippte mir auf die Schulter. Es war nicht mehr als ein Flüstern, doch das, was jetzt, begleitet vom Schaben, durch die Wand zu uns drang, waren unverkennbar menschliche Stimmen. Als ich keine drei Sekunden später den Riss im Fels entdeckte, war mir, als würde ein Feuerwerk in meiner Brust explodieren. Ein zentnerschwerer Stein löste sich von meinem Herz.

Ich wollte schon zu einem Luftsprung ansetzen, als mir ein anderer Gedanke durch den Kopf schoss. Menschliche Stimmen bedeuteten nicht zwingend unsere Rettung. Jemand musste uns hier eingesperrt haben. Was, wenn genau derjenige hinter der Tür auf uns lauerte?

38

Der Gedanke jagte mir einen Schauer über den Rücken. Niemand konnte uns die Gewissheit geben, dass wir dem Typen, der zu der Stimme gehörte, trauen konnten.

Patrizia schien mein Zögern zu bemerken und warf mir einen fragenden Blick zu. »Was ist? Wollen wir uns nicht bemerkbar machen?«

»Pst!« Ich legte ihr den Zeigefinger auf den Mund. »Was, wenn das der Kerl ist, der uns hier eingesperrt hat?«

Ihre Gesichtsnerven zuckten. »Nein! Bitte sag, dass das nicht wahr ist. Sag …«

Mit einer nachdrücklichen Handbewegung brachte ich sie zum Schweigen, denn das Schaben an der Wand wurde lauter. Womöglich versuchte jemand, die Durchgangstür aufzustemmen. Hektisch suchte ich den Gang nach einem Versteck ab. Die Senke nahe der letzten Biegung!

»Komm!« Ich stand auf, packte Patrizia am Arm und schleifte sie ein paar Meter durch das niedrige Gewölbe bis zur Mulde. »Von hier aus haben wir alles im Blick, ohne sofort entdeckt zu werden.«

Die Sängerin duckte sich neben mich in die Wand, den Blick starr nach vorn gerichtet.

Bange Sekunden des Schweigens verstrichen, sodass ich schon glaubte, der Typ hinter der Mauer hätte mit dem Schaben aufgehört, als der Fels sich in Bewegung setzte. Der Stein bröckelte, und eine kleine Steinlawine rieselte zu Boden.

Patrizia kauerte sich so dicht an den Fels, dass ich glaubte, ihre hagere Gestalt würde mit seinem Grau verschmelzen. Ich klappte das Feuerzeug zu, hielt die Luft an und lauschte. Der Stollen um uns herum war in vollkommene Schwärze versunken. Patrizias Arm neben meinem Körper zitterte. Ich zählte drei Herzschläge, bis ein Poltern an meine Ohren drang und ein greller Lichtschein auftauchte. Der helle Kegel einer Lampe schnitt direkt in den engen Gang, und kurz erhaschte ich einen Blick auf die Wandöffnung, bevor eine regelrechte Gedankenflut auf mich einstürzte: Julia. Der Waldpfad. Camilla. Und der Wunsch, an einem anderen Ort zu sein. Oder waren wir womöglich kurz davor, gerettet zu werden?

Die Umrisse einer gedrungenen, kräftigen Gestalt materialisierten sich im Schein der Lampe, doch aus der Entfernung konnte ich nichts Genaueres erkennen. Lange Sekunden des Wartens verrannen, bevor der Lichtkegel auf eine zweite Silhouette, schlanker und größer, fiel.

»Gib mir die Hand!«

Die Stimme kannte ich.

»Na los! Gib mir die Hand!«

Sie gehörte … Manni!

Eine heiße Welle der Erleichterung rollte durch meinen Körper. »Manni!«, schrie ich und sprang auf, doch die Gestalt etwa dreißig Meter vor mir verharrte reglos in der Dunkelheit.

Plötzlich traf grelles Licht meine Netzhaut und zwang mich, die Hände schützend vors Gesicht zu schlagen. »Gott, hast du mich erschreckt!« Ich stürzte auf ihn zu und fiel ihm um den Hals wie eine Mutter ihrem verschollen geglaubten Sohn.

»Ist ja gut, ist ja gut. Ich weiß ja, dass mich die Stirnlampe noch attraktiver macht, aber ich bin immer noch hetero, okay?«

Ein Lächeln kräuselte sich um meine Lippen. Typisch Manni. Kein Verständnis für Gefühlsduseleien, aber immer einen Spruch auf den Lippen.

»Dem Idioten, der uns hier reingesteckt hat, dreh ich eigenhändig die Gurgel um«, verkündete ich, nachdem mein erster Gefühlsrausch abgeklungen war.

»Weißt du, wie er uns hierher gebracht hat?«

Ich schüttelte den Kopf. »Nein, du?«

»Ich hab nur den Schlag gespürt. Der Typ muss mir einen Zementsack auf die Birne geknallt haben.«

Ich hielt kurz inne und bat Manni um seine Stirnlampe. »Wie ich gesehen hab, bist du in Begleitung«, sagte ich zu ihm.

»Ja, und du …« Auf einmal brach er ab, starrte über meine Schulter.

»Wer ist das?«, erkundigte er sich nach einer Weile und deutete auf Patrizia, die zu uns aufgeschlossen hatte und neben mich trat.

Die Sängerin hatte ich in meiner Euphorie ganz vergessen. »Das ist Patrizia«, stellte ich sie vor. »Patrizia – Manni. Manni – Patrizia.«

Einen Moment lang starrten die beiden einander wortlos an, dann deutete Manni mit dem Kopf hinter sich, wo die vierte Gestalt im Bunde aus der Dunkelheit auftauchte. Camilla Spitz.

»Womit wir komplett wären«, bemerkte ich.

»Mehr als komplett.« Mannis Blick klebte an Patrizia.

»Sie war schon vor mir im Verlies.«

»Aha.« Irgendetwas an Mannis Gesichtsausdruck kam mir seltsam vor, doch sein entschlossener Blick verbot mir, in der Anwesenheit der Frauen weiter nachzubohren. »Wo liegt denn eure Fürstenloge?«

»Nicht grad um die Ecke. Keine Ahnung, ob wir die wiederfinden würden, ich fürchte, wir sitzen hier in einem beschissenen Labyrinth fest«, sagte ich.

»Immer noch besser als die Rattenhöhle da drin.« Manni deutete auf die Öffnung im Fels.

»Wo habt ihr schon nach einem Ausgang gesucht?«

»Überall.«

»Klingt phantastisch.« Erinnerungsfetzen tauchten vor meinem inneren Auge auf. Ganz deutlich diesmal: Camillas schiefes Grinsen beim Treffen vor der Hütte.

»Ich schlage vor, wir teilen uns wieder in Zweiergruppen«, fuhr Manni fort, während ich mein Feuerzeug aufklappte. »Zwei bleiben hier, die anderen beiden suchen nach einem Ausgang.«

In den Gesichtern der Frauen spiegelte sich Besorgnis.

»Am besten, wir Männer gehen auf Erkundungstour.« Manni, der das stumme Nicken der Frauen als Zustimmung wertete, stürmte sofort los. Der Mann schien wohl Nerven aus Stahl zu haben.

Ich machte das Zippo an und lief ihm nach, holte ihn aber nicht vor der ersten Biegung ein. »Wo hast du eigentlich die coole Stirnlampe her?«

»Die lag unter einem Steinhaufen in unserem Verlies«, sagte er. »Aber das spielt jetzt keine Rolle, denn wir haben ein ganz anderes Problem.«

»Ich weiß, trotzdem …«

»Ich red nicht vom Ausgang, den wir nicht finden.«

»Sondern?« Ich warf meinem Kumpel einen fragenden Blick zu, doch Manni ging weiter und blieb erst stehen, als wir außer Hörweite der beiden Frauen waren. »Camilla ist in Gefahr.«

»Was?«

»Camilla ist in Gefahr.« Seine Stimme überschlug sich. »Sie hat mir erzählt, dass Patrizia hinter ihr her war. Anscheinend ist sie ihr den Bergpfad hinauf gefolgt, hat sich hinter der Hütte verschanzt, uns mit dem Gewehr bedroht, niedergeschlagen und hier eingesperrt. Die gerissene Schlampe hat alles genau geplant.«

Unfähig, die soeben gehörten Worte wirklich zu verstehen, starrte ich ihn an. »Patrizia soll uns hier eingesperrt haben?«, sagte ich und schüttelte ungläubig den Kopf. »Aber sie lag doch neben mir auf der Pritsche, als ich zu mir gekommen bin.«

»Den rührseligen Auftritt hat sie bloß gespielt.« Die Flamme meines Feuerzeugs tauchte Mannis Gesicht in einen rotgelben Schimmer. »Sie hat Rupert auf dem Gewissen, weil er sich für sie nicht trennen wollte.«

Mein Hirn streikte, konnte und wollte nicht begreifen, was mein Kumpel mir da gerade erzählte. Die zitternde und melancholische Patrizia, das Nervenbündel, das gerade noch so herzzerreißend gewimmert hatte, sollte Rupert getötet und uns hier eingesperrt haben?

»Sie ist durchgeknallt.« Mannis Worte arbeiteten sich wie durch eine Wand aus Watte zu mir vor. »Hat jeglichen Realitätssinn verloren.«

»Das glaube ich nicht.«

»Ich hab jetzt keine Zeit, dir alles zu erklären, denn wir

müssen hier so schnell wie möglich raus. Sie ist lebensmüde und will uns alle töten.« Hastig kehrte er um.

Noch nie hatte ich Manni so panisch erlebt. Ich konnte es noch immer nicht fassen. Patrizia sollte Rupert auf dem Gewissen und den Verdacht dann erst auf die »Alpenklingonen« und später auf Camilla gelenkt haben? Die Fotos in ihren Kartons fielen mir ein. Eine gewisse Obsession ließ sich daraus durchaus ableiten. Dazu ihr labiler psychischer Zustand. Ich versuchte, mich an Details unseres ersten Gesprächs zu erinnern. Patrizia hatte ihren Zusammenbruch auf die brutale Geschäftswelt geschoben, die ihr selbst die Trauer um ihre verstorbene Mutter versagte. Auf ihre geplatzten Wünsche und Illusionen. Hatte sie in Rupert eine Projektionsfläche dafür gefunden? Hätte er in ihrer Vorstellung mit ihr zusammen aussteigen sollen und hatte sich dann womöglich doch dagegen entschieden? Aber was hatte es dann mit Camillas Vertragsentwurf, der auf ihrem Schreibtisch gelegen hatte, auf sich?

»Sie hat Rupert in der Nacht, als er verschwunden ist, angerufen«, flüsterte Manni. »Ihr gehört die dritte Nummer, nach der die Polizei sucht. Camilla hat es mir erzählt. Es passt wie die Faust aufs Auge.«

»Ich raff das alles nicht.«

»Aber es ist die Wahrheit. Eine unangenehme noch dazu.«

»Und warum lässt du Camilla dann jetzt mit Patrizia allein?«

»Weil ich dir Bescheid geben musste. Und jetzt tu bitte, als hätte ich dir nichts gesagt.«

»Und wenn Patrizia austickt?«

»Eben. Wir müssen beide ein Auge auf sie haben. Sie darf weder ausbüxen noch ausrasten. Die Frau verfügt über erstaunliche Kräfte. Möchte man gar nicht glauben, wenn man sie so sieht.«

Mir lief es eiskalt über den Rücken. Nun mussten wir also gemeinsam mit einer Mörderin nach dem Ausgang des Labyrinths suchen. »Aber auch, wenn es stimmt, was du sagst, verstehe ich nicht, warum sie uns in dieses Verlies gesperrt hat. Genauso gut hätte sie uns doch an Ort und Stelle um die Ecke bringen können.«

»Wahrscheinlich will sie nicht, dass die Leichen gefunden werden«, sagte Manni.

Da war was dran. Im Gelände würde man nach uns suchen, hier unten eher nicht. »Weiß Roger, dass wir Camilla bei der Brunnenbergalm treffen wollten?«

Manni verneinte.

Meine Bauchmuskeln zogen sich zusammen. Niemand kannte unseren Aufenthaltsort. Niemand würde hier nach uns suchen. »Moment mal!« Mir war das Naheliegendste eingefallen. Warum hatte ich nicht sofort daran gedacht?

Manni blickte mich fragend an.

»Wenn sie uns hier reingeworfen hat, muss Patrizia doch auch den Ausgang kennen«, sagte ich.

»Allerdings.«

»Die Frage ist nur, ob sie ihn uns auch zeigen wird.«

»Dazu werden wir sie schon bringen.«

Ich schüttelte den Kopf. »Wenn deine Theorie stimmt, wird Patrizia keine Eile haben, hier rauszukommen. Ein Besessener will den geliebten Menschen mit Haut und Haar besitzen. Wenn er ihn nicht haben kann, soll ihn auch kein anderer kriegen. Deshalb tötet er. Aber er vergisst dabei, dass das Objekt seiner Sucht damit unwiederbringlich verloren ist. Eine Erkenntnis, die nicht selten in den Selbstmord führt.«

»Du meinst also, Patrizia will mit uns hier unten verhungern und verdursten?« Mannis Gesicht verlor an Farbe.

»Das befürchte ich. Wenn sie wirklich daran denkt, freiwillig zu sterben, kannst du ihr noch so viel drohen, sie wird dir nicht verraten, wo der Ausgang ist.«

»Gottverdammte Scheiße!«

39

»Sie hat gesagt, sie geht pinkeln, aber dann ist sie nicht mehr zurückgekommen.« Patrizias Stimme zitterte.

»Wo? Wo wollte sie pinkeln?«, herrschte Manni sie an.

Unsere Gedanken schienen in dieselbe Richtung zu gehen. Patrizia konnte uns weiß Gott was erzählen. Wenn Camilla nicht gelogen hatte, war es möglich, dass Patrizia sie während unserer Unterhaltung um die Ecke gebracht hatte.

»Irgendwo da.« Das Schlagersternchen deutete auf die Felsnische zehn Meter vor uns. »Sie meinte, sie will allein sein.«

»Aber die Stelle sieht man doch von hier.«

»Ich glaube, sie ist noch ein Stück weitergegangen. Keine Ahnung, wieso. Wir wollten eigentlich zusammenbleiben, aber ... Ich meine, ich wollte sie nicht stören.«

Ich schnappte nach Luft. Die Geschichte klang faul. Oberfaul, um genau zu sein. Das Gegenteil von dem, was Patrizia gerade verkündet hatte, wäre plausibler gewesen. Auch wenn Camilla nicht unbedingt ein Mauerblümchen war, hätte sie sich bestimmt nicht freiwillig der Gefahr ausgesetzt, sich mal eben allein in ein dunkles Labyrinth vorzuwagen, nur um von einer anderen Frau nicht beim Pinkeln gesehen zu werden. Nein, das ergab keinen Sinn, es sei denn ... Ja, es sei denn, Camilla hatte das natürliche Bedürfnis als Vorwand für ihre Flucht benutzt, weil sie zu große Angst vor Patrizia hatte.

»Wie lange ist sie schon verschwunden?«, fragte Manni.

»Weiß nicht. Seit ein paar Minuten.« Es war ein Flüstern, das sich über Patrizias Lippen stahl.

»Gut, mir nach!« Manni stürmte in die von Patrizia gezeigte Richtung. In diesem Bereich war der Stollen etwas breiter, sodass wir nebeneinander gehen konnten.

Ich wusste nicht mehr, wo mir der Kopf stand. Die beklemmende Lage, die neuen Erkenntnisse, die Nähe einer potenziellen Mörderin, all das schürte eine lähmende Angst in mir, und ich betete im Stillen, dass sich meine schlimmste Befürchtung als falsch erweisen würde und Camilla noch am Leben war.

»Du hättest sie nicht einfach gehen lassen dürfen«, schalt ich Patrizia und bereute meine Worte sofort, denn schließlich wusste ich nicht, wie es um den Gemütszustand unserer Begleiterin bestellt war. Wer konnte schon vorhersagen, was ihr noch alles einfallen würde?

Der Stollen machte eine fast rechtwinklige Kurve hin zu einer Engstelle, wo es fast unablässig von der Decke tropfte. Über einen Stapel aus Holzkisten gelangten wir zu einer Senke, in der sich das Wasser staute. Die feuchte Kälte ging mir durch Mark und Bein.

»Camilla!« Mannis Ruf verklang dumpf hinter den Mauern.

Irgendwo rieselte Gestein zu Boden, als Patrizia wieder zu schluchzen begann. Es war ein schrilles, schauerliches Geräusch, das Heulen einer Wahnsinnigen.

»Weit kann sie nicht sein«, sagte ich zu Manni und erntete dafür einen erbosten Blick. Dabei war mein Gedanke gar nicht so abwegig. Denn selbst wenn Patrizia ihre Widersacherin umgelegt hatte, was ich mir trotz allem nicht vorstellen konnte, musste sie ihre Leiche weggeschafft haben. Dafür hätte sie eine weitere Öffnung im Fels gebraucht. Ich klopfte die Wände im Vorbeigehen mit dem Zeigefinger ab und achtete auf den Klang des Geräusches, das dabei entstand.

»Irgendwas Auffälliges?«, erkundigte sich Manni.

»Nichts.«

Mein Kumpel ging ein paar Meter voraus, um uns den Weg auszuleuchten. Schier endlos wand sich der Gang schlangenförmig zwischen den nackten, kalten Felsen. Inzwischen hatten wir einen Abschnitt erreicht, in dem es keine weiteren Abzweigungen mehr gab. Dafür gelangten wir nach einer guten halben Stunde zu einer Bretterwand. Ich fürchtete schon, dass wir wieder umkehren müssten, doch Manni hatte die morschen Latten mit der bloßen Faust ausgehebelt, noch bevor ich bis drei zählen konnte. Steinchen rieselten von der Decke, als er sich durch die schmale Öffnung zwängte.

Ich nahm Patrizia an der Hand und lotste sie über den Bretterhaufen. Dahinter verengte sich der Gang, und ich musste in die Knie gehen, um nicht mit dem Kopf gegen die Decke zu stoßen. Die Dunkelheit war hier noch undurchdringlicher, dicht und magnetisch wie ein Sog.

Noch immer rang ich mit meiner Angst und meinen Schmerzen. Dazu machte sich mein Magen bemerkbar. Unterwegs hatten wir mit unseren Mündern zwar ein paar Wassertropfen aufgefangen, um wenigstens den ärgsten Durst zu stillen, zu essen hatten wir allerdings erwartungsgemäß nichts gefunden. Ich bog gerade um eine Kurve, als plötzlich ein Luftzug über mich hinwegstrich und das Licht meines Feuerzeugs erlosch.

»Nein!« Patrizia entfuhr ein Fluch.

»Doch«, widersprach ich, unsere mögliche Rettung vor Augen. Von irgendwoher musste der Luftzug schließlich kommen. Ich streckte die rechte Hand in die Höhe. »Spürt ihr das?«

Manni, dessen Stirnlampe nunmehr die einzige Lichtquelle war, drehte sich zu mir um. »Es zieht. Das heißt, wir müssen in der Nähe des Ausgangs sein.«

Den widrigen Bedingungen zum Trotz drückte ich aufs Tempo.

»Lasst uns umkehren«, quengelte Patrizia.

»Jetzt, wo wir so nah am Ziel sind?«

»Also, ich spür nichts. Ich kann mir nicht vorstellen, dass da ein Ausgang ist.«

Vielleicht willst du es dir auch ganz einfach nicht vorstellen, dachte ich zähneklappernd. Bald würde sich zeigen, was Patrizia wirklich im Schilde führte.

Manni machte noch ein paar Schritte, dann wurde der Luftzug schwächer, und wir prallten gegen eine Wand. »Sackgasse«, urteilte er.

Mein Handrücken glitt über das feuchte Gestein, das uns den Weg versperrte. Kein Zweifel. Hier war Endstation. »Aber irgendwo muss die Luft doch hergekommen sein«, protestierte ich.

»Vermutlich durch eine Ritze, wie es sie hier zuhauf gibt«, erwiderte mein Kumpel.

Verzweifelt machte ich kehrt und ging ein paar Meter zurück, die Arme zum Himmel gestreckt, als könnte ich dadurch unsere Rettung heraufbeschwören. Kurz darauf spürte ich den Lufthauch wieder. Als ob er von oben käme. Aber natürlich, das war des Rätsels Lösung.

»Komm mal her!«, sagte ich zu Manni und bat ihn, mit seiner Stirnlampe die Wände abzuleuchten. Sekunden später entdeckten wir eine rostige Metallstange, die uns auf dem Hinweg entgangen sein musste. Mein Herz machte einen Satz. Ich konnte es kaum fassen. Wir hatten tatsächlich einen Ausgang gefunden!

»Sollen wir etwa an der Stange hochklettern?« Patrizia schien meine Euphorie nicht zu teilen.

»Einen Versuch ist es wert«, sagte Manni barsch, zog seine Knie an und schlang sie um das rostige Metall, das senkrecht aus dem Boden ragte.

»Das schaff ich nicht«, entschied Patrizia. »Niemals.«

»Musst du auch nicht. Es reicht, wenn es uns beiden gelingt. Dann können wir Hilfe holen«, beruhigte ich sie, während sich mein Kumpel wendig wie ein Sportkletterer an der Stange emporzog. Keine zehn Sekunden später war er im Schacht verschwunden und hatte uns der Finsternis überlassen. Ein Gefühl gespannter Erwartung biss sich in mir fest.

»Hier ist eine Leiter!« Mannis Stimme wurde dumpf von den Wänden zurückgeworfen.

»Ich weiß nicht, ob das so eine gute Idee ist«, protestierte Patrizia. »Ich meine: Was wird aus Camilla? Wir können sie doch nicht einfach zurücklassen. Womöglich hat sie sich verlaufen und irrt jetzt verzweifelt durch die Gänge.«

»Die suchen wir später. Wenn wir hier rauskommen, kommen wir auch wieder hinein.«

»Jetzt mach schon, Gerhard!«, drängte Manni von oben.

Ich tastete mehrmals ins Leere, bis meine Fingerspitzen die Stange erspürten, umklammerte sie fest mit beiden Händen und zog meine Füße an. »Du bleibst, wo du bist«, sagte ich zu Patrizia. »Wenn wir im Freien sind, holen wir Hilfe.«

Aber dorthin mussten wir erst einmal gelangen. Die Stange erwies sich als rutschig, sodass ich es nur unter Aufbietung meiner letzten Kräfte bis zur Metallleiter schaffte, die rund vier Meter über dem Gang begann.

Über uns tat sich ein Loch auf, durch das trübes Licht sickerte. Ich spürte, wie mein Blut schneller floss. Vorsichtig kletterte ich über die rostigen Stufen der Lichtquelle entgegen. Steine kollerten rechts und links von mir in die Tiefe, ließen mich instinktiv den Kopf einziehen.

»Schneller!«, spornte Manni mich an. Er näherte sich bereits der Öffnung, als eine Sprosse unter meinen Füßen brach und ich den Halt verlor.

Ein erstickter Laut stahl sich über meine Lippen. Plötzlich baumelten meine Beine in der Luft. Verbissen krallte ich mich an der Leiter fest, kurz darauf standen meine Füße wieder auf einer Strebe. Keine Zeit, um zu verschnaufen. Meine rechte Hand griff gerade wieder nach oben, als ein Stein haarscharf an mir vorbeischoss und unter mir aufschlug. Ein spitzer Schrei hallte durch den Schacht.

»Patrizia?« Ich blickte in das schwarze Loch unter mir.

Keine Antwort.

»Patrizia!«, schrie ich, lauter diesmal.

»Was ist?«, brüllte Manni.

»Ich kletter noch mal runter. Wenn der Stein sie getroffen hat, muss sie verletzt sein.«

»Sie wollte doch eh sterben.«

Ich ignorierte Mannis harsche Worte und stieg wieder hinab. Im Schein meines Feuerzeugs sah ich, dass Patrizia zitternd in einer Ecke kauerte. Erleichtert atmete ich auf und gab ihr ein paar Durchhalteparolen mit auf den Weg, ehe ich mich wieder an den Aufstieg machte.

Diesmal kam ich schneller voran. Bald fiel Tageslicht durch eine schmale Luke in den Schacht, das mit jeder Stufe stärker wurde, und schließlich hatten wir den Ausgang erreicht. Eine Welle der Erleichterung rollte über mich hinweg.

»Das Teil klemmt.«

Ich seufzte. Als hätte Manni es darauf angelegt, meine Hoffnung zu zerstören. Ich schloss zu ihm auf, blieb auf der drittletzten Stufe stehen. Das kreuzförmige Zylinderschloss war in eine runde Betonplatte eingelassen und wirkte, als würde es nicht gerade oft benutzt.

Mein Kumpel presste sich gegen die Leiter, um möglichst stabil zu stehen, und rüttelte mit aller Kraft am Zylinder. Keine Chance. »Wie festgeschweißt«, schimpfte er. »Aber irgendwie muss das doch aufgehen.«

Ich betete, dass er recht behielt, als ein heftiger Ruck die Sprossen erzittern ließ. Rostiges Material rieselte auf mich herab.

»Das gibt's doch nicht!« Mannis Hände bearbeiteten das Teil vergebens.

»Soll ich's mal versuchen?«, bot ich an.

Er überließ mir die oberste Stufe, obwohl ich bereits ahnte, dass ich nicht erfolgreicher sein würde. Dennoch rüttelte ich am Zylinder. Wie befürchtet gab er nicht nach. Ich versuchte es ein zweites und ein drittes Mal, als mir ein Gedanke kam. Entschlossen drückte ich mein rechtes Bein gegen die Leiter, ließ das Schloss los und stemmte mich mit der freien Handfläche gegen die Betonplatte mit der Luke. Ein dumpfes Geräusch ähnlich einem Donnergrollen erklang im Schacht, und der Deckel wackelte.

»Hey, wie hast du das angestellt?« Manni belohnte mich mit einem bewundernden Blick.

»Warum kompliziert, wenn's auch einfach geht?« Ich drückte noch einmal fester gegen die Luke, die sich öffnete. Trübes Winterlicht traf meine Augen. Von der plötzlichen Helligkeit geblendet, machte ich eine kurze Pause, bevor es mir endgültig gelang, den Deckel nach außen zu katapultieren. Ich blinzelte ein paarmal, dann kletterte ich mit einem erleichterten Freudenschrei hinaus in die Freiheit. Direkt vor den Lauf einer Schrotflinte.

40

»Willkommen zurück im Leben, auch wenn das Vergnügen nur von kurzer Dauer sein wird«, sagte Peter Friedrich und richtete die Mündung eines Jagdgewehrs auf uns. »Ihr folgt mir jetzt ganz langsam zu dem Baum dort drüben, und ich überlege inzwischen, ob ich euch zurück in den Schacht werfen oder gleich abknallen soll.«

Es war, als hätte jemand die Zeit angehalten. Die Freude, Erleichterung und Begeisterung über das Tageslicht wichen blankem Entsetzen. Im Bruchteil einer Sekunde schrumpfte meine Welt auf die Gewehrmündung zusammen, dieses düstere, schwarze Loch, das mit der grauschwarzen Umgebung verschmolz. Wie eine ferngesteuerte Puppe hob ich meine Hände und stapfte durch den hüfthohen Schnee auf den Baumriesen zu, dessen Krone im eisigen Wind schwankte.

»Habts den Ausgang aus meinem unterirdischen Reich also doch g'funden! Nit schlecht«, schnitt Friedrichs scharfe Stimme durch die winterliche Stille. »Nur dumm, dass vor euch schon jemand den Alarm ausgelöst hat.«

Ich wagte nicht, mich umzudrehen und Friedrich ins Gesicht zu blicken. Warum er, der mich dazu beauftragt hatte, Rupert Sonnholz zu bewachen? Um sich für mein Versagen zu rächen?

»Habts wohl 'glaubt, dass ich euch einfach laufen lass. Aber blöd wär ich.«

Ich stand neben dem Baum, hob vorsichtig den Kopf und suchte Mannis Blick.

»Umdrehen!«, bellte Friedrich.

Es war wie ein Déjà-vu. Die Gewehrmündung. Der zornige Blick. Als wäre ich in Patricks Wohnung zurückkatapultiert worden. Hatte ich dem Wahnsinn damals nicht ein Ende setzen wollen? Die Schrotflinte zitterte in Peter Friedrichs Hand, sein Gesicht verschwamm hinter den Flocken, die dicht vom novembergrauen Himmel fielen.

»Warum hast du ihn umgelegt?«, fragte Manni in die Stille hinein.

»Seids ihr die Detektive oder ich?« Friedrichs Flinte zeigte auf mich wie ein langer, ausgestreckter Finger. Ich ließ seine Worte in der frostigen Winterluft verhallen.

»Hätt mir ja denken können, dass ihr nix checkts. So wie ihr auf den Rupert auf'passt habts.«

Schnell sah ich mich um. Auf der schneebedeckten Stromleitung über uns saßen drei Raben. Ich weiß nicht, ob es an dem Bild lag – die Raben inmitten einer leblosen Winterlandschaft –, an der Angst, die sich plötzlich in mir ausbreitete, oder ob es einfach nur eine Laune des Schicksals war – unvorbereiteter hätte mich die Erkenntnis jedenfalls nicht treffen können. Camillas Vertrag. Ihr Verhältnis mit Manfred Lorünser. Und Peter Friedrich, der alles eingefädelt hatte, um sein Karriereende zu verhindern. Wie hatten wir nur so blind sein können? Wie auf einem Präsentierteller hatten die Fakten vor uns gelegen, sogar die richtigen Schlüsse hatten wir gezogen, bloß den entscheidenden Punkt, an dem alles zusammenlief, hatten wir übersehen. Wahrscheinlich weil uns das Motiv gefehlt hatte. »Wann hast du erfahren, dass er auspacken wollte?«

Heißer Atem dampfte aus Friedrichs Mund. Seine Lippen deuteten ein schmales Lächeln an. »Du hast ja doch noch ein bissel Hirnschmalz. Schade, dass es dir nix mehr nützen wird.«

»Kurz bevor du mich angeheuert hast, hat er es dir erzählt, nicht wahr? Deshalb warst du in meinem Büro so aufgelöst. Nicht wegen dem Drohbrief. Den hast du selber geschrieben, weil du einen Vorwand für die Überwachung gebraucht hast.« Der Gewehrlauf schwankte gefährlich auf und ab, einen Moment lang glaubte ich, Friedrich würde abdrücken. Stattdessen schüttelte er den Kopf.

»Erst wollt er nur nicht auftreten«, presste er hervor. »Deshalb hab ich mir das mit dem Drohbrief ausgedacht und den Rupert von euch überwachen lassen. Natürlich wollte er dann erst recht nichts mehr von einem Auftritt wissen, aber das war mir wurscht. Die Plattenfirma hätt ihm schon irgendwie Dampf g'macht. Aber dann, am Abend, bevor er aus dem Hotel verschwunden is, hat er plötzlich durch'dreht und g'sagt, gut, dann tritt er eben auf und erzählt alles.«

»Vielleicht hatte er die ständigen Lügen einfach satt.«

»Was heißt da Lügen? So ist das Geschäft! Ohne Tricks verdienst du doch heut kein Geld mehr.« Friedrich wurde laut.

Eine Schneeflocke segelte auf meine Lippen und zerfloss in meinem Mund zu Wassertröpfchen. »Das Lied war also geklaut, und Rupert wollte das Konzert dafür nutzen, um reinen Tisch zu machen.«

Friedrich spannte den Hahn seiner Waffe. Mein Atem stockte, setzte erst wieder ein, als er seinen Griff lockerte und verkündete: »Diebstahl hin oder her, vor Gericht hätt man uns die Urheberrechtsverletzung nie nachweisen können. Niemand außer den Lorünsers war bei den Proben dabei. Keine Zeugen. Die Nummer war der Knaller, also haben wir die Melodie genommen, eine zweite Tonspur drüberg'legt, und fertig war der neue Hit. Das Zeug klingt doch sowieso alles gleich. Kein Mensch hätt g'merkt, dass es das Lied schon einmal 'geben hat. Sogar an unseren Stil haben wir es an'passt. Außerdem sen dem Rupert doch die Herzen der Fans zug'flogen. Die ›Alpenklingonen‹ hen doch schon längst auf der Verliererstroß.« Er wischte sich mit der freien Hand den Speichel aus den Mundwinkeln.

»Wie viel hättest du verloren, wenn Rupert ausgepackt hätt?«

Friedrich festigte den Griff um seine Flinte wieder. »Als ob's da nur ums Geld 'gangen wär! Mein Ruf is aufm Spiel g'standen! Stell dir nur vor, was die Schmieranten g'schrieben hätten, wenn aufg'flogen wär, dass meine Schützlinge Drogen nehmen und Lieder kopieren. Und die Plattenfirma! In unserer Branche geht so was nit. Wennst in einen Skandal verwickelt bist, bist gleich weg vom Fenster. Auch als Manager.«

»Hast du ihn entführt oder dein kleines Helferlein die Drecksarbeit machen lassen?«

Peter Friedrich lachte. Es war ein tiefes, kehliges Lachen, frei von jeder Herzlichkeit. »Du bisch ja richtig auf Zack!«

Ich hatte nur eins und eins zusammenzählen müssen. Ruperts Manager war nicht der Typ für einen Giftmord. In seiner jähzornigen, impulsiven Art hätte er den Sänger auf direkterem Weg um die Ecke gebracht. Aber Friedrich war auch nicht blöd. Das hatte ich schon gemerkt, als er mir im Büro den Auftrag erteilte. Der Typ besaß einen Riecher für lukrative Geschäfte und einen schlagkräftigen Ellenbogen.

»Du hast überlegt, wie du den Rupert zur Vernunft bringen könntest, und da ist dir Camilla eingefallen. Die neidische Ex-Freundin, die sich auch so gern im Rampenlicht sonnen würde. Was für eine teuflische Gelegenheit! Rupert war der gleiche Sturschädel wie du, das hast du gewusst. Außerdem ist dir nach all seinen Aktionen – man denke nur an das waghalsige Bremsmanöver, seine Spielschulden und die Drogengeschichte – bewusst geworden, dass du ihm nicht mehr über den Weg trauen konntest. Selbst wenn du ihn zum Einlenken gebracht hättest, wer hätte garantiert, dass er es sich im letzten Moment nicht doch noch anders überlegt? Also ist der Typ kurz vor dem wichtigen Konzert zu einem Risikofaktor für dich geworden. Vermutlich kam die Idee mit dem Plagiat ja sogar von dir. Was für ein glücklicher Zufall, dass Camilla das gleiche Ziel wie du verfolgt: Sie will Karriere machen und dabei möglichst viel abcashen. Da kam dir ihr Groll auf Rupert, in dessen Schatten sie sich klein und mickrig gefühlt hat, gerade recht.« Ich ließ ein, zwei Sekunden verstreichen, ehe ich weitersprach. »Was macht unser Herr Friedrich also? Er stellt dem verkannten Genie Camilla einen Bombenvertrag in Aussicht, wenn sie dem ungeliebten Ex, der ihr noch dazu einen ›Racheengel‹ auf den Hals gehetzt hat, im Gegenzug dafür einen kleinen Salat aus giftigen Blättern kredenzt. Dass sie eine Affäre mit Manfred Lorünser hat, spielt dir perfekt in die Karten, denn die ›Alpenklingonen‹ sind nicht bei dir unter Vertrag. Also konnte Camilla die Zeitungsschnipsel, die von deinem Drohbrief noch übrig waren, in Manfred Lorünsers Zimmer deponieren, die Schüssel mit den giftigen Blättern im Apartmenthaus und Ruperts Leiche unter dem Bandbus. Wobei

Letzteres auch du getan haben könntest. Wahrscheinlich hat Rupert Camillas Köder sofort geschluckt, oder?«

»Ich hab ihr g'sagt, sie soll die Reumütige geben und ihm ein Versöhnungsgespräch in Aussicht stellen. Der Depp hat natürlich sofort an'bissen und is sogar in ihr abgelegenes Ferienhaus gekommen. Dort hat sie, als er auf dem Klo war, die Blätter unter seinen Salat gemischt. Als das Gift begonnen hat zu wirken, hat sie ihm das Handy abg'nommen, sodass er keine Hilfe holen hat können, ihm die Schüssel, in der die giftigen Blätter waren, in die Hand gelegt, damit seine Fingerabdrücke drauf waren, die Tür und alle Fenster verriegelt und so lange g'wartet, bis er tot war. Dann haben wir die Leich nur noch in den Kofferraum hieven und nachts unter den Bandbus der ›Alpenklingonen‹ legen müssen. Der Trick mit dem Versöhnungsgespräch war echt genial. Ich hab ja nit einmal g'wusst, wo der Spinner sich versteckt g'habt hat.«

»Bei seiner Flucht hast du also nicht nachgeholfen?«

Friedrich schüttelte den Kopf. »Abends hat der Kerl mich noch ang'rufen und erzählt, dass er beim Konzert auspacken will, und am nächsten Tag war er verschwunden. Deshalb hab ich ja eine solche Wut auf dich g'habt, schließlich hättest du ihn bewachen sollen. Ich hab mir 'dacht, dass der bestimmt nix Gutes im Sinn hat.«

Eine eisige Windbö strich über mich hinweg. Unzählige kleine Schneeflocken peitschten mir wie Nadeln ins Gesicht. »Weshalb hast du uns in dieses unterirdische Verlies gesteckt?«

»Was hätt ich denn sonst tun sollen, als mir die Camilla von eurem Plan erzählt hat? Vor der Brunnenbergalm abdrücken? Die Schüsse hätt ma doch kilometerweit g'hört.« Er wischte sich einen Speichelfaden aus dem Mundwinkel. »Und wehe, einer von euch wär mir entwischt! Dann wär's aus g'wesen mit der Karrier. Nein, wenn man schon ein geheimes Verlies hat, muss man's auch nutzen. Die Camilla hat ja schon g'wusst, dass ich droben bin, und mir sogar noch brav g'holfen. Lang vor euch hab i den andren Aufstieg gewählt, mich hinter der Hütte verschanzt und euch zwei Deppen eins auf die Mütze 'geben.«

Sekunden des Schweigens verrannen, bevor er fortfuhr: »Da. Alles mein Grundstück.« Er umschloss die umliegenden Bergwiesen und den unterirdischen Stollen mit einer Geste. »Kein Mensch hätt da nach euch g'sucht.«

»Trotzdem nehme ich an, dass wir nicht die ersten Besucher in deinem Verlies waren.«

»Ein paar vom Reinhard seinen Huren sind mal drin verschwunden. Der Typ hat sich nix g'schert, wenn die auf einmal nimmer da waren, hat einfach Nachschub besorgt. Zur Polizei hätt der ja nit gehen können mit seinem illegalen Puff. Aber außer denen, mir und euch war da sonst noch niemand drin. Ich bin ja nicht der Fritzl, oder?« Die Ehrfurcht, die bei der Erwähnung des Namens in seiner Stimme mitschwang, quetschte meinen Brustkorb zusammen.

»Was ist mit Camilla? Warum hast du sie eingesperrt?«

Friedrich kniff die Augen zusammen. »Was geht dich das an?«

»Ich würd's einfach gern wissen.«

Er zögerte. »Die Sache ist die: Die Camilla is eine tolle Braut, nur leider kriegt sie ihren Mund nie voll. Zuerst hab i no glaubt, sie will mi verarschen, als sie den Vorschuss verlangt hat, wo ich ihr doch schon den Spitzenvertrag bei Serve Media verschafft hab. Aber das Weibsbild ist stur geblieben wie ein Esel und hat damit gedroht, mich ans Messer zu liefern. Als ob sie sich des leisten hätt können! Aber den blöden Schreiberlingen reicht ja oft schon ein vager Verdacht, dass sie die wildesten Storys drucken. Also hab i auf Nummer sicher gehen müssen. Außerdem ist es zu dritt doch stinklangweilig da unten. Da hab i mi derbarmt und euch no a Weibsbild g'schickt. Die Arme … Dabei hat sie mir sogar g'holfen, euch k.o. zu schlagen. Hat wohl doch noch auf ihren Vorschuss g'hofft.«

Ich spürte, wie mir langsam die Nasenlöcher zufroren. Wenn wir noch lange bewegungslos herumstanden, bräuchte Friedrich uns nicht zu erschießen, dann würden wir erfrieren.

»Patrizia ist dir auf die Schliche gekommen, nicht wahr?«

»Sie war sicher, dass Camilla den Mord begangen hat, seit

sie g'wusst hat, dass die mit dem Lorünser zusammen ist. Also hat der Trampel uns nachspioniert. Die Camilla hat mir schon g'sagt, dass jemand bei ihr ein'brochen is und ihren Computer durchforstet hat. Fast hätt die verdammte Patrizia uns noch einen Strick 'dreht. Aber dann hat sie einen Fehler g'macht. Als ich Camilla besucht hab, um die Details für den neuen Vertrag zu besprechen, hör ich plötzlich einen Knall im Garten. Ich bin natürlich sofort aufg'sprungen, und was seh ich? Diese Schlampe von Patrizia. Frag nicht, wie ich die am Krawattel 'packt hab! Da hat ihr das ganze Geschrei nix g'nützt. Taschentuch in den Mund, ab in den Kofferraum und Express in meinen Stollen!« Friedrich schilderte den Überfall so beschwingt, dass man hätte glauben können, er gäbe eine Anekdote zum Besten.

Während er sprach, sann ich fieberhaft auf einen Ausweg.

»Marsch jetzt!« Als hätte er meine Gedanken gelesen, konzentrierte sich unser Kontrahent plötzlich wieder auf die Gegenwart. »Hände auf den Rücken. Sosehr es mir auch gefallen tät, euch zwei Würmer abzuknallen, es macht einfach zu viel Krach. Außerdem hab ich ja Mitleid mit euch. Und wenns euch von den zwei Frauenleichen ernährts, machts es vielleicht noch a paar Tag.«

Seine Worte waren wie Schläge ins Gesicht. Unfähig, mich von der Stelle zu rühren, starrte ich in Peter Friedrichs höhnisches Gesicht, sah die Goldkronen in seinem Mund und die winzigen Äderchen an seinen Schläfen, die jeden Moment zu platzen drohten. Von welchen Frauenleichen sprach der Arsch? Hatte er Camilla bereits getötet?

»Na los, wird's bald?« Sein schneidender Bass duldete keinen Widerspruch.

Mit erhobenen Händen trat ich aus dem Schutz der alten Tanne in den Schneesturm, den Gestank beißender Angst im Nacken und ein wildes Gedankenkarussell im Kopf.

»Brauchts nit so blöd gaffen! I hob sie nit daschossen«, plauderte Friedrich munter weiter, während Manni zu mir aufschloss und neben mir ging. »Die werden sich scho gegenseitig abmurksen. Weißt, was ich der Camilla erzählt hab?« Der

Jodelkaiser redete und redete, als hätte er unsere Gegenwart vergessen.

Vorsichtig stupste ich Manni an. Mir war eine Idee gekommen. Wenn Friedrich eine Schwachstelle hatte, dann sein ausgeprägtes Mitteilungsbedürfnis. Einer von uns musste versuchen, ihn mit einer provokanten Frage aus dem Konzept zu bringen, während der andere ihm die Flinte aus der Hand riss. Ich hoffte, Manni würde meine erklärenden Gesten verstehen.

»Ich hab ihr g'sagt, dass der Vertragsdeal kurz vorm Abschluss 'platzt is, weil sich die Plattenfirma für die Patrizia entschieden hat. Genial, oder?«

Inzwischen befanden wir uns fast auf selber Höhe mit Friedrich. Ich tat so, als würde ich gebannt an seinen Lippen hängen. »Direkt schade, dass du dir für uns nicht auch so einen coolen Plan ausgedacht hast.«

»Was soll das heißen?« Friedrich ließ seinen Gewehrkolben sinken und stutzte. Die Gelegenheit, auf die wir gewartet hatten.

Manni packte unseren Angreifer am Handgelenk. Ein erstickter Schrei entschwand in den fahlen Novemberhimmel, bevor sich ein Schuss löste und die Raben auf den Strommasten aufscheuchte. Ich eilte meinem Kumpel zu Hilfe und riss unserem Angreifer, den Manni bereits zu Fall gebracht hatte, die Flinte aus der Hand. Die zwei Männer wälzten sich im Schnee, gurgelnde und zischende Laute quollen aus ihren Mündern.

»Du Mistkerl hast deinen eigenen Schützling umgebracht! Aber uns in die Scheiße reiten, ja?« Manni kniete auf Friedrichs Bauch und schüttelte dessen Oberkörper so kräftig, dass der Volksmusikapostel zu röcheln begann.

»Ihr könnts mir nix nachweisen«, stammelte er. »Ich hab ihn nit um'bracht.«

»Aber Camilla dazu angestiftet.« Ich fixierte Friedrichs Arme, während Manni ihn am Genick packte.

»Ich hätt's wissen müssen!«, entfuhr es mir plötzlich. »Ich hätt's verdammt noch mal wissen müssen!« Das Leben konnte schon seltsam sein. Jetzt, wo ich mich bei eisigem Wind und

Minusgraden, die ablaufende Lebensuhr vor Augen, über unseren Peiniger beugte, fiel mir der Anruf ein, von dem Bernd mir erzählt hatte. Mein Freund hatte mir anvertraut, dass Rupert am Abend vor seinem Verschwinden mit drei Leuten telefoniert hatte – mit Camilla Spitz, Patrizia Steiner und Peter Friedrich. Doch Blondie, die Rezeptionistin im »Hotel Stuck«, hatte mir nach meinem Besuch bei den Lorünsers erzählt, Friedrich habe ihr gegenüber behauptet, am Abend vor Ruperts Verschwinden nicht mehr mit ihm geredet zu haben. Nach meinem Gespräch mit Bernd hätte mir also zumindest klar sein müssen, dass der Volksmusikzampano mich belogen hatte.

»Wo ist Camilla?«

»Unten.«

»Wo genau?«

Friedrich sah sich hilfesuchend nach allen Seiten um.

»Wo ist Camilla?«, wiederholte mein Kumpel und verstärkte den Druck auf den Hals.

»Es gibt noch einen zweiten Eingang.«

»Wo?«

»Hinter dem Strommasten.«

Manni löste den Griff, und Friedrich rang hysterisch nach Luft. Ich sträubte mich gegen das aufkommende Druckgefühl in meiner Brust, zwang den drohenden Drehschwindel in die Knie. Mein Kumpel tastete mit seiner linken Hand nach dem Gewehr und befahl Friedrich, aufzustehen. »Bring uns hin!«

Zögernd rappelte unser Peiniger sich auf. Der Wind hatte wieder zugelegt und trieb einen so dichten Schneevorhang vor sich her, dass ich beim Gehen kaum meine Hand vor Augen sah. Den Lauf seiner eigenen Schrotflinte im Nacken, irrte Friedrich im Zickzack durch die Winterlandschaft.

»Schneller«, trieb ich ihn an. Wenn wir Patrizia und Camilla lebend finden wollten, zählte jede Sekunde. Eine Windbö zerrte an meiner Jacke, während Friedrich zweimal die Richtung wechselte. War er wirklich so orientierungslos, oder wollte er uns absichtlich in die Irre führen, um Zeit zu gewinnen?

»Wenn du uns verarschst, drück ich ab!« Mannis Stimme

klang so entschlossen, dass sie sogar mich zusammenzucken ließ. Endlich tauchten die Umrisse eines Strommasts vor uns auf.

»Da ist der Eingang.« Friedrich stoppte abrupt vor einer Unebenheit im Boden. Der Schnee hatte die vermeintliche Öffnung zugeweht.

»Freischaufeln!«, befahl Manni, woraufhin Friedrich sich bückte und mit den bloßen Händen zu graben begann.

Nach kurzer Zeit kamen die Umrisse eines Deckels zum Vorschein. Er ähnelte dem unseres Ausgangs, ein Betoneinlass mit rostigem Griff. Als er freilag, hielt der Musikmanager inne und tupfte sich den Schweiß von der Stirn.

»Aufmachen!« Manni hielt die Mündung des Gewehrs noch immer gegen Friedrichs Rücken gepresst, der sofort zur Tat schritt und an dem Griff rüttelte.

»Vorsicht, zurücktreten!« Mein Kumpel ließ nicht von ihm ab.

Kurz darauf ertönte ein Quietschen, der Deckel sprang hoch, und ein tiefes schwarzes Loch tat sich vor uns auf.

»Bitte sehr«, sagte Manni und deutete mit der Mündung des Jagdgewehrs hinunter. »Du gehst voran.«

»Ich?« Friedrichs Bass klang ungewohnt zittrig.

»Glaubst du etwa, wir lassen dich hier zurück, damit du in Ruhe abhauen kannst?«

Seinem verblüfften Gesichtsausdruck nach zu urteilen, schien er tatsächlich darauf gehofft zu haben. Der Typ hielt uns wohl für belämmert.

41

Die Metallsprossen der Leiter waren auf den ersten Blick noch rostiger als die des anderen Aufgangs.

Erst als Mannis Finger schon am Abzug lag, wagte der Jodelagent sich in die Tiefe. Seinen erstickten Geräuschen nach zu urteilen, kämpfte er mit dem Gleichgewicht.

Mein Kumpel wartete, bis Friedrich die dritte Stufe erreicht hatte, schulterte sein Gewehr und folgte ihm, die Hände fest um die Eisenstangen geschlungen. Um sicherzugehen, dass wir aus dem Schacht auch wieder herauskamen, rollte ich einen der herumliegenden großen Steine auf den aufgeklappten Deckel. Dann beugte auch ich mich als Letzter im Bunde über die Öffnung und nahm den Abstieg in Angriff. Spätestens nach fünf Stufen wurde mir klar, dass dieser Luftschacht länger als der erste war. Zudem waren die Abstände zwischen den einzelnen Sprossen teilweise so groß, dass ich mehrmals das Gefühl hatte, ins Leere zu treten.

»Wie lang ist die Leiter noch?«, fragte ich in die Tiefe und kam mir vor wie in einem Ziehbrunnen, dessen Wände das Echo meiner Stimme zurückwarfen.

»Wir sind gleich da.«

Das Wackeln der Leiter und das Platschen kurz darauf ließen mich den Worten Glauben schenken.

Ich betete, dass Friedrich mich nicht ins Nirwana beförderte, indem er an der Leiter rüttelte, doch nichts dergleichen geschah. Ein zweites Platschen erklang, während der Lichtschein über mir immer schwächer wurde. Im Gegensatz zu der Leiter des anderen Aufgangs reichte diese fast bis zum Boden des Ganges. Von der letzten Stufe aus musste man knapp einen Meter in die Tiefe springen. Das Wasser, das sich auf dem Gangboden angesammelt hatte, spritzte nach allen Seiten, als meine Füße den Steinboden berührten.

»Manni?« Mein Kumpel kniete, das Jagdgewehr im Anschlag,

über Peter Friedrich. Erleichtert atmete ich auf. Würde Friedrich uns hier unten überwältigen, wären wir verloren.

»Wo sind die beiden Frauen?«, fragte Manni.

»Woher soll ich das wissen? Wahrscheinlich sucht Camilla gerade nach Patrizia – oder andersrum.«

»Idiot!« Manni rammte ihm das Gewehr in die Magengrube.

»Und jetzt?« Ich sah meinen Kumpel ratlos an.

»Jetzt suchen wir nach den beiden.«

»Und was machen wir mit ihm?« Ich deutete auf Friedrich.

»Siehst du etwas, womit wir ihn fesseln könnten?«

Ich sah mich nach einem Gegenstand um, der den angesprochenen Zweck erfüllte, konnte jedoch nichts entdecken. »Wenn wir ihn mitnehmen, können wir uns nicht auf die Suche konzentrieren«, sagte ich. »Einer muss bei ihm bleiben.«

Manni grunzte missbilligend, zögerte einen Augenblick, nickte dann aber. »Also schön. Aber dann nimm du wenigstens die Waffe mit.«

»Das Gewehr?«

»Siehst du eine andere?«, stöhnte Manni, in dessen Ohren sich meine unausgesprochene Frage, ob er es im Zweifelsfall auch unbewaffnet mit Peter Friedrich aufnehmen konnte, wie eine Beleidigung anhören musste.

»Kommt nicht in Frage. Aber die Stirnlampe nehm ich gern.«

42

Kaum hatte ich mich umgedreht, um tiefer in den Stollen vorzudringen, vernahm ich hinter mir einen Schrei und einen Schuss, der dumpf durch das Gewölbe hallte. Augenblicklich wirbelte ich herum und erkannte im Schein meiner Stirnlampe, wie Manni die Waffe auf Friedrich richtete, der schon auf der untersten Metallsprosse stand. Offenbar hatte der Jodelkaiser versucht, zu türmen. Gut, dass ich meinem Kumpel das Gewehr überlassen hatte! Ich machte kehrt.

Manni machte ein ernstes Gesicht. »Er behauptet, hier unten wäre Dynamit versteckt.«

»Ist das wahr?«, brüllte ich und packte Friedrich, der wieder zurück in den Stollen gesprungen war, am Kragen.

»Ich wollt den Stollen in die Luft jagen«, presste er hervor. »Mit euch allen. Und jetzt bin ich selber hier gefangen.«

»Gibt es einen Zeitzünder?«

»Weiß nicht.«

»Verarsch uns nicht!« Meine Stimme überschlug sich.

Mannis Gewehr grub sich in Friedrichs Rücken. »Okay, es gibt einen, aber ich erinner mich nicht, wo ich ihn deponiert hab. Wirklich nicht.« Angst und Entsetzen lagen in seinem Blick.

»Und wann geht das verdammte Ding los?«

»Es kann jeden Moment so weit sein.«

Panik wallte in mir auf. Wenn der Typ die Wahrheit sprach, schwebten wir in Lebensgefahr.

»Warum hast du das nicht gleich gesagt?«, blaffte Manni.

»Ihr habt mir doch keine Chance gelassen.«

»Arschloch!« Manni ließ von ihm ab. »Was machen wir jetzt?«, wandte er sich an mich.

»Du gehst mit ihm rauf, und ich seh mich im Stollen um.«

»Niemals! Das wäre Wahnsinn!«

»Willst du Patrizia und Camilla sterben lassen?«, fuhr ich ihn an.

»Aber wenn du nach den beiden suchst, wirst du mit ihnen draufgehen.«

»Lass es mich zumindest probieren!« Ohne Mannis Antwort abzuwarten, ging ich zurück in den Stollen.

Es dauerte keine zwei Minuten, bis die Stimmen von Manni und Friedrich verstummt waren. Dieser Teil des Schachtsystems schien besser mit Sauerstoff versorgt zu werden, die Luft fühlte sich weniger stickig an als in unserem Verlies. Dafür empfand ich die Kälte als noch beißender, und trotz des Lichts der Stirnlampe wirkte auch die Dunkelheit bedrohlicher, als würde hinter jeder Ecke ein Schatten lauern.

Ich hatte keinen Schimmer, ob die beiden Frauen noch lebten, geschweige denn, wo sie sich aufhielten, und doch wollte ich wenigstens alles versucht haben, um sie aufzuspüren. Wenn Friedrich recht behielt, war es gut möglich, dass Camilla ihre vermeintliche Widersacherin um die Ecke gebracht hatte. Es wäre schließlich nicht ihr erster Mord gewesen. Der Gedanke machte mir Beine. Auf leisen Sohlen drang ich in den Stollen vor, getragen von der Hoffnung, wenigstens eine der beiden Frauen lebend zu finden. Der Gang bot kaum Platz für eine Person. Von der Decke tropfte es fast unablässig, und obwohl ich mich nach oben hin noch recken konnte, hatte ich das Gefühl, in einer Dose zu stecken, die jeden Augenblick zusammengequetscht werden konnte. Im Gang herrschte Totenstille, nur die Wassertropfen, die im Sekundentakt in die Pfützen tropften, und meine Schritte waren zu hören. Von Zeit zu Zeit spürte ich einen eisigen Luftzug. Ich überlegte, wo ich nach Camilla und Patrizia suchen sollte. Mittlerweile befand ich mich wieder in einem Abschnitt, in dem die Wände einen soliden Eindruck machten. Geheimtüren würde es hier wahrscheinlich keine geben. Im Grunde blieb mir sowieso nichts anderes übrig, als dem Gang zu folgen.

An der nächsten Abzweigung entschied ich mich dafür, links zu gehen, und tauchte immer weiter in das Labyrinth ein. Nach einiger Zeit gelangte ich zu einer Senke und wurde nervös. War das nicht die Stelle vor dem Bretterverschlag? Meine Handflächen wurden feucht. Ein paar Schritte, und ich würde wissen, ob Patrizia noch am Ende des zweiten Ausstiegsschachts lag. Meine Körperhärchen stellten sich auf. Geduckt hielt ich auf besagte Stelle zu.

»Patrizia?« Das Wort war nicht mehr als ein Flüstern, und doch kam es mir in der gespenstischen Stille vor wie ein Schrei. Am Luftschacht rief ich noch einmal mit aller Kraft: »Patrizia!« Doch da war niemand. Keine Patrizia. Keine Camilla. Einfach niemand mehr.

43

Entmutigt trat ich den Rückweg an. Kälte, Hunger und Durst nagten an mir, und die Angst, gleich in die Luft zu fliegen, hatte sich wie ein schwarzes Tuch über meine Seele gelegt. Ich bereute, mich auf die Rettungsaktion eingelassen zu haben. Was, wenn die Frauen und ich hier unten draufgingen? Wenn die Ladung Dynamit explodierte und der Berg in sich zusammenfiel? Dann würden unsere Leichen in diesem Loch von Ratten und Würmern gefressen und niemals gefunden werden.

Der alleinige Gedanke daran raubte mir den Atem. Wie oft hatte ich das Schicksal in meinem Leben inzwischen herausgefordert? Brauchte ich wirklich diesen Kick, um mich zu spüren, oder ließ mich der naive Traum von einer gerechteren Welt, in der die Guten belohnt und die Bösen bestraft wurden, jegliche Vernunft vergessen? Wie würde Julia reagieren, wenn ich für immer verschollen blieb? Wie würde sie mit dem Verlust zurechtkommen? War es nicht total rücksichtslos und egoistisch, mich in solche Gefahr zu begeben? Da draußen gab es Menschen, denen etwas an mir lag, Menschen, die ich mit meinem riskanten Lebenswandel brutal vor den Kopf stieß. Wut flackerte in mir auf, der Zorn des Selbstgerechten, der seinen Fehler erkannte, peitschte mich durch die unterirdischen Stollengänge. »Patrizia!«

Nichts.

Irgendwann kam mir ein anderer Gedanke. Was, wenn Friedrich uns reingelegt hatte und Camilla ihm in Wahrheit entwischt war? Dann gab es immer noch Patrizia, die sich geweigert hatte, mit uns an die Oberfläche zu klettern.

Im nächsten Teil des Labyrinths verengte sich der Gang rasch zu einer schmalen Röhre, und ich fürchtete immer mehr, mich zu verirren. Mein einziger Anhaltspunkt waren die beiden Schächte. Ich blieb kurz stehen, um Luft zu holen, als ein leises

Röcheln an meine Ohren drang. Das Geräusch kam durch die Ritzen im Fels. Mit aller gebotenen Vorsicht legte ich den Kopf an die Wand und lauschte. Ja, da war etwas. Ein Röcheln und ein Gurgeln, als würde jemand verzweifelt nach Luft ringen. Eine Adrenalinwelle flutete meinen Körper.

»Patrizia«, formten meine Lippen, doch das Wort blieb mir in der Kehle stecken. Ich ging in die Knie, sodass der Kegel meiner Stirnlampe über den Fels glitt, und suchte den Stein nach einem Riss darin ab. Nichts. Nur ein paar müde Kratzer. Es war zum Mäusemelken! Jetzt, wo ich meinem Ziel so nahe war, fand ich keinen Weg dorthin. Panisch klopfte ich gegen den Fels. Keine Reaktion. Aber von irgendwoher musste das Röcheln doch kommen.

Ich wollte schon umdrehen, als sich ein Stein von der Decke löste und meinen Kopf nur um Haaresbreite verfehlte. Wie paralysiert blieb ich stehen, wagte nicht, Luft zu holen.

Ob die Ladung gezündet hatte? Aber ich hatte keinen Knall gehört. Als ich herumwirbelte, entdeckte ich den winzigen Riss in der Wand. Ein Gefühlscocktail aus Panik, Hoffnung und Verzweiflung brach über mich herein. Entschlossen krallten sich meine Finger in die Öffnung und schoben ein schmales Stück Fels zur Seite. In Windeseile zwängte ich mich hindurch und ließ meinen Blick durch den Raum sausen.

Ein verzweifelter Aufschrei sprang über meine Lippen, als der Lichtschein meiner Stirnlampe über den leblosen Körper zu meinen Füßen huschte. Patrizia lag zwischen zwei Steinhaufen.

Meine Pumpe hämmerte wie ein Presslufthammer. Panisch bückte ich mich und schüttelte die Frau. »Patrizia!«, brüllte ich. »Kannst du mich hören?« Doch die Sängerin gab kein Lebenszeichen von sich. In meiner Verzweiflung beugte ich mich zu ihr hinab und begann mit einer Mund-zu-Mund-Beatmung, während weitere Gesteinsbrocken zu Boden polterten.

Das ist Wahnsinn, was du da machst! Hau ab! Die Stimme der Vernunft.

Vor ein paar Sekunden hat sie noch geatmet, du hast es gehört! Die

Stimme der Hoffnung, die nicht totzukriegen war. Mechanisch blies ich Luft in Patrizias Mund, massierte ihr Herz und blies wieder Luft nach. Plötzlich ging ein Zucken durch ihren Körper. Ich glaubte, ihr letztes Stündlein hätte geschlagen, ihr Körper hätte sich ein letztes Mal aufgebäumt, bevor er endgültig aufgab.

Doch dann öffnete Patrizia Steiner ihre Augen und begann zu atmen. Hoffnung, meine edle Freundin, kehrte zurück. »Weiter so!«, rief ich, während der Gedanke an den Sprengstoff, der jeden Moment explodieren konnte, meinen Puls in die Höhe trieb.

Als die Sängerin wieder auf den Beinen war, packte ich sie kurz entschlossen an der Hand, schleifte sie durch den Felsspalt zum Hauptstollen und rannte mit ihr in Richtung des letzten Abzweigs zurück. Noch benommen ließ sie sich von mir ziehen, ohne Widerstand zu leisten.

»Durchhalten!«, rief ich, obwohl ich bezweifelte, dass auch nur ein einziges Wort zu Patrizia durchdrang. An der Biegung schoss ich nach links, hoffend und betend, dass mein Instinkt recht behielt.

»Gerhard!« Mannis Stimme.

Erleichterung. Noch einmal holte ich alles aus mir heraus. Patrizias Gewicht bremste mich, doch dann tauchten Manni und Friedrich im Licht meiner Stirnlampe auf.

»Wieso seid ihr noch hier unten?«, wollte ich brüllen, als ein gewaltiger Knall den unterirdischen Stollen erschütterte. Die Erde wackelte und bebte, Steinchen fielen links und rechts von mir zu Boden, eine dicke Staubwolke wälzte sich durch den Gang.

Meine Schockstarre wich nur langsam. Ich hörte Patrizia schnell und flach atmen.

Peter Friedrich stand nahe der Wand. Sein Gesicht war kreidebleich.

»Gib sie mir!« Manni, der Kräftigere von uns beiden, warf sich die Schlagersängerin über die Schulter und kletterte auf die erste Leitersprosse.

Ohne zu zögern, schulterte ich das Gewehr, riss an Friedrichs Arm und deutete nach oben. »Leben oder sterben!«, brüllte ich, das gewaltige Rumoren der Felsmassen im Ohr, und folgte Manni über die Metallsprossen nach oben. Mein Atem ging schwer, der Lärm um mich herum schluckte alle Geräusche. Wie in Trance hechelte ich die korrodierte Leiter empor, weiter, immer weiter auf den schwachen Lichtschein zu.

Nur noch wenige Sekunden trennten mich von der Freiheit. Im letzten Moment erreichte ich die oberste Sprosse. Ich drängte ans Tageslicht und krabbelte Manni entgegen, der Patrizia aus dem Schacht gerettet hatte und nun ehrfürchtig in die Tiefe starrte, wo das Erdreich mit ohrenbetäubendem Getöse in sich zusammenkrachte.

Peter Friedrich folgte mir Sekunden später. Er hatte sich gerade noch retten können. Ich stieß die Luft durch die Nase aus. Eigentlich hätte ich unendlich dankbar und froh sein müssen, als ich, dem Tod von der Schippe gesprungen, über dem Höllenschlund stand. Stattdessen fühlte ich mich winzig und klein. Mit beiden Füßen im Schnee, dem tobenden Berg unter, seinem teuflischen Besitzer vor und meinem besten Kumpel, der sich über die schwach atmende Patrizia beugte, neben mir, kamen mir die Tränen. Ich vermochte nicht zu sagen, ob es Tränen der Erleichterung, des Entsetzens oder der Trauer waren, vermutlich ein bisschen von allem.

Mein Kumpel verständigte über Friedrichs Mobiltelefon Polizei und Rettung, während ich den Musikagenten mit dem Gewehr in Schach hielt, das Manni mir gegeben hatte.

»Ist sie noch unten?«, fragte mein Kumpel den Jodelkaiser.

Friedrich senkte den Kopf.

Das war uns Antwort genug. Nicht, dass Camilla Spitz mir besonders leidgetan hätte, immerhin hatte sie ein Menschenleben auf dem Gewissen. Aber es war einer jener Augenblicke in meinem Job, in denen ich mit meinem Menschsein haderte. In denen ich Antworten darauf suchte, was manche von uns dazu trieb, über Leichen zu gehen. War es nur der Wunsch nach Reichtum und Macht? Einen unserer Spezies hatte die Natur jetzt unter sich oder besser, in sich begraben. Traurig betrachtete ich die friedliche Winterlandschaft und die Schneeflocken, die um unsere Köpfe tanzten, als wollten sie uns einladen, mit ihnen zu spielen.

44

Als ich mit Manni, Georg und Roger zwei Wochen später an einem Glühweinstand in der Innsbrucker Altstadt stehend das bunte Treiben auf dem Christkindlmarkt beobachtete, war das Konterfei von Peter Friedrich schon längst wieder von den Titelseiten verschwunden.

Fünf Tage hatten die Schmierblätter sich über den angeblichen Auftragsmord und das mysteriöse Verlies ausgelassen, das dem »Tiroler Anzeiger« zufolge Stoff für eine ganze Staffel einer Mystery-Serie geboten hätte. Friedrich selbst bestritt alles. Er sei von Manni und mir überfallen worden, was auch die Striemen an seinen Handgelenken beweisen würden. Die Mails, die man auf seinem Computer fand und die den schmutzigen Deal mit Serve Media dokumentierten, sprachen freilich eine andere Sprache. Ein Enthüllungsblatt hatte sie vor einer Woche exklusiv abgedruckt und damit eine Grundsatzdebatte ausgelöst, über die ich nur schmunzeln konnte. »Die heile Welt der Volksmusik?«, wie das Blatt mit einem provokant gemeinten Fragezeichen titelte, hatte es noch nie gegeben.

Egal, welche Branche man betrachtete, die Prinzipien waren stets dieselben: Bedürfnisbefriedigung, Gewinnmaximierung und das Streben nach Ruhm und Macht. Wieso sollte die Jodelfraktion da eine Ausnahme bilden? Und doch offenbarte die jüngste Diskussion, dass die Welt der Schlagersternchen als Symbol für die Sehnsüchte des Menschen nach Friede und Freude eine Art heilige Kuh darstellte, an deren Image nicht gekratzt werden durfte. Das Ironische dabei war, dass es mit Ausnahme der Migrationsfrage kein Thema gab, bei dem sich die Emotionen auf der Leserseite derart aufschaukelten. In den Leserbriefen war die Rede von Nestbeschmutzung, übler Verleumdung und linkem Geschmacksterrorismus, während die Gegenseite die Jodelbranche als spießige Senioren und heulende Schunkelsusen abkanzelte. Ein paar Tage später war schließlich wieder Ruhe eingekehrt, vermutlich weil die Menschen sich verstärkt ihren eigenen Problemen zuwandten.

»Auf den Prozess bin ich gespannt«, verkündete Manni zwischen zwei Bissen Kiachl. Peter Friedrich hatte angeblich einen Staranwalt für sich gewinnen können, der trotz der erdrückenden Indizien seine Unschuld beweisen sollte.

»Das kannst du laut sagen. Die Existenz der Mails kann er jedenfalls nicht leugnen. Dazu unsere Aussagen. Aber eine Anstiftung zum Mord ist natürlich nicht so einfach nachzuweisen, wenn die Täterin bereits das Zeitliche gesegnet hat.« Ich nippte an meinem Glühwein.

»Immerhin hat er die Anzeige gegen uns fallen lassen«, bemerkte Georg.

»Und das Entscheidende ist: Sein Ruf ist im Eimer. Die Plattenfirma hat sich bereits von ihm distanziert, und auch dieser Org, sein ehemals dickster Kumpel, will von keiner Freundschaft mehr wissen. Tja, so ist sie eben, unsere Jodelbranche: Scheint die Sonne, ist alles in Butter, aber wehe, es ziehen Regenwolken auf.«

»Ob das nicht für die gesamte moderne Geschäftswelt gilt?«, gab ich zu bedenken.

Hinter uns hoben die Turmbläser an. Ein feiner Nieselregen ergoss sich über die Marktstände. Nach dem Kälteeinbruch der letzten Wochen hatte mildere Atlantikluft das Regime übernommen und den Winter wieder auf die höheren Gipfel verbannt. Ein Dutzend Regenschirme öffnete sich.

»Wie geht's eigentlich unserem Freund Reinhard?«, erkundigte sich Roger und tunkte eine geröstete Kastanie in den Glühmost.

»Ach, der vergnügt sich weiterhin mit seinen Damen. Er will nicht glauben, dass Friedrich drei von ihnen in seinem Verlies verrecken hat lassen, nimmt an, dass sie in ihre Heimat zurückgekehrt sind. Jedenfalls sieht er keinen Grund, die Geschäftsidee mit dem illegalen Puff zu überdenken.«

»Aber in letzter Zeit muss er ziemlich viel Schweigegeld bezahlen«, ergänzte Manni. »Paul ist da ganz schön dahinter.«

»Während unsere Freunde aus dem Casino ihr Geld wohl nie mehr zurückbekommen werden.« Ich hielt meine Hand schützend über die dampfende Tasse. »Glaubt ihr eigentlich, dass der Typ im Jaguar, der sich damals an Rupert drangehängt hat, auch einer von ihnen war?«

Manni leckte sich über die Lippen. »Gut möglich. Immerhin hat es unser Rupert damals ja ziemlich eilig gehabt.«

Ich starrte auf die Pfütze zu meinen Füßen. »Wisst ihr, was mich am meisten wurmt?«, fragte ich nach einer Weile, woraufhin sich drei Augenpaare neugierig auf mein Gesicht hefteten. »Dass die ›Racheengel‹ ungeschoren davongekommen sind.«

»Sagt wer?« Manni linste entrüstet zu mir herüber.

»Na, wir haben jedenfalls nichts gegen sie in der Hand, wissen noch nicht einmal, wer sich wirklich hinter den falschen Namen verbirgt.«

»Da sei dir mal nicht so sicher.« Mit einem verschmitzten Lächeln holte mein Kumpel eine Ausgabe des »Tiroler Anzeigers« aus seiner Jackentasche. »Guckst du hier, mein Freund.«

Ich kippte den Glühwein runter und entfaltete das Blatt, während sich eine Horde Italiener lautstark schnatternd an mir vorbeizwängte, die Glühweintassen wie Waffen gen Himmel gereckt.

DUBIOSER STALKER-RING AUSGEHOBEN

Innsbruck (apa). Ein dubioser Stalker-Ring ist in Innsbruck (Tirol) aufgeflogen. In einem alten Schuppen in der Nähe des Flughafens befand sich die Einsatzzentrale der sogenannten »Racheengel«, einer Gruppe aus Bankbeamten, Sozialhilfeempfängern, Studenten und Jungunternehmern. Die Geschäftsidee der Gruppierung lag darin, Profit aus dem Schmerz von Trennungsopfern zu schlagen.

»Wir hatten keine schlechte Absicht«, sagt Sprecher Axel Rainer bei der Einvernahme. »Wir wollten den verlassenen Seelen helfen, ihren bei der Trennung erlittenen Schmerz zu rächen. Manche Menschen müssen in dieser Hinsicht Schlimmes durch-

leben. Wieder und immer wieder, obwohl sie selbst noch nie eine Beziehung beendet haben.«

Auf die Frage, wie die Clique auf die Idee gekommen sei, gibt Rainer zu Protokoll: »Wir haben in unserem Freundeskreis gesehen, wie eine Beziehung nach der anderen zerbricht. Die Verlassenen waren verzweifelt. Manchmal lag der Auslöser für die Trennung in einer kleinen Meinungsverschiedenheit. Niemand übernimmt in unserer heutigen Zeit noch Verantwortung für seine Beziehungen, stattdessen wird im Namen der Selbstverwirklichung, die auf den Psychoseminaren und in den Ratgebern gepredigt wird, das eigene Wohl über jenes der Partnerschaft gestellt. Das konnten wir nicht länger mit ansehen und haben uns entschlossen, dem entgegenzuwirken.« Den finanziellen Aspekt der Geschichte umreißt er so: »Wir dachten, wenn wir den Ex-Partner schon nicht zurückbringen können, dann wollen wir den Verlassenen wenigstens ein bisschen Genugtuung verschaffen. Es war eine Marktnische. In Zeiten von Trennungsratgebern und Mediatoren braucht es jemanden, der sich dem Schmerz der Verlassenen wirklich annimmt. Und wahre Genugtuung erhält man nur durch Rache.« Dass der Trupp dabei auch Gewalt als Mittel zum Zweck billigte, verschweigt Rainer. »Natürlich«, sagt er in einem lapidaren Nebensatz, »kann man sich bei einem solchen Vorhaben nicht immer zu hundert Prozent im Rahmen der gesetzlichen Möglichkeiten bewegen. Der freie Markt ist bedarfsorientiert, und manche Kunden bevorzugen eine härtere Gangart. Aber wir haben uns keine Gewalttaten zuschulden kommen lassen.«

Allerdings haben sich bereits ein paar mutige Opfer gemeldet, die um ihr Geld geprellt worden sind. Der Verein hat über Vorkasse und mit Falschnamen gearbeitet. »Ich habe zweitausend Euro überwiesen und nie wieder etwas von den ›Racheengeln‹ gehört. Zur versprochenen Rache ist es nie gekommen«, berichtet etwa Lisa C.

Ich legte die Zeitung kurz weg. *Aber wir haben uns keine Gewalttaten zuschulden kommen lassen.* Na klar. Dann war das, was zwischen uns vorgefallen war, wahrscheinlich ein Unfall gewesen, sagte ich mir im Stillen, dachte an Bobo, glättete das Eselsohr am rechten oberen Blattrand und las weiter.

Die »Racheengel« wurden wegen unlauterer Geschäftspraktiken angezeigt, ihre Homepage wurde gesperrt. Ein Gerichtsverfahren ist anhängig. Die Gruppe wurde durch einen Hinweis aus der Bevölkerung aufgespürt.

»Allerhand«, bemerkte ich. Und an Manni gewandt: »Wie hast du das hingekriegt?«

»Mit meiner ausgereiften Menschenkenntnis und meinem genialen Erinnerungsvermögen.«

Ich beäugte ihn misstrauisch. »Bei der Menschenkenntnis gebe ich dir vielleicht noch recht, aber bei der Erinnerung …«

»Okay, okay, ein bissel Glück war auch dabei. Konnte ja nicht wissen, dass sich dein Freund in meinem Stammlokal rumtreibt.«

»Bobo geht ins ›Weli‹?«

»Bingo.«

Wir lachten. Die Welt war wirklich ein Dorf. Vor allem, wenn man in Tirol lebte.

Epilog

Für die jährliche Silvesterfeier hatten Julia und ich ein Abkommen geschlossen, das besagte, dass wir jeweils im Wechsel das Abendprogramm gestalten durften. Letztes Jahr hatten wir auf meinen Wunsch hin in Mannis Geräteschuppen gefeiert, heuer war es an ihr, den Rahmen für den Jahreswechsel zu bestimmen. Nachdem ihre Eltern auf Mauritius weilten und ich ahnte, dass sämtliche Aktivitäten mit Mannis Clique für sie nicht in Frage kamen, blieb nur noch eine Möglichkeit, die seit dem Stefanitag wie ein Schatten über unserem Beziehungsglück schwebte und mich seit Stunden Unpässlichkeit vortäuschen ließ.

Das Bild der meierschen Villa samt Schlemmerbüfett und Überschallraketen verfolgte mich bis in meine Träume. Da ich Julia nicht kränken wollte, behielt ich meine Ängste für mich, schob den Gedanken an den Silvesterabend nach Kräften beiseite und wechselte blitzschnell das Thema, wann immer sie darüber sprechen wollte. Notfalls sogar, indem ich ein dringendes Bedürfnis vorgaukelte.

»Diese Windringe backe ich nicht mehr«, beschloss Julia und zog mir den Teller mit den weihnachtlichen Keksen vor der Nase weg, als ich gerade wieder einmal aufstehen wollte.

»Wieso denn?«

»Weil du dauernd aufs Klo rennst, seit du sie isst.«

»Gar nicht wahr.«

»Geh bitte, das ist heut schon das vierte Mal.«

»Hab halt einen guten Stoffwechsel.«

»Du mich auch.« Julia rollte mit den Augen. »Jetzt verschwinde, und dann sprechen wir endlich über Silvester. Ist schließlich schon übermorgen!«

Vorbei. Aus und vorbei. Jetzt gab es keine Ausrede mehr, jetzt hieß es, der Wahrheit ins Gesicht zu blicken und sich dem Unvermeidlichen zu stellen. Hätten wir die Abmachung bloß nie getroffen! Wie ein Verurteilter vor dem Gang zum Schafott fühlte ich mich, als ich noch ein letztes Mal im Badezimmer verschwand und kurz darauf mit gesenktem Kopf wieder herauskam. Tapfer steuerte ich die Küche an, die Julia mit so viel Weihnachtskitsch tapeziert hatte, dass man darin eine neue Folge »Verrückte Weihnachten« hätte drehen können. »Sag mal, muss das eigentlich sein?«

»Was?«

»Die Engelsfiguren und Glocken und Kugeln überall.«

»Gerhard, bitte. Weihnachten ist nur einmal im Jahr.«

»Schon, aber bei dir hängt das Zeug ja immer bis Ostern.«

Ihr Schmollmund versetzte mir einen Stich. Nein, Streit war auch keine Lösung. »Entschuldige bitte. Also, was machen wir heuer an Silvester?« Je mehr ich mich darum bemühte, meiner Stimme einen souveränen Klang zu geben, desto mehr hörte ich mich an wie ein verschüchterter Junge, der gerade beim Klauen erwischt worden war.

»Ich hab tatsächlich lang darüber nachgedacht«, sagte Julia, und auf ihren Lippen lag dieses mir inzwischen so vertraute, gemeingefährliche Lächeln, mit dem sie die übelsten seelischen Grausamkeiten hübsch wie ein Praliné verpackte. »Ich glaube, wir sollten allein feiern.«

Mein Mund klappte auf, mein Informationsverarbeitungszentrum streikte und fragte mein Ohr, ob es mich verarschen wollte. »Du willst a-l-l-e-i-n feiern?«

»Hab ich doch gewusst, dass du so reagieren würdest.« Enttäuscht stieß sich Julia von der Tischkante ab und wandte sich zum Gehen.

»Nein, nein! Warte mal!« Ich holte sie ein. »So war das nicht gemeint. Ich bin nur überrascht. Ich meine, wir haben noch nie …«

»Eben deshalb«, erwiderte sie. »Wir haben beide sehr fordernde Jobs und unterschiedliche Arbeitszeiten, begegnen uns oft nur nachts im Bett. Da dachte ich, dass es uns vielleicht guttun würde, wenn wir mal einen Abend für uns hätten.«

Wie immer trafen ihre Worte mitten in mein Herz, und wie

so oft wusste ich diese Tatsache blendend zu verschleiern. »Ja, ist mal was anderes. Warum eigentlich nicht?«

Sie schleifte mich zurück an den Küchentisch. »Aber nicht zu Hause. Also, wohin gehen wir?«, fragte sie nach einer Weile.

»Das darfst du bestimmen«, erinnerte ich sie.

»Tja, wenn ich wüsste, welches Restaurant du dir leisten kannst …«

Jetzt traf sie mich in meiner Ehre. »Wir gehen ins ›Sitzwohl‹«, beschloss ich.

»Spinnst du?«

Wohl eher du, lag mir auf der Zunge. Das »Sitzwohl« zählte zu den nobelsten Schuppen in Innsbruck, und meine kleine Diva war anscheinend noch immer nicht zufrieden. Ich funkelte sie an: »Was schlägst du denn vor? Das ›Europa Stüberl‹ vielleicht?«

Sie brach in schallendes Gelächter aus. »Ach, deshalb hattest du solche Angst!« Sie lachte und lachte und lachte, während ich dastand wie ein begossener Pudel. »Jetzt pass mal auf, mein Lieber: Was hältst du davon, wenn wir auf einen Sprung bei Manni vorbeischauen, uns eine fette Pizza reinziehen, auf die Hungerburg raufgehen und uns von dort oben das Feuerwerk anschauen?«

»Ist nicht dein Ernst?«

»Mein voller.« Ihre feierliche Miene ließ keinen Raum für Zweifel.

»Und was wird aus den Meiers?«

»Welchen Meiers?«

»Na, du weißt schon. Markus und …«

»Ach so! Die.« Julia winkte ab. »Die Meiers gibt's nicht mehr.«

»Wie? Hast du Christina die Freundschaft gekündigt?«

»Nein, aber Markus. Die beiden haben sich letzte Woche getrennt. Er hat eine Jüngere.«

»Das tut mir leid«, heuchelte ich.

»Muss es nicht. Selber schuld, wenn du mich fragst. Wer sich auf einen solchen Schnösel einlässt … Der Typ hat mir nach dem Abendessen neulich eine Rechnung geschickt!«

»Irgendwo muss es ja herkommen, sein Geld.«

»Er ist mit einem zwanzigjährigen Flittchen durchgebrannt.«

»Es gibt aber auch reiche Männer, die treu sind«, protestierte ich und dachte an Roger.

»Mag sein, aber ich hab meinen armen Schlucker ja schon gefunden.«

Tja, was sollte ich auf so eine Liebesbekundung noch sagen? »Das Honorar für den Fall mit diesem komischen Italiener ist auf meinem Konto eingegangen« zum Beispiel.

Meine Freundin strahlte. »Dann können wir ja vielleicht doch ins ›Sitzwohl‹ gehen.«

Danksagung

Einen Roman zu vollenden, stellt den Autor immer wieder vor eine große Herausforderung. Dabei unterstützt haben mich dieses Mal:

– das gesamte Team des Emons Verlags; zwei von euch durfte ich auf der Leipziger Buchmesse ja nun endlich persönlich kennenlernen,
– meine Lektorin Susanne Bartel, die jeden noch so winzigen Logikfehler aufspürt und mit ihrem Feinschliff dafür sorgt, dass das Buch erst so richtig »rockt«,
– meine treuen TestleserInnen und lieben KollegInnen von unserem kleinen Schreibforum; ich weiß, ihr musstet arbeitsbedingt in letzter Zeit manchmal auf mich verzichten, aber ich gelobe Besserung,
– Rainer Wekwerth und Hans Peter Röntgen, deren praktische Tipps mir immer eine große Hilfe sind.

Auf persönlicher Ebene bedanke ich mich:

– bei meinen Eltern für das Sprachgefühl, das sie mir mit auf den Weg gegeben haben,
– bei meiner Schwester und Autorenkollegin Rikki; das Schriftstellergen scheint in der Familie zu liegen, wenn es mit dem Ordnungsgen nur auch so wäre,
– bei meinen Ratgebern und Freunden, insbesondere bei Sandra, Raphaela und Erich, Philipp und Thomas; danke, dass ihr immer zu mir steht,
– und ganz besonders natürlich bei meiner lieben Heidi, die stets ein offenes Ohr für mich hat und mit ihrer empathischen, liebenswerten Art noch immer hartnäckig daran arbeitet, einen halben Bayern aus mir zu machen.

Ein Buch ist natürlich immer nur so gut wie seine Leser. Deshalb freut es mich ganz besonders, dass gerade Sie sich für meinen Roman entschieden haben. Anregungen, Kritik und Lob nehme ich wie immer gerne entgegen: wolfi_goesweiner@gmx.at.

Herzlichst

Ihr Wolfgang Gösweiner

Innsbruck, im Mai 2016